ニッポン泥棒(上)

大沢在昌

プロローグ

めざす男が、百メートルほど前方の左手に建つ、古い賃貸マンションの一階に住んでいることはわかっていた。腕時計を見る。午後七時二十分。ひとり暮らしだが、たぶん男は自宅にいる。「ハローワーク」か地元の図書館くらいにしかいくあてのない男だ。この時刻なら、まずまちがいなく自宅にいる筈だ。

彼はそっと息を吐き、携帯電話をとりだした。

まず、何と話を切りだせばよいのかが問題だった。いきなり訪ねていって話すのは論外だ。よくて新興宗教の勧誘、悪ければ一一〇番されるような危い奴だと思われるのは見えている。

あまりにも途方もない話なのだ。

――初めまして、アダム四号。僕はアダム一号です。

そう自己紹介したら、これから会う男は、何と答えるだろうか。

馬鹿げている。相手は何ひとつ知らないのだ。アダムとイブのことも。知らぬ間に自分が、世界を変える〝鍵〟になっているのも。

まずは電話だ。最初は、こちらがまっとうな人間であることを、きちんと理解してもらわなければならない。

人と話すのが苦手な自分が、なぜこんな真似をしているのだろう。そう考えると、気力がなえそうになる。

地下鉄など乗らず、さっさと通勤用の自転車で家に帰ればよかった。パソコンとゲーム機に囲まれた、居心地のよい自分の部屋に入り、鍵をかけてとじこもっていたい。そして何日も、誰とも会わずに過せたら、どんなに気持が楽だろう。

彼ははっとした。自分は逆戻りしかけている。

いけない。やっと一年前、四年間もの引きこもり生活に訣別を告げたばかりじゃないか。こんなことで元に戻ってどうする。

とにかく、選ばれたのはあの男であって、自分ではないのだ。あの男が一面識もない人間で、しかも三十歳以上も年上だからといって、自分に何をするというわけではない筈だ。

殴られたり、頭ごなしに怒鳴られるのは嫌だった。人に威《おど》されるのが、何より駄目なのだ。相手が男だろうが女だろうが、年上年下に関係なく、少しでも自分に悪意をもっていると感じてしまうと、彼は駄目なのだ。

もちろん、世の中の人間すべてが好意を抱いてくれるとは信じていない。無関心でいてくれればそれでいい。彼は自分の愛する小さな世界にいられればそれでいいのだ。閉じこもっていた〝巣〟から抜けだし、ようやく外の世界と接触をもったばかりで、できればそこにずっといたいと願っていた。そこにいる人たちは、彼に深入りしようとはせず、そのことが何より、彼をほっとさせる。

誰とも深くかかわりたくない。かかわれば必ず、相手の心の中に悪意を見つけることになる。それが何よりつらいのだ。

気づくと、壊れそうなほどきつく携帯電話を握りしめていた。彼は立ち止まった。動悸が激しくなっている。ボタンに指をあてがい、03という番号を押したところで気づいた。

いけない、携帯電話は駄目だ。発信記録が残ってしまう。

アダムとイブを捜している奴らは、あらゆる情報を手に入れる力をもっている。自分がアダム四号に接触したという事実を残してはならないのだ。

唇をかみしめ、顔を上げた。公衆電話を捜さなければならない。だが今どき、公衆電話なんてどこにある。

今いる道は、表通りから一本引っこんでいて、マンション以外には、スナックと居酒屋の看板がぽつぽつと点《とも》っているきりだ。

駅だ。地下鉄の駅にいけば、公衆電話がある。そこからアダム四号に電話をして、会ってくれと頼もう。

もし断わられたら、そのときはあきらめて帰ればいい。駅なのだから、すぐに帰りの電車に乗りこむことができる。

回れ右をした。

電話ですべては説明できない。いや、会って話したって怪しいものだ。説得するには、パソコンの画面を見せるのが一番だ。だが彼のパソコンはデスクトップで、自分の部屋にある。

そこに誰かを入れるなんて論外だった。親ですら、入れたくないのだ。

会って話しても納得してくれないのなら、そこまでだ。自分が知ったこと、感じている不安のすべてを話したら、あとは向こうの問題だ。

アダム四号は、彼の父親より年上だった。四歳上。父親は無口で、彼のことにはほとんど無関心だ。高校に入ってからこっち、父親と短いやりとり以外の会話を交したという記憶はほとんどない。自動車の修理工場をやっていて、ガソリンとオイルの匂いが、父親の歩いたあとには漂っている。

六十歳の父親より、四つも上のアダム四号は、自分の話を最後まで聞いてくれるだろうか。

信じてくれるとはとうてい思えない。聞いてもらえれば、彼が話すあいだ、黙っていてくれれば、それでいい。あとはあんたの問題。

あんたがどうするかだけのことなのだから。

知らぬ間に、アダム四号に対し、怒りにも似た感情がこみあげるのを、彼は感じていた。

あんたがいるから、僕はこんな面倒なことをする羽目になったんだ。あんたなんか知らない。どうなったってかまわない。世界も、この日本も。

地下鉄の駅の階段を下ったとき、不意に公衆電話が目にとびこんできた。ありふれたその形に、しかし彼はどきりとした。

公衆電話を見つけてしまったからには、もうあと戻りはできない。

電話をして、会って話をする、少なくとも会ってくれというこちらの意志だけは伝えなければならない。

呼吸が荒い。震える手で彼は受話器をとった。

1

電話が鳴りだしたとき、尾津《おづ》は、茹であがった枝豆を、鍋からザルへと移したところだった。もわっと湯気があがり、青臭い、だが香ばしい匂いが鼻にさしこんだ。流しのステンレスが熱に膨張して、ボンという音をたてる。みずみずしい緑をした枝豆に、ひとつかみのあら塩を振り、ザルごとゆすって、塩をなじませた。

枝豆は大好物だった。この枝豆と二本の発泡酒、そして今朝炊いた飯を握った、二個のおむすびが、尾津の夕食のすべてだった。テレビではプロ野球中継が始まっている。ささやかではあるが、一日の中で最も充実した時間といえる。食事とテレビ観戦、ふたつもやることが重なるのは、今の生活では珍しい。

そこに電話が加わった。

この時間、かけてくる人間に心当たりはない。可能性があるとすれば、二年前に別れた妻の恭子《きょうこ》だが、この一年、恭子からの連絡はなかった。

湯気をたち昇らせる枝豆のひとつをつまみ、熱いのでサヤごと口に含んで、前歯でひと粒をしごきだした。やや固めの、香ばしい豆を噛んで、頬がゆるむのを感じた。これがあれば、今夜の楽しみは保証されたも同然だ。

濡れた手を、冷蔵庫の把手にかけたタオルでぬぐい、食卓の上で鳴っている電話にのばした。

「はい、尾津です」

ブーッという音が聞こえた。公衆電話からだと気づいた。

一瞬の間があった。

「もしもし」

「あの」

若い男の声がいった。

「尾津、さんですか」

「尾津です」

「あの、急に電話してすいません。水川《みずかわ》といいます。怪しい者じゃありません。システムエンジニアをしてます。尾津さんと、会って話がしたいのですけど、いいですか」

恭子のことだろうか。

「どんなご用件でしょう」

「電話ではちょっと、話できないんです。今、僕、地下鉄の駅にいて、すぐそばなんです」

尾津は沈黙した。電話では話せないような、こみいった用件というのが想像つかなかった。水川という名にも心あたりはない。

「東陽シティコーポ、一〇二号ですよね」

水川はいきなり、尾津の住所を口にした。

「それはそうですけど……。急にくる、といわれても。散らかっているし、こちらからでていこうか?」

トラブルに発展する可能性まで考えれば、知らない人間をいきなり部屋に招き入れるのは避けるべきだった。こちらに心あたりがなくとも、恨みや殺意を知らぬ間に抱かれているのが、今の世の中だ。

「いえ、外ではちょっと。二人で話さないと……。駄目ですか」

水川と名乗った男の声が急に小さくなった。緊張していて、それに不安も感じているようだ。

「急ぎの用件なのかな?」

水川は沈黙し、やがていった。

「急ぎ、というか、大事なことです」

「あなたに? それとも私に、かな」

「尾津さんに、です。あの、尾津さんと、それから世界に……」

世界とは大きくでたな、と尾津は思った。だが話している限り、水川が精神のバランスを失っているようには感じられない。

「――わかった。待ってますよ」

尾津は答えて、受話器をおろした。まだ湯気をたてている枝豆を見る。発泡酒はあと回しということになりそうだった。だが、冷えた枝豆も嫌いではない。ヤカンに水をくみ、尾津はガスレンジにかけた。

十分後、ドアホンが鳴った。

「水川です」

月額十一万五千円の、古い賃貸マンションのドアにとりつけられたスコープは、外に立つ人物がひとりであることくらいしか、尾津に教えてくれなかった。

ドアを開けた。

小太りで、色の白い男が立っていた。年齢は三十そこそこくらいに見える。眼鏡をかけ、身長は尾津より低い。おどおどしているのが、上目づかいに表われていた。

「尾津君男《きみお》さんですか」

「そうだから、君はここにきたのじゃないかね」

「昔、トーア物産にいらして、一九三九年三月二十五日生まれの」

だが男は尾津の言葉が聞こえなかったかのようにいい、尾津は男を見直した。

「そうだが、よく知ってるね」

男は唇をなめた。チェックの柄のシャツにニットタイをしめ、皺だらけのチノパンツをはいている。

「まだ知ってること、あります。奥さんは恭子さんという人ですが、二年前に離婚して、子供はいない。尾津さんはトーア物産の子会社に出向になり、七年間子会社にいたけど、一昨年トーア物産が倒産して、その子会社もなくなった。今は無職」

「そうだ」

尾津は頷《うなず》いた。少し無気味に感じ始めていた。水川というこの男は、尾津に関する情報を次々と並べたてるうちに、おどおどした表情を消していた。

「入っていいですか」

挑戦的にすら聞こえる口調で訊《たず》ねた。そのとき、ガスにかけたヤカンのホイッスルがピーッという音を発し始めた。

「ああ。いいよ」

尾津はいって、体を引いた。水川は三和土《たたき》に、くたびれたスニーカーを脱いだ。

「インスタントコーヒーでいいかな」

「あ、はい」

七畳ほどのリビングの中央に立った水川は、家具らしい家具のほとんどない室内を珍しげに見回していた。その部屋と、ベッドをおいた六畳間が、尾津の暮らす空間だった。ユニットバスが嫌で、築は古くとも、バス、トイレが分かれた部屋を、と不動産屋に指定したのだ。

それまで住んでいた横浜の家は、売り払った。その代金と退職金の半分ずつを恭子は得て、今は台東区の谷中《やなか》に住んでいる。趣味の小唄をつづけていくのに便利だという理由だ。

「コンピュータはありますか」

カップに湯を注いでいると、水川が訊ねた。

「いや、ない。そうか、君はコンピュータに詳しくはない。だが、詳しい人間なら、コンピュータを使って、個人情報をひきだすことはできるだろう。それは違法行為かもしれないが、犯罪の意識もさほどなく、おもしろがってそれをする者が多い世界だ。水川もそういう世界の住人に見える。

尾津はいった。

水川は無言だった。尾津は二人用のダイニングテーブルにカップをおき、椅子をひいた。ここに自分以外の人間をすわらせるのは初めてだ。

「どうぞ」

水川は腰をおろした。

向かいあうと、再び水川は自信を失ってしまったように見えた。しきりに拳を握ったり開いたりしている。

尾津は煙草に手をのばした。

「で？」

と、うながした。水川は息を吸い、しかし言葉を発することなく、吐いた。尾津は煙草に火をつけ、ゆっくりと吸った。さまざまな土地で、いろいろな人間と、交渉をおこなってきた。会話の〝間〟には、精通している自信がある。何もわからない相手と話す技術にも。

「英語、喋れますよね」

突然、水川がいった。

「ああ。うまくはないが、それなりには喋りはする」

「商社マンだったんですよね」

少し尾津は間をおいた。

「まあね」

水川は黙った。

「私の知り合いが、君の周囲にいるのかな?」

「いません」

すばやく、水川は答えた。

「僕たちのあいだに共通点はありません、何も」

「あるさ」

尾津はいった。驚いたように水川は目をみひらいた。

「日本人だ、二人とも」

あ、と小さく水川はつぶやいた。日本に暮らす外国籍の人間が、今は決して少なくないことを尾津は知っている。だが彼らの本当の国籍がどこであるか、どれほど流暢《りゅうちょう》な日本語を操ろうと、尾津は見抜くことができた。

それは経験からくるものだ。尾津の中に、外国人に対する警戒心や差別の感情はまるでない。わかる、ただそれだけだ。

「そうです」

水川は頷いた。

「だが、それ以外の共通点はほとんどなさそうだ。君は私に、大事な話があるといった。それから、世界にとっても、といったかな？」

「はい」

「意味がわからない。説明してくれるか」

水川は唇をなめた。

「あの、アダムとイブがいるんです」

何をいいだすのかと思った。だが待つことにした。

「四人ずつ。それぞれ一号から四号までいて。年齢はばらばらで、共通点はありません。あ、日本人という以外。イブは女です」

尾津は頷いた。

「僕、が、アダム一号です。尾津さんは四号です」

「誰が決めたんだ？」

「選んだのは、コンピュータです。色んなデータを使って。住民基本台帳やレンタルビデオ屋の顧客データ、ｉモードの課金サービスなんかのデータも。あと、大学や企業の名簿とか……」

「待ってくれ。それはいい。今はどんなものでも、リストはコンピュータで管理されている時代だ。正しいこととは思えないが、そういう個人情報をコンピュータから盗みだすのは可能だろう。だが私がいっているのは、誰がそのコンピュータを動かしたのか、ということだ。君か？」

　水川は首をふった。

「『クリエイター』です」

「クリエイター？」

「ソフトのプログラマー、というか、その集団です。あるとんでもないソフトを開発して、それを隠したんです」

「なぜ隠したんだね」

〝どんでもないソフト〟の意味を理解する自信は、尾津にはなかった。

「世界が変わってしまうからです。あるいは、変えることができるから」

　尾津は水川を見つめた。やはりバランスを失った人間なのか。

「つまり大発明というわけか」

「そう、です」

「よくわからないが、そういう発明は大金を生むのじゃないのかな」

「大金どころじゃない、と思います」

「だったら、なぜ隠す?」

水川は困ったような顔になった。

「隠さなくても、発表すればお金になるのだろう? どうして隠すんだ」

「——悪用されるとまずいから」

水川は答えた。尾津は苦笑いした。

「つまり兵器のようなものなのかね」

「それとはちがうと思います。あの、詳しいことは僕にもわからないんです。ただ『クリエイター』は、それが悪用されないように隠して、隠し場所を解く鍵を、アダムとイブに託したんです。アダムとイブはひと組で完成された鍵になり、アダム何号とイブ何号という組み合わせなんです。選ばれたカップルはひと組だけ。アダム四号とイブ二号です」

「つまり、私と誰か?」

水川は頷いた。

「あとの組み合わせは却下されました」

「君はその、『クリエイター』の知り合いか?」

「いえ。『クリエイター』が誰なのかも知りません。ミスがあって、『クリエイター』のシステムから、アダムとイブの情報が流れたんです。一瞬でした。でもそのとき、僕、偶然、自分を検索していたんです。まさかヒットすると思わなくて。でもありました。『アダム一号、水川ひろし』って」

「同姓同名じゃなくて？」

「はい。水川ひろしのデータは僕でした。一九七一年生まれ。高校中退後大検合格。引きこもり生活を四年間つづけた、ということもちゃんと載っていました」

「誰かが君のことを勝手に調べていた？」

「調べて、選んだんです、アダム一号に」

「私もそこで勝手に選ばれたということか」

「そうです。アダム四号の情報に、尾津さんのことが載っていました。そして、アダム四号とイブ二号に、選ばれたというマークがついていました」

尾津は息を吐いた。理解しづらくなってきた。

「それは誰もが見られる情報として公開されていたのかい」

「そうです。一分十一秒の間だけですが。僕が見つけたのは、本当の偶然でした」

「待ってくれ。そのことが載っていたのは、何といったっけ、ホームページか。そんなようなものなのかな」

「そうです。ただし『クリエイター』の内部の、関係者だけが見られる非公開のものなのですけれど」

「非公開……」

「会議室のようなものです。インターネットを使って、パスワードさえ知っていれば、関係者はそこに入って、いろいろな情報をとりこんだり、意見を交換することができるんです。それがたまたま、事故で外に流れてしまったときに、僕が見つけて……」

「機密書類を公園のベンチにおき忘れた馬鹿がいた。たった一分十一秒だったが、そのときたまたまベンチにきた人間が開いて見たら、自分の名前が載っていた、そういうことかい？」

「まあ、そんなようなことです」

水川は頷いた。

尾津は首をふった。

「そんな偶然があるとは、とうてい信じられないな」

「そのベンチは、世界中からすわりにこられるベンチなんです。だから……」

「それがインターネットなのだろ」

「はい」

水川は頷いた。

「まあ、いい。それで？」

「『クリエイター』が何なのかを、僕は調べました。そうしたら、インターネットの世界では伝説的なプログラマーの集団だったんです。もともとはクラッカーで――」

「クラッカー?」

「昔、ハッカーっていった奴です」

「勝手にコンピュータから情報を盗む連中だな」

「盗むだけじゃありませんけど……。まあ、そうです。『クリエイター』は、互いを知らない、四人か五人のグループで、この何年間か、世界を変えられるようなソフトを開発していて、それに成功したっていうんです」

「その話はどこから聞いた?」

「ネット上の噂ばかりを集めたホームページです。開発するには、いろんな情報が必要なんで、アメリカの国防総省とかCIAとか、そういうところのコンピュータにも忍びこんでいたみたいです」

「そんな簡単に忍びこめるのかな」

「簡単じゃありません。でもパスワードさえ見つければ……」

尾津は息を吐いた。限界だった。

「で、君は、何を私に伝えにきたんだ」

「『クリエイター』は、作ったソフトをどこかに隠しました。そしてそれが簡単に見つからないよう、『鍵』を、アダムとイブに預けたんです。そのアダムに選ばれたのが、尾津さんなんです」

「私は何も預かっていない」

「もちろん、本人も何も知らない筈です」

「なぜ何も知らない人間に預ける？」

「『クリエイター』の中で内部分裂があって、それを売ろうとする人と、そうさせない人とで分かれたという話です。そこで一度、オフ会をやって、会って話そうということになって――」

「オフ会？」

「ネット上でしか会ったことのない人間が、実際に会うことです」

「なるほど。で、会ってどうなった？」

「これです――」

水川は新聞記事のコピーらしきものを胸のポケットからとりだした。

〈また集団自殺？　茨城県大洗港の海底から三人の男性が乗った車を発見〉

見出しの文字があった。尾津は失礼、といって老眼鏡をかけた。

「三日、午前、茨城県大洗港第三埠頭の海底に乗用車が沈んでいるのが発見され、ダイバーを使ってひき揚げたところ、車中に男性三名の遺体が発見された……」

記事によれば、車内で死んでいた男性三名は互いをロープで結び合っており、うちひとりの衣服から、遺書らしきものがビニール袋に入って発見されたという。茨城県警察は、自殺か偽装殺人と見て捜査を進めている、とあった。

「これが?」

尾津は水川を老眼鏡の上から見やった。

「『クリエイター』です。その車のもち主だという、深田《ふかだ》さんと僕はメールで話しました」

水川はいった。

深田というのは、水没していた車から発見されたひとりの名だった。

「深田さんは『クリエイター』のメンバーでした。僕は自分がアダム一号にされているのがわかって、『クリエイター』の会議室にメールを送ったんです。深田さんから返事があって、そのとき『ヒミコ』のことを教えられました」

「『ヒミコ』?」

「そのソフトの名です」

「それで?」

「深田さんは、『ヒミコ』のことを狙っている奴らがいる、といいました。そして『クリエイター』に何かあったら、アダム四号、つまりあなたにそれを知らせてほしい、と。あなたはパソコンも携帯電話ももっていない。だから知らせるには、直接会いにいく他はないのだといっていました。本当は、アダムとイブが誰なのかは、絶対の秘密だった筈なのです。それがとんでもないことに外に洩れてしまった。『ヒミコ』を欲しがっている人間がそのためにアダムとイブに接触しようとするかもしれない。アダムとイブは何も知らないで、そういう連中に利用されてしまうだろう。それを防ぎたいのだ、と」

「ちょっと待ってくれ。いったいどういう連中が私を利用するというんだい」

水川は瞬《まばた》きし、尾津を見つめた。

「『ヒミコ』の価値を知っている人たちです」

「コンピュータ会社か？」

「深田さんたちは、『ヒミコ』を作るために、いろんな場所のコンピュータをハッキングし、中のデータを使いました。大学や政府機関、海外の、たとえばアメリカのNSA、国家安全保障局とか……」

「おいおい」

尾津はいった。

「いくらなんでもそんな簡単に入れるわけないだろう。NSAといえば、CIAと同じような情報機関だぞ。かりに入れたとしても、あとでそれがわかったら、大変なことになる筈だ」

「なったんですよ」

水川は新聞記事をさした。

「いや、待てよ。殺すというのは、大げさだろう。つかまえて刑務所送りが妥当じゃないのか」

尾津は首をふった。目の前の男はとんでもない妄想にとりつかれているようだ。

「とにかく――」

水川はじれったそうにいった。妄想にとりつかれた人間はふつう、そのことをくどくどと喋りたがるものだが、この水川に限っては、さっさと話を終わらせたがっているように見えた。尾津にはそれだけが奇妙だった。

「深田さんは死んじゃいました。あとの二人は知らない人ですけど、たぶん『クリエイター』のメンバーだと思います。『ヒミコ』は封印されて、それを解けるのはアダム四号とイブ二号、つまり尾津さんと佐藤《さとう》かおるさんの二人だけなんです」

「佐藤誰だって？」

「かおるさん。ひらがなでかおると書きます。三十歳の女の人です。イブのデータはそれ以上見られませんでした。イブ二号が佐藤かおるさんという三十歳の女の人、それだけしか流れなかったんです。尾津さんは佐藤さんを見つけなきゃいけないんです。見つけて、『ヒミコ』を守らなきゃ――」

「見つけなかったらどうなる？」

尾津はいった。

「え？」

水川は虚をつかれたような顔になった。

「私が、その佐藤何とかって女の子を見つけなかったらどうなるんだ？」

「キィは、尾津さんと佐藤さんです。二人がいっしょにならなければ、『ヒミコ』の封印は解けない」

「封印なんて解く必要ないだろう。だって、そのソフトを悪用しようとする奴らがいるのだから、ずっと眠らせておくほうが正解なんじゃないのか」

「いや、でも……」

「パンドラの匣《はこ》みたいなものだ。鍵があるからといって、開ける必要はない。世の中にはそんなことはいっぱいある」

「開けたがっている人たちがきっと黙っていません」

「わからんな。私はコンピュータのことはまるで駄目なんだ。勝手に鍵に指名されているといったって、私の生年月日や職歴が鍵になるのだったら、私なんかいなくてもいくらでも、封印とかを解くのはできるだろう」

「もちろんパスワードはそんな簡単なものじゃないです。そんなものなら、すぐに解くことができる。尾津さんと佐藤さんが二人そろって初めて、生まれるものなんです」

尾津は苦笑した。

「会ったこともない人間が、これまた互いに会ったこともない人間二人が出会うことで生まれる何かなんて想定できるものかね。私はできないと思うぞ」

水川は尾津を見つめた。ショックを受けたような顔つきだった。理解されないことへの失望が、いらだちを上回ったようだ。大きなため息を吐いた。

「わかりました。僕は伝えた。それだけは覚えておいて下さい。本当は僕はきたくなかったし、話したくもなかったんです。だけど約束したからきた……」

「この、死んだ深田という人と、かね」

新聞記事を示し、尾津は訊ねた。水川は頷いた。

「そうです。帰ります」

不意にいって、水川は立ちあがった。尾津が何かをいうより早く、玄関に向かった。

「お邪魔しました。ごめんなさい」

とりつくしまもない態度だった。突然、心のシャッターを降ろしてしまったかのように見える。

かつてもこんなことがあった。若い社員、ちょうどこの水川か、それより少し下の連中と話していたときだ。こちらのいった何かひと言か、仕草だかが気にいらないらしく、突然心を閉ざしてしまうのだ。意見や立場のちがいを、話し合うことで解決しようとはせず、不意にすべての接点を切ってしまう。

尾津はそれを〝宇宙人〟だと思っていた。地球人のふりをしていた宇宙人が、ある瞬間、化けの皮を脱ぎ、宇宙人に戻るのだ。

「――君も宇宙人か」

尾津はつぶやいていた。とことん話し合う、互いの考え方のちがいを〝詰める〟ことのできない相手だ。

三和土の運動靴に足を通していた水川がふり返った。ドアを開け、

「宇宙人はそっちですよ」

といって、でていく。

ドアが閉まり、玄関に立った尾津は呆然とそれを見つめた。あの男は、宇宙人という言葉の意味に気づいていた。つまり、尾津こそ話の通じない相手だと断じてきたのだ。

ちがうぞ、俺は宇宙人じゃない――そういおうにも、機会は失われていた。

ひどく虚《むな》しい気分になって尾津はリビングをふりかえった。

奇妙な話ではあったが、もっと真剣に聞いてやればよかったかもしれない。めったにないことだが、悔恨に似た感情が、尾津の中にわきあがっていた。

2

八時二十分に目が覚めた。いつも起きる時刻より五十分も遅い。なのに尾津はベッドから起きあがらず、天井に近い羽目板をにらみつけた。

昨夜突然訪ねてきた、水川という男のことが気にかかってきた。水川の話の内容がどうこうではない。まったく信じるに足らない、妄想に決まっているのだ。

むしろ尾津の気になっているのは、水川の周辺のことだった。家族は、水川の行動を知っているのか。水川は三十一か二、尾津にとっては息子くらいにあたる年齢だ。結婚しているようには見えなかったが、順当なら、両親はまだ生きている。つまり水川の父親は、尾津とさしてかわらない。その父親は、息子が妙な妄想にとりつかれ、一面識もない人間のもとを訪ね回っていることに気づいているだろうか。他人に息子が迷惑をかけていると知れば、ひどく狼狽《ろうばい》するのではないか。

尾津自身に子供はいなかった。二十八歳のときに、上司の勧めで見合いをし、結婚した恭子は、結婚後三年で妊娠し、だが流産した後遺症で、子供が作れなくなった。

そのことを咎《とが》める気持はなかった。恭子が望んだ結果ではないのだ。ただ、子供がいないぶん、仕事に打ちこみ、家に帰らない日々が多くなった。

勤めていた会社は、中堅よりやや大手、といった商社だった。一九六〇年代の後半から八〇年代にかけて、尾津は東南アジアを中心に、世界のあらゆる国々を飛び回った。うぬぼれでなく、優秀な商社マンであったという自負がある。日本という国が、まだそれほどの経済大国でなく、日本企業との取引が自社、あるいは自国にどれほどの利益をもたらすか想像もできないような連中とも渡りあってきた。それはときに独裁者であったり、日本という国がどこにあるのかすら知らない部族の長だった。

投獄の危険もあった。一歩まちがえば、土地のしきたりに従って処刑されかねない場面もあった。相手が読めるかどうかもわからない、英文の名刺一枚とダークスーツのみを武器に、未知の土地で未知の人間たちと商売の話をとり決めてきた。

〝エスキモーにすら冷蔵庫を売りつける〟、日本人商社マンの飽くなきビジネス意欲がそう揶揄《やゆ》され、「エコノミック・アニマル」という渾名《あだな》で呼ばれた。事実、権力者に賄《わい》賂《ろ》を贈り、女を抱かせ、相手国の大きなプロジェクトに食いこむという手を使ったこともある。

きたないといわれようが何だろうが、それが当たり前だった。日本から還流した金が、為政者とその取り巻きの懐ろだけを肥やし、宮殿かと見まがうような屋敷で、夜な夜な豪奢なパーティが催される一方、同じ国内に飢えて死ぬ子供や、わずかな食物欲しさに殺し合う大人がいることを、決して知らないわけではなかった。いずれは為政者たちの懐ろから溢れでた富が、それら庶民の手に届くときがくる、と信じていた。あるいは願っていた。

何のためにそれほど働いたのか、と問われるなら、今となっては虚しいが、やはり会社のため、さらには自分の子供時代、信じられないほど貧しかった日本のため、としかいいようがない。

どれほど大きな取引をまとめようと、自分がそれで巨額のコミッションを受けとれるわけではなかった。すべては給料のうちだった。

同僚やライバル商社の社員の中には、そのことに納得せず、退社して現地法人を作り、日本企業と現地企業、または国や自治体とのあいだに立って大儲けを狙った人間もいる。

成功した者も、失敗した者もいた。だが今に至ってもその成功を維持している者は少ない。失敗した者の末路は悲惨だ。すべてを失い、悄然《しょうぜん》と日本に舞い戻るか、ある日忽然と姿を消し、密林の奥で半ば白骨化して発見されるか。

権力と金の匂いに敏感なのは、商社マンだけの能力ではない。犯罪組織や、制服を着ているだけで、中身は何らギャングとかわらない、軍隊、警察も、いた。それはひとりふたりの腐敗とはレベルがちがう。何十、何百という、制服を着た〝殺し屋〟を身内に抱える国家は、今なおこの地球上に数多くあるのだ。

もしかすると、国の数だけで比べるなら、そうでない国のほうが少ないかもしれない。そういう連中ともときには仲良くし、ときには裏切って、尾津は会社に利益をもたらしてきた。

当時、「国辱だ」と吐き捨てた〝良識派〟がマスコミにいたことも知っている。だがその〝良識派〟を食わせたマスコミの広告主になったのは、商社を通じて「エスキモーに冷蔵庫を売りつけた」電機メーカーであったり、「賄賂でダム工事を受注した」建設会社ではなかったのか。

さらにいえば、当時の日本商社など、おままごとの会社ごっこにしか見えないような、弱肉強食のビジネス戦争がこの地球のあちこちで勃発している。賄賂のかわりにミサイルが飛び、取引に応じない為政者を抹殺してでも、成果を得ようという、軍隊とつながった大企業が、日本ではない先進国にどれだけあることか。企業はときに政治家を通じて国軍を動かし、それがかなわなければ傭兵を雇う。

そんな現実を、かつての〝良識派〟は何というだろう。グローバリゼーション、世界の趨勢《すうせい》だと、嘆息するのみか。

尾津にとってみれば、今さらそんなことはどうでもよかった。いずれにしても、日本経済の歯車は、確かにあの頃からどこか狂い始めていたのだろう。あるいは狂っていたのではなく、歴史の中に証明される〝大国の興亡〟のセオリーに避けがたく従っていただけかもしれないが。

狂乱のバブル期、尾津は五十になったかどうかだった。土地投機に向かう、社の方針に違和感を抱きつつも、その中枢にいたという点では、やはり罪を免れることはできない。

本来商社に、扱わない商品はない筈だ。だから土地を扱ったとして何が悪い、というわけではない。しかし、あの頃の仕事は、仕事ではなかった。尾津はもう現場ではなかったが、電話一本で、何千万、何億という利益を捻《ひね》りだしたと喜ぶ社員たちを、そして毎夜、銀座、六本木でハイヤーを待たせ、シャンパンを抜く、そのはしゃぎぶりを、長つづきする筈はなかろう、という思いで見ていた。

六本木こそなかったが、銀座や赤坂には、尾津もよく足を運んだ。だがたいていの場合それは、日本にやってきた外国要人や監督官庁の官僚を接待するのが目的で、自らが美酒に酔ったという実感はなかった。

バブル期、若い社員は、自らのためにシャンパンを抜いていた。あるいは、銀行に接待されていた。

いつかは足もとが揺らぐときがくる、そう予感していたが、あれほどの事態が訪れるとは想定していなかった。

バブル期の尾津の違和感は、そのまま尾津に対する社内のそれへと、受けとめられた。古くさい、いつまでも過去の業績にしがみついている、そうとられ、五十五のとき、バブルが弾けていくらかたった頃、子会社への出向を命じられる。出向が正社員へとかわったのは、五年後の定年以降だった。正社員としては、あと一年、尾津は子会社から給料を受けとることになっていた。それに伴う二度目の退職金も。

つまりまだ、尾津はサラリーマンをつづけていた筈なのだ。二年前、トーア物産が倒産するまでは。

親会社の倒産は、子会社の消滅をもたらす。せめてもの慰めは、一度目の退職金を、とりあえずは受けとれたことだ。

恭子が離婚をもちだしたのは、その倒産とほぼ軌を一にした頃だった。

驚きは不思議なことになかった。だが失望感はあった。

――これからは別々の人生を歩ませて下さい。どうぞお願いします。

離婚届を座卓の上におき、恭子は畳に額を押しつけた。その口調に、何度かリハーサルをしていたな、という苦い印象を尾津は抱いた。そしてそれはとりも直さず、恭子の意志の固さを表わしていた。

尾津にしても、定年後、夫婦ふたりで寄り添う暮らしを夢想していたわけではなかった。

──夫婦の絆は貯金だよ。それも結婚当初が一番多くて、ときを経るごとに目減りしていく。仕事にかまけていたら、残高ゼロということになりかねない。

かつてそう忠告した先輩がいた。定年を機に、子供の独立を促す目的もあって、家を売り払い、南房総のリゾートマンションに移り住んだ。その計画を妻に打ち明けたとき、

「わたしは何をすればいいんですか、そんな田舎で」

と、なじられたという。

先輩は拝むようにして、妻をゴルフスクールに通わせ、毎週末、釣りに連れだした。

幸運だったのは、生家が瀬戸内で、東京では新鮮な青魚が食べられないと嘆いていた妻が、釣りの楽しさの中に食味を見出してくれたことだ。

──でももっと早く、釣りを教えてくれればよかったのに、と叱られた。俺にしてみれば、釣りに連れていくのは足手まといだし、第一本人がきたながってこないと思ったのだがな……。

尾津の場合は、残高はゼロを切り、マイナスに入っていた。妻は趣味の小唄にのめりこみ、週末をいっしょに時間を過すことが少なくなって、すでに十年近くが経過していたのだ。

週末の孤独を、尾津もたいして苦痛には感じていなかった。ゆっくり本を読んだり、テレビを見られると、歓迎していたくらいだ。

横浜の家を処分し、代金を分け合った。大半が手つかずであった退職金も、一円単位

に至るまで半分割することを、恭子の代理人としてやってきた弁護士は要求した。離婚をもちだされ、一夜明け、受諾したその日から、恭子は家をでていた。高校時代の友人で、小唄の仲間の独身女性の家に身を寄せているということだった。

やはり、な。

さすがにまんじりともできなかったその晩、尾津の胸のうちを去来していたのは、やはりな、という思いだった。

いつだかはわからないが、夫婦であることへの違和感が生まれていた。しかしそれに目をつぶり、恭子を「共生者」あるいは「主婦の役割を果す係」と扱いつづけてきた。

そのツケが回ってきたのだ。バブルとその崩壊の印象とよく似ている。

いつかは足もとが揺らぐと予感しつつも、これほどとは思っていなかった点で。

ときおり、こちらも土下座してでも頼みこめば、離婚は避けられたのでは、という後悔に似た気持にかられることがある。それはたいてい、独りでいる自分にいたたまれない気分になったとき、いわば「弱っている」ときだ。

年を経て、若い頃の想像とまるでちがう自分に気づくことは多いが、何よりそれを実感するのが、孤独への弱さだった。寂しさに耐える防壁がもろくなっているのを実感する。

それは不思議な話だった。

十代のとき、大学に入学するために上京し、独りぼっちの下宿やアパートでの暮らしは、これ以上はないというほど孤独だった筈だ。友人も知人も、ましてや恋人もいない生活を朝も晩もつづけていながら、あのときの寂しさには、感傷的な甘さが含まれていて、どこかでそれを楽しむ余裕すらあったような気がする。胸を喰《は》む寂寥は、若さの、ある種の証明と信じ、いつかこれに別れを告げる日がくると、根拠のない確信を抱いていた。

六十を過ぎ、孤独が、これほどつらくやりきれないものだと初めて知った。年を経れば人は強くなる、そう思いつづけていた。知恵がつき、経験を積み、踏んだ場数のぶんだけ動揺も後悔もせずにすむ。

それは孤独に対する耐性という問題をのぞけばそうであったかもしれない。

恭子と別れたから孤独になったわけではない。だがそのことも、尾津にはわかっていた。

尾津を孤独にした〝元凶〟は、失職にある。組織に属していないこと、やるべきことを与えられていないこと、そして何より、誰からも必要だと感じられていないことが、尾津を強い孤独に落としこんだ。

家族というのは、いわば最後のよりどころだ。たまたまそれを同時に失ったにすぎない。そして、会社の倒産とちがい、対象が人の心であるがゆえに、「何とかなったのではないか」という、幻想を抱いてしまうのだ。

だが決して何ともならなかったろう。よしんば尾津がプライドを曲げ、恭子に懇願をし、その場での離婚は回避できたとしても、「離婚をもちだされた」という衝撃は決して消えてなくならなかったろうし、結果、そのことに対する〝後遺症〟から、必要以上に恭子につらく当たったり、あるいは自らを殺して、自らに疲弊する日々を送ることになったにちがいない。

つまりは、恭子の中で一度、離婚という選択肢が決断された以上、それが理想的であったかどうかは別として、尾津と恭子の関係がもとの形に戻るのはありえなかったのだ。

若い頃とちがう、甘さのかけらもない寂寥に弱気の虫が頭をもたげると、尾津は自分にそういい聞かせることにしていた。

そうしてようやく二年間が過ぎた。学んだのは、常にやるべきことを見つけておく姿勢が、孤独を味方につける手段だという事実だった。

料理する、食べる、材料を買う、本を読む、テレビを見る、散歩をすることまでが、尾津にとってやるべきことだった。職捜しも、またそのうちのひとつだが、六十を過ぎた人間においそれと就ける職業が見つかる筈もなく、また、自分より若く、養うべき者をもちながら、職を捜す者たちを目にするたびに、いいようのない怒りがこみあげるのを感じた。

誰か、の責任ではない。だが誰かたちひとりひとりの責任で、不公平にもそれを一身に背負ってしまっている者たちが、ハローワークにはいる。

この国は「ズタボロ」だ、と尾津は思う。若い頃の孤独に自分が耐えられたのは、未来にはそれが解消すると信じていたからだ。今の孤独が厳しいのは、解消する未来など、もう自分には存在しないからだ。

　同じように、未来に夢を抱けない人間がそこには溢れている。尾津の、十、二十、下という年齢だけではない。二十代、いや十代ですら、就ける職がないのだ。彼らにとって、未来などないに等しい。

　若者が未来に希望を抱けない国など、あっという間に荒廃する。なぜなら、若者のもつエネルギーは自らを富ませるために使われるべきであり、そうする場がなければ、反社会的な行動の原動力となるのが見えているからだ。

　かつて、一九五〇、六〇年代の、貧しい日本を知っている尾津たちにすら、未来への希望はあった。今がつらくとも、あとは這いあがるだけという、どこか楽観的な思いを漠然と抱きつつ、身を粉《こ》にすることができた。

　だがハローワークにくる若者に、それはない。今が悪くとも、という認識ではなく、今を何とかしなければならず、その今が駄目なら、その先には何もないのだ。

　こんなことに日本がなるとは、本当に思わなかった。

　自分に責任があるとしよう。いや、まちがいなくある。バブルに至るまでの登り坂をひっぱってきたのは、確かに自分たちの世代なのだから。

　予測できなかったとはいえ、尾津の世代には、責任がある。その責任をどうとればよいのかが、尾津にはわからない。

むろん、尾津の世代だけに責任があるわけではない。尾津の上十年、尾津の下二十年までには、すべて責任がある。全員が、それなりに責任をとるべきなのだ。少なくとも、バブルの頃生まれてきた若者たちよりははるかに、責任を問われるべきだ。

金じゃない。もちろん金も必要だが、金ではないのだ。未来が今よりはよくなるという希望、あるいは自信、を、若者たちにもたせなければならない。それができない国家など、滅びるのは当然の報いだ。

電話が鳴った。気づくと枕もとの目覚ましは九時を過ぎている。

昨夜の水川だろうか、そう考えると自然に体が起きた。

「――はい」

「尾津さんのお宅でいらっしゃいますか」

「そうです」

「尾津君男さんは――」

「私です」

わずかに鼻にかかった、気どりを感じる喋り方の男だった。水川ではない。

「朝早くから突然のお電話申しわけございません」

「何かの勧誘なら無駄だよ」

男が笑う気配があった。

「ちがいます。そういう誤解をされても当然と思いますが。私、サーチ・コンサルタント会社、『ファーム・ジャパン』の、当麻《とうま》と申します」

サーチ・コンサルタントという職業が何であるかは知っていた。クライアントである企業から必要な人材を見つけてくるよう依頼され、それを他社から引き抜く仕事だ。「ヘッドハンター」という言葉がふつうだが、自分たちでは「ヘッドハンター」という自己紹介をあまりしない。

「尾津さまは、トーア物産に長くお勤めでいらっしゃいましたね」

さんがさまにかわり、当麻はいった。

「そうですが」

「特にアジア圏を中心に活躍されていたとうかがっております」

胸がざわついた。尾津をハントしようというのだろうか。

「調べるのは得意なお仕事の筈だ。で、どういうご用件なのでしょう」

「おそらくもうお察しとは思いますが、キャンディデイトとして尾津さまとお会いし、一度お話をさせていただきたいのです」

尾津は息を吸いこんだ。キャンディデイトとは、ヘッドハントの対象となる人間のことだ。

「私をどこかの企業が希望されている、そううけとっていいのですか」

「おっしゃる通りです。クライアントさまについて、電話では申しあげられませんが、尾津さまの経験と能力をたいへん高く評価されており、ぜひに、とご希望です」

当麻と名乗った男はいった。

「あなたはリサーチャーなのかな、それとも――」

「シニアリサーチャーです。したがいまして、尾津さまの件に関しては、私が責任をもって進めてまいりたいと思っています」

リサーチャーというのは、文字通り人材を捜すだけの人間だ。だが、人材を見つけ、再就職の斡旋までもやる人間は、シニアリサーチャーと呼ばれ、サーチ・コンサルタント会社でも上級職にあたる。

「――しかし、なぜ今ごろ私を……。もうリタイアした人間ですよ」

「失礼ですが、尾津さまの健康状態についても、私どもでは、まだまだ充分に活躍できるだけの体力をおもちだと判断させていただいております。こういう時代ですので、何よりも高い能力をおもちであることが、クライアントさまの第一番の条件でございまして」

皮肉な話だ。尾津自らは、ハローワークに足を運び、とりあえず働ける場所を捜そうとしているのに、ヘッドハンターがまさか声をかけてくるとは。

当麻のクライアントがどんな企業かはわからないが、ハローワークに、尾津の経歴と重なる募集をだせば、当麻らにいっさいの手数料を払うことなく、尾津を入社させることができたろう。

そう考えたとき、ふと疑問が浮かんだ。ヘッドハンティングについて詳しいわけではないが、定年退職から四年もたった人間にヘッドハンターが接触したなどという話は聞いたこともない。

「尾津さまの現在のご自宅は、確か江東区でいらっしゃいますよね」

「そうです」

当麻は、数年前にオープンしたシティホテルの名を口にした。尾津の住居から地下鉄でふた駅の場所にある。そこのカフェテリアで午後にでも会えないかというのだ。

「わかりました。ところで一応、そちらの連絡先をうかがえますか」

「承知いたしました」

当麻は答え、淀みなく「ファーム・ジャパン」の代表電話番号と、自分の携帯電話の番号を口にした。尾津はそれをメモした。

「ではのちほど、お目にかかれるのを楽しみにいたしております」

当麻はいって、電話を切った。

フックを押し、尾津は受話器を手にしたまま「一〇四」を押した。

「『ファーム・ジャパン』という人材紹介会社の番号を」

NTTのオペレーターに告げた。

数秒後、テープによる番号案内が、尾津の耳に流れた。当麻の教えた番号と一致していた。

受話器を戻した。妙な気分だった。手のこんだイタズラか、そうでなければ本当に、金をつかってまで尾津を欲しがっている企業が、この地球上のどこかにあるのだ。自分が今でも能力に欠けるとは思っていない。しかし、年齢とコンピュータに関する知識の低さを考えれば、とうていヘッドハントの対象となるほどの人材とは思えない。

まずは、当麻と会い、話を聞いてみることだ。

尾津は自分にいい聞かせた。だが、わずかに興奮しているのも自覚していた。当麻の誘いにのる、のらないは別として、自分が必要とされているという感覚は、この何年間か、ついぞ味わっていなかった。

心躍る、とまではいわないが、気持をたかぶらせるものはある。

あわてるな。過剰な期待は禁物だ。いくらリサーチャーとはいえ、大きな勘ちがいをおかすこともある。会ってみたら、尾津が向こうの求める人材とはまったく異なっていたということだってありうるのだ。

まずは朝食だ。

煮干しでだしをとる味噌汁を今朝は作る計画だった。飯を炊き、佃煮と卵焼をおかずにする。

煮干しの頭をとり、鍋の水につけて、米をといだ。炊飯器のスイッチをいれてから、新聞を近くのコンビニエンスストアまで買いにいった。ゆっくりと新聞に目を通すうちに、飯が炊けた。煮干しをつけておいた鍋を火にかけ、冷蔵庫から具となる油揚げとネギをとりだした。油揚げを湯通しし、ネギとともに刻んで沸いている鍋の中に落とす。

子供の頃、だしとなった煮干しはとりだされずにそのまま味噌汁の仲間入りをしていた。さほど好きではなかったその味が、今では懐かしさも手伝って嫌いではない。

鍋に味噌を溶き、火を止めた。卵二個をボウルに割りほぐし、塩コショウと、わずかに味《み》醂《りん》を加え、フライパンで薄くのばして焼き、それを箸で丸くまとめる。そば屋のだし巻ほどの味は期待できないが、海苔の佃煮などと合わせれば、立派なおかずになる。

奇妙なものだった。滅多に自宅で食事をとることのなかったサラリーマン時代、尾津の朝食は圧倒的にパンが多かった。それは恭子がそうしたからではなく、尾津が望んだ結果だった。遅くまで飲んだり仕事をした翌朝は、米の飯とおかずというとりあわせを、重たく感じたからだ。

実際は米飯だから重く、パンだから軽い、ということではないだろう。油脂の量を考えれば、バターやハム、ベーコンを多食するパン食のほうがよほど重い。

ただパン食のほうが手軽に食べられる、そう感じていたに過ぎない。

味噌汁をすすり、飯をひとつまみ口にいれ、さあどのおかずから始めようかと考える米食に比べ、パン食は、どこか単純な構成のような気がする。

とりあえず詰めこむ、それがパン食の朝飯なのだ。

パン食がすべて手軽だというわけではない。夕食でフレンチやイタリアンを食べれば、パンがでてくるが、それを手軽だとは思わない。あるいはイギリス滞在時の朝食は、夕食以上に楽しめる時間だった。尾津の印象では、イギリスのおいしいものは、朝食にすべてが集まっている。

いずれにしても、米食は腰をすえた食事だという印象が尾津にはあった。したがって時間のない朝に、米食をするのはおっくうであり、恭子にはパン食を、と命じていた。その朝食ですら、恭子といっしょにとった記憶が尾津にはない。用意された朝食を、ダイニングで尾津がとる間、恭子は流し台のかたわらでコーヒーをすすっていた。おそらくは尾津の出社後、恭子はひとりゆっくり朝食をとっていたのだろう。そしてそれは、もしかすると米食であったかもしれない。

朝食を終えると、コーヒーメーカーに粉をセットした。洗いものをする間に、コーヒーがおちる。

洗いものはやはり好きではない。だが洗濯よりはましだ。下着だけは毎日かえているので、一週間に一度でもかなりの量になる。洗濯物を干している時間が、何より尾津は嫌いだった。理由もなく、惨めな気持になるのだ。

今日はその洗濯の日でもあった。

コーヒーに砂糖とミルクを溶かし、その日最初の煙草に火をつけてから、全自動洗濯機に、たまっている下着類と洗剤を入れ、スイッチを押した。

もし、当麻の話が再就職につながるものであったら、乾燥機を買おう、そう決めた。

もう一度、新聞に目を通す。特に目をひく記事はない。かつて職域としていた東南アジアで大きな政変があったという情報もない。

　さまざまな国々で、知己と呼べる人間を作った。政府の要職にその後ついた者もいれば、失墜し行方知れずになった者もいる。

　そんな彼らにとり、トーア物産という所属先を失った尾津はどのような存在なのだろうかと思うことが、以前はよくあった。

　もし時間と金が許せば、そうした国々を巡り、親しくなった人々と旧交をあたためる機会をもちたい――子会社に出向後、一、二年は、そんなことも考えていた。結局、その願いがかなえられるほどの贅沢は、尾津には許されず、おそらくそれでよかったのだと今は思う。

　落魄《らくはく》の身となっている者ならともかく、かつて以上の立場にある者にとっては、七〇年代八〇年代の、成長期にあった怒濤《どとう》の時代は、懐かしくともしかし封印したい思い出であるにちがいないのだ。

　あの頃、いや、今もそうなのだろうが、手をよごさずに権力を勝ちとる者などいなかった。尾津はそんな彼らのために便宜をはかり、見返りを会社に求めた。今以上に荒っぽく、仮借のない勝負を、彼らは政敵と、尾津はライバル商社とくり広げていた。

　それが通用する時代だった。いや、それでなければ生きのびられない時代だった。今は逆で、そんな洗練されないやり方をとる者は、おそらく法的な訴追をうけたり、入札から外されたりするにちがいない。

戦いはその過程においては、かつて以上に秘めやかで微妙な戦略を要求され、結果においては、かつて以上に熾烈《しれつ》で、敗者に厳しい時代となっている。

電話が鳴った。

たった二度目の電話なのに、今度はなんだというつぶやきが尾津の口から洩れていた。

「はい」

「尾津か⁉」

聞き覚えのある声がいった。

「そうですが」

「酒井田《さかいだ》だ」

「おお！」

尾津は声をあげていた。酒井田は、トーア物産の同期入社で、しかし三十代半ばで独立した成功組だった。バンコクと東京に住居をもち、自動車メーカーのコンサルタントをやっている。

「元気か」

酒井田は訊ねた。

「何とかな。そっちはどうだ」

「ひどいもんだよ。最近の駐在員は本社のご機嫌うかがい
しかしやがらねえ。タイにきても、腰をすえてやるというより、とにかく費用削減を現地にいうばっかりだ。役人み

たいな奴らばっかりよ」

つるつるの禿頭で大柄な酒井田は、声が大きく陽焼けしているせいもあって、日本ではまずカタギの人間には見られない。

「そうか」

「まあ、それでも、四の五の吐《ぬ》かしたら、ウチは引き揚げるって威して、何とか通してる。ウチが抜けたら、何もできねえふぬけばっかりだからな。近頃の駐在員は」

「タイの景気はどうなんだ」

「悪くはないな。プーケットをフリーポートにしてリゾート化する計画なんてのもでてるしな。倅《せがれ》をやって、今のうちに使えそうな土地や建物をおさえさせようかと思ってる」

酒井田は独立後、タイ人女性と再婚して、二人の息子をもった。その息子二人が、事業を支えている。

「そういや、どっちからだ、この電話」

愛人を日本に抱えていて、来日時にホテルがわりにそのマンションを使っているのだ。

「バンコクだよ。今、ゴルフやってるんだ。茶店でひと休みしてるところさ」

携帯電話からかけてきたようだ。

「明日、会えないか」

酒井田はいった。

「あんたに助けてもらいたい仕事ができそうなんだ。『尾津の魔法使い』に、よ」

いって、酒井田はけたたましく笑った。

「尾津の魔法使い」は、三十代のとき、インドネシアで仕事をしていた尾津につけられた渾名だった。受注不可能といわれていた、ダムと発電所の工事を、トーア物産に落札させ、以来ついたものだ。古い映画の題名にひっかけ、魔法を使ったとしか思えないと、ライバル商社の連中にいわれた。

懐かしい渾名だった。すっかり忘れていた。胸にあたたかなものが広がるのを感じた。

「大丈夫だ」

「もう、使えないぞ。魔法なんて」

「わからんじゃないか、やってみなけりゃ。明日、午後十時、銀座のセントラルホテルのロビーでどうだ？」

「わかった」

「ようし、それでなくちゃ。俺はこれからアメリカ人の石油屋からチョコレートふんだくるからな。明日、それで一杯やろうぜ」

一方的にまくしたて、酒井田は電話を切った。

精力的な男だ。体格のせいもあるが、六十を越えているようにはとうてい見えない。日本の愛人の他にも、バンコクでも若い娘をひとり囲っていると聞いたことがある。ただしそれは女房にばれたら大変な騒ぎになる、といっていたが。

だがいったいこれはどうしたことだろう。ハローワークに通っても仕事に巡りあえなかった自分に、同じ一日の朝のうちに、二人もの人間から仕事をしてもらいたいという依頼がある。アジア地域で政変がなかったことは確かめたが、もしかするとどこかの水面下で進行中なのか。そしてその結果、尾津と強いつながりのある人間が、大きな権力を手中にするのか。

尾津としては、それくらいしか、自分の突然の人気に対し、理由が思い浮かばなかった。

3

待ちあわせた時刻より数分早く到着したが、当麻はすでに尾津を待っていた。テーブルの上にノートパソコンが広げられている。紺のスーツを着け、細いメタルフレームの眼鏡をかけた当麻は、いかにもといった印象の男だった。四十そこそこだろう。気障《きざ》でクールな雰囲気を漂わせている。

カフェテリアの入口をくぐった尾津に、当麻は無言で立ちあがり、腰をかがめた。

「お待たせしましたか」

いった尾津に首をふり、パソコンを片手で閉じた。

「いえいえ。こちらが早めに着いてしまっただけですので」

名刺を差し出した。「株式会社　ファーム・ジャパン　シニアリサーチャー　当麻伸」と記されている。

「申しわけない。私は——」

「もちろん、けっこうです。おかけ下さい」

返す名刺がないという寂しさに慣れるのには、やはり時間がかかる。今もって、尾津は慣れることができなかった。もっとも、名刺をもらう機会が減り、断わりを口にする回数が少ないせいもあるだろうが。

カフェテリアは閑散としていた。スーツにネクタイ姿の客は、尾津たちくらいのものだ。あとは、お喋りに余念がない主婦らしいグループがひと組で、ホテルの立地を考えれば、当然かもしれない。

「早速ですが、尾津さまにいくつかおうかがいしたいことがございます。よろしいでしょうか」

当麻はいった。尾津は頷いた。当麻は再びパソコンを開き、キィボードに触れた。

「いくつか、立ちいったお訊ねをすることもあるかと思います。ご不快で、お答えになりたくないことがあれば、そうおっしゃって下さい」

「答えるのは別にかまいませんが、ひとつこちらから先に質問させていただいてよろしいですか」

当麻は尾津を見た。妙に瞬きの少ない目だった。

「何でしょう」

「私に興味を示して下さっているのは、どんな業種の会社なのですか」

一拍の間があいた。その間、一度も瞬きをせず、当麻は尾津を見ていた。

「知的財産権の管理会社です」

当麻は答えた。

「ご存じのように、アジア地域では、この問題は、国際的な課題となっています。海賊版やコピー商品が横行しています。クライアントは、この問題を解決に向け、大きく前進させる現地法人を作ろうと計画していらっしゃいます。当然、現地政府やあるいはコピー商品を製作している現地企業との折衝が必要になると予測されます。そこにおいて、尾津さまのスペックが役に立つのではないかと、私もクライアントも考えているわけです」

「なるほど」

「尾津さまが、知的財産権に関し、専門的な知識をおもちであるかどうかは、この場合、あまり問題ではありません。知的財産権の解釈は、その製品によっていちじるしく異なりますし、専門の弁護士を、法人の中に迎えるのが条件にもなっておりますので」

人間どうしのネゴシエーションをおこなえ、ということか。どの大臣に賄賂を贈り、どのギャングのボスと話をつければ他の組織が文句をいってこなくなるかを判断しろ、というわけだ。

確かにそういう仕事ならばできそうな気はする。

「質問を始めさせていただいてよろしいでしょうか」

当麻が訊ねた。

「どうぞ」

質問はまず、尾津の健康状態のことから始まった。つづいて家族構成、現在の生活習慣、さらには住居の家賃や収入状態にまで及ぶ。

不快というほどのものではないが、何か試されているような、そんな印象を抱かされる。

つづいて、トーア物産における、尾津の仕事ぶりに移った。当麻は、どこでどう調べたのか、商社マン時代の尾津が手がけた仕事を逐一、といってよいほど資料にもっていた。

だがさすがに、それぞれの取引の場で、尾津がどのような方法を用いたのかまでは、調査はいきついていない。そのいくつかの細かな方法についてまで質問が及んだとき、尾津はいった。

「申しわけないが、それについて今は答えることができません。関係者には、まだ向こうの国会議員であったり、現役の軍人がいますから」

当麻はちらりと尾津を見た。そのメタルフレームの眼鏡には、コンピュータの液晶画面がうつりこんでいる。

「それは、法的に問題のある手段をとられた、という意味でしょうか」

「それにも答えられません」

当麻の指が動いた。質問に対する尾津の答はその場で入力されると同時にマイクロレコーダーにも録音されていた。

「けっこうです」

五十分ほどで質問は終了した。当麻はコンピュータを操作し、改めて尾津に目を向けた。

「今度は尾津さまが質問をされる番です。このオファーを受けられた場合の、年俸ですとか、その他の条件について」

尾津は息を吸いこんだ。ヘッドハンターと呼ばれる人間に会うのは初めてだが、ここまでのところ当麻の態度に不審を感じさせるものはない。

それどころか、フェアですら、ある。

「では、収入について」

「現段階で、細かには申しあげられませんが、クライアントは年俸にして一千二百万円くらいを考えているようです。そして三ヵ月以上の海外勤務となった場合、これに三百万円ほどの手当がつきます。三百万円に関していえば、三ヵ月以上に及んだとしても、初年度はかわりません」

「私の勤務期間は？　一年ごとの更新なのですか。それとも、五年とかの複数年契約なのか」

「一年ごとの更新で、年俸もそれにしたがって見直されます。ただこれは私の印象なのですが、尾津さまには、最低三年の勤務を、クライアントは期待しているようです」

悪くない条件だった。それどころか、夢のような話といってもよい。

海外勤務ということになれば、当然、住宅も支給されるし、アジア地域ならまずまちがいなく、メイドサービスもつく。洗濯物を干す、あの惨めさからは解放される。

年俸も決して悪くない。家族への仕送りを考えないでよいのだから、収入はほぼ手もとに残ることになる。

「もうひとつ、ございました」

当麻がいった。

「何でしょう」

「もしオファーをうけていただける場合、尾津さまには、一週間から十日の研修が必要条件となります。クライアントの設定する研修所で、最低限の現地最新情報及び、知的財産に関する基礎知識を学習していただきたいのです」

「当然でしょうな。研修は現地で、それとも日本で？」

「ビザの関係もありますので、当初は日本、あるいは米国、ということになるかと思います。英語での講習は、大丈夫ですね」

「たぶん」

尾津はいった。当麻はじっと尾津を見つめた。

「他に何か、ございますか」

「海外勤務の場合、メイドサービスはうけられますか」

当麻はちらりとコンピュータの画面に目を落とした。

「クライアント負担で、住宅ならびにメイド、運転手の手配をおこないます」

途中解雇などの条件を訊こうかと思い、尾津はやめた。何を恐れることがあるのだ。勤めている人間が別の社に移ろうというのではない。失業者である自分に、再就職の話がきているのだ。

それも願ってもない条件で。

「前向きに考えさせていただきます」

それでも即答しなかったのは、酒井田からの電話が頭にあったからだ。だが、尾津の心はほとんど決まっていた。

酒井田と働くとすれば、それはかつての仲間の下に入るのを意味している。気心が知れているとはいえ、互いに上下関係は、気をつかう。

それに比べれば、まったく知らない企業でなら、たとえ年下の上司に指示を下されてもむしろ気楽というものだ。

「承知いたしました。これがクライアントの企業案内です」

当麻は封筒をさしだした。かなりの厚みがある。

「お読みになって検討なさって下さい」

「ありがとうございます。ちなみに訊きますが、こちらの会社では、私以外にも何人かに声をかけていらっしゃるのですか」

当麻は無表情に首をふった。

「リストにはもちろん他の方の名もございますが、私がこうして面談をさせていただくのは尾津さんおひとりです。もし前向きにお受け下さるということであれば、次はクライアント・インタビューとなります」

「先方の会社の方と会うわけですね」

「はい。おそらくそうなればすぐに、オファーレターを提示させていただくことになると思います」

「承知しました。一両日中に、返事をさしあげます」

4

鼻唄でもうたいたくなるような気分だった。本当に久しぶりに、尾津は幸福感を覚えていた。これまでのひとり暮らしが、急に色あせ、早くも心が海外生活に向くのをおさえられない。

当麻と別れたあと、ホテルのデリカテッセンで、夕食用に調理ずみのハンバーグを買って、尾津は地下鉄に乗った。

マンションに戻ってきたあとも、つい心が落ちつかず、パスポートの期限をチェックしたりする。

もし恭子と同居していれば、こうしたそぶりをむしろ見せまいとしたろう。ひとりの今、あきれたり白けたりする、別の目を気にすることもない。

夕食までの時間に、当麻からうけとった企業案内を広げた。

「I・P・P・C」というのが、会社の名だった。「Intellectual Property Protection Company」の略とある。初めて目にする名だ。資本金は二億円。東京渋谷に本社があり、ニューヨークとロスアンゼルス、香港に支社をもっている。本社、支社のある地すべてに所在する法律事務所と提携しており、出版社、音楽産業、映画会社、洋服やバッグのブランドメーカーなどと契約をしている。

社員数は正社員八十名。決して多くはないが、この他に各地調査機関などと業務提携をおこなっているとあるので、現地調査などは地元業者に委託しているようだ。

海賊版やコピー商品からオリジナルを守るのが主たる業務のようだ。特に尾津は詳しいわけではないが、かなりタフな仕事だろうというのは想像できる。東南アジアには、それこそバイクから家電製品、ブランド商品、映像、音楽、すべてにわたる海賊版、コピー業者がいる。何より人件費が安く、複製がオリジナルより格段に安く作れることと、著作権というものに対する意識が低いのがその理由だ。

複製品を作ること、使うことへの忌避感もない。ヨーロッパブランドなどは、多くの人間にとっては、はるか遠い外国の品物であり、街頭でコピーを売りさばく者に罪の意識はない。

一方でコピー商品の製作や流通を統轄するのは、観光産業などにも大きな影響力をもつ組織で、その支配層は地元の政治、経済にも深くかかわっている。先進国から見れば、ある種の〝犯罪組織〟なのだが、地場産業を支える側面もあって、根絶は容易ではない。

それはたとえば、東南アジアの一角で、麻薬の原料となるケシの栽培をおこなっている少数民族とも似ている。彼ら自身は犯罪に加担しているという自覚はなく、先祖伝来の土地で伝統的な農耕作業に従事しているだけなのだ。彼らの収穫に対して支払われる対価は、アメリカなどで売られるその〝商品〟の一万分の一に過ぎない。

一方的に農耕作業を禁じられても、彼らには生きていく術《すべ》がない。他の農作物を収穫する技術も手段ももたないからだ。

貧困がすべての原因だといってしまうのは簡単だ。だが本当にそれらの〝違法商品〟をなくそうとするなら、貧しい製作者に、それにかわる収入の手段を与えなければならないだろう。

「I・P・P・C」という会社が、そこまでを考えているとは、尾津には思えなかった。

おそらくは、契約したAというブランド企業から、Aのコピーを根絶してくれと頼まれれば、現地の海賊版業者に圧力をかけるため、政治家や軍隊、警察に金をばらまいてでも取締をおこなわせる。結果、海賊版業者は、AのコピーをBのコピーにきりかえるだけだろう。

腕時計なら腕時計、バッグならバッグで、業者は、ブランドをかえて生きのびる。

日本だって大きなことはいえない。ほんの四十年近く前には、似たような業者が日本にもたくさんいたのだ。

あの頃は、海外旅行も今のようには手軽ではなかったが、アメリカにいって「メイド・イン・ジャパン」の土産品を知らずに買い求めてくる者も多かった。

コピー商品でこそないが、日本で売られない日本製のアメリカ観光土産が、大量に輸出されていた時代があったのだ。今は、中国や台湾、インドネシアなどがその役割をになっている。

水が高きから低きに流れるのは必然だ。当時は日本だって〝先進国〟を食いものにしてのしあがったのだ。のしあがった国が、いずれどこかに食いものにされるのも、また当然だろう。

だが、今の三十代から下は、日本がそういう国であったことを知らない。テレビでは、高度成長期や、そのあとの日本の発展を支えた男たちのドキュメンタリーが放映され、高視聴率を得ているが、その時代のほんの少し前まで、日本にもまた〝盗む〟ことにけんめいな企業がたくさん存在していた。

海賊版やコピー商品がこれほど問題化した最大の理由は、奇妙な話だが、製品の精巧さにあるのだろう。

かつてのコピー商品は、作りが粗雑で、すぐ故障したり、明らかにコピーと知れる安っぽさが露見していた。しかし現在のものはちがう。たとえば、映画や音楽のコピーは、技術の進歩で、オリジナルとの極端な差異を認めない。腕時計やバッグなどのコピーも、簡単には故障せず、長期間の使用が可能となっている。そのことが、オリジナルブランドの正規商品の売り上げを圧迫し、それに不況が拍車をかけているのだ。

それもまた、技術の進歩なのだろう。コピーする側にも、より良い商品を作ろうという努力のあることが、事態を悪化させているというわけだ。

七時少し前、尾津は夕食の仕度にとりかかった。気持は少し落ちつき、さっきまでの浮わついた気分ではない。酒井田には悪いが、よほどのことがない限り、「I・P・P・C」に自分は再就職するだろう。

その夜はもう、誰からも電話がかかってくることはなかった。発泡酒とハンバーグで夕食をすませ、テレビのナイター中継を観たあと、焼酎の水割りをなめながら本を読み、十二時にベッドに入った。

興奮して寝つけないかと思ったが、そうでもなかった。冷静に状況を客観視している、もうひとりの自分がいる。

確かにチャンスはチャンスだが、まだ決定したわけではない。当麻はああいったが、一種のリップサービスで、尾津ていどのキャリアやスキルをもつ商社マンはいくらでもいる筈だ。

現役でもリタイア組でも、あの年俸なら、気持がぐらつく者も多いだろう。

一方で、あれがリップサービスでないとするなら、なぜ自分に白羽の矢が立ったのか、むしろ不思議だった。

不幸が突然人を襲うことはあっても、幸福がある日ドアをノックすることなどありえないと、尾津は知っている。

だが今日のこれは、まさにそれだった。詐欺でないとするなら。

ふと心配にもなった。当麻が、ある種の費用を請求してきた場合、詐欺の可能性は充分にありうる。

「フィー」と呼ばれるヘッドハンターの手数料は、クライアント企業が払うのがふつうだ。キャンディデイトである尾津に請求がいくことはまずない。

だがこんな時代だ。そこそこの貯えがあっても再就職を希望している人間は決して少なくない。それを狙ったあら手の詐欺かもしれない。

待て待て、と尾津は自分を戒めた。もしこれが詐欺だとするなら、当麻は尾津の個人情報を得るためにかなりの労力を費している。

相当額の金を尾津からだましとらない限り、ひきあわない筈だ。

最低でも百万単位を奪わなければ、対費用効果が悪すぎる。もちろん尾津にはそんな金を支払うつもりはない。

尾津はざっと自分の懐ろを思い浮かべた。家を売った代金と退職金を恭子と折半し、税金を払った上で残ったのは、二千万円をわずかに越える額だ。

それなりの年金の受給資格を得られるのはまだ先だし、かりに七十五まで生きると計算しても、二千万円は貯えとしてあまりに少ない。自宅を売却した今、終生、家賃を払いつづけなければならないのだ。

何のことはない。やっぱり興奮している。

尾津は暗闇の中で苦笑した。

当麻の申しでそのものを無条件で信じることはなかったが、関連してあれこれと思いをめぐらせる自分がいる。

ウイスキーでも飲むか。そう思い、ベッドから足をおろした。

そのときだった。ドアホンが鳴った。

どきりとした。こんな時刻に誰が訪ねてくるというのか。

尾津の住むマンションは築年数が古いのでオートロックではない。玄関先までは、誰でも入ってこられる仕組だ。

枕もとの時計は十二時四十分をさしている。

再びドアホンが鳴る。

尾津は立ちあがった。寝室をでて、リビングにすえつけられたインターホンの受話器をとった。

「はい」

「水川です。僕が宇宙人じゃないってことを証明しにきました」

押し殺した、男の声がいった。

危いな、とっさに尾津は思った。妄想にとりつかれた男が、それを信じない人間に対して危害を加えるというのは、充分にありうる話だ。

水川のことは覚えていた。はるか前のような気がするが、わずか一日前だ。コンピューターの新しいソフトの〝鍵〟に、尾津の名が使われているとか何とか、いってきた男だ。

「こんな時間に非常識じゃないか。もう私は寝ていたんだ」

「証拠をもってきたんです」

尾津の言葉に動じるようすもなく、水川はいった。

「明日、もう一回きたまえ。昼間なら話をする」

「僕は昼間、仕事があります。尾津さんとはちがうんです」

むっとすることを水川はいった。

「君なあ――」

いいかけ、尾津は黙った。真夜中にインターホンごしにやりあっても始まらない。第一、近所に迷惑だ。

「待ってなさい」

尾津はインターホンを戻し、あたりを見回した。

古いゴルフバッグがダイニングの隅にある。そこからサンドウェッジをひっぱりだし、片手にもった。ナイフくらいなら何とか叩き落とせるだろう。見たところ、水川は暴力沙汰に慣れているという雰囲気ではなかった。

修羅場をくぐった回数なら、まずまちがいなく自分のほうが多い。

相手がプロでない限り、修羅場は気合にまさるほうが勝つ、という信念が尾津にはある。

この場合、非がどちらにあるかというのはさして問題ではない。〝何も悪いことはしていない筈なのに〟、刺されたり殴られたりする者はたくさんいる。驚いたり、とまどったりするのが危険や怪我を大きくするのだ。「なぜ」を考えるのは後でいい。「どうやって」を先に考えなければならない。

その考え方を身につけたのは日本ではなかった。なのに——。

まったくこの国はズタボロだ。

錠は解いたが、チェーンロックはかけたまま、尾津は扉を開いた。

ノートパソコンを両手で抱えた水川が立っていた。宝物のように、胸に押しつけている。

「僕は宇宙人じゃありません。僕の頭がおかしいと思ってるのなら、おかしいのは、あなたの方だ」

水川はいった。ひどく思い詰めたような顔をしている。

「いいかね」

言葉を捜そうと、尾津はいった。

「君にとってはそれが真実であっても、君とはまるで面識のなかった私には、とうてい信じられない話というのがある。私と君とでは、立場も、これまで生きてきた場所も、まるでちがうのだ。私が信じないからといって腹を立てるのはおかどちがいというものだろう。そうは思わないか」

「怒ってきているわけじゃありません。どうすれば信じてもらえるかを考えて、きたんです」

胸に抱いたノートパソコンを示した。

「そこに、私が信じられるような証拠があると？」

「これは友だちのを借りました。僕のはデスクトップなので。ただこれをインターネットにつないで、証拠になるような情報を捜せば、きっと何か見つかると思うんです」

「私の家からか」

「電話が通っているでしょう」

尾津は息を吐いた。

「まあ、待てよ」

激昂していきなり危害を加えようとやってきた、というわけではなさそうだった。むしろ本気で尾津に信じさせようとしている。

「私はコンピュータのことがわからん。もし君がそこに私の名前や、私に関するいろんな情報があると、私に見せても、それを君が前もってそこに入れておいたものかどうかの、判断ができないんだ」

水川は瞬きした。無表情で、こちらの言葉が通じているかどうかわからない。

「ええい!」

尾津はチェーンロックを外し、扉を開いた。

「とにかく中に入んなさい」

さして嬉しそうなようすも見せず、水川は靴を脱いだ。

「電話線の差込口はどこですか」

リビングに入ってくるなり、あたりを見回した。

「だから!」

尾津は水川の顔をのぞきこんだ。水川は驚いた顔になって、尾津を見返した。

「それで私を説得することはできない、といっているんだ」

水川はきょとんとした。

「どうしてです?」

「すわりたまえ」

尾津は水川をかけさせた。水川は落ちついている。むしろ興奮しているのは、尾津のほうだった。

「テレビというものを知らない人間がいるとしよう。見たことも聞いたことも、一切ない人間だ。地球上にはもういないだろうが、かりにいるとして、話をする」

尾津はすわっている水川の前に立ち、いった。

「そういう人間をいきなり日本に連れてきて、テレビの前にすわらせ、スイッチを入れる。彼はどう思う？」

「びっくりするでしょう」

「それだけじゃない。テレビの中に人がいると思うだろう。映っているアナウンサーやタレントが、箱の中にいると考える。電波で飛んできたものが映しだされているとは、決して思わない。理解できない筈だ」

水川は小さく頷いた。

「私がまさにそうなんだ。君がそのコンピュータを電話線につなぎ、カタカタやって、私の知らない、私の情報を映しだせたとしても、そのコンピュータの中に前もって入れてあったものだと私は考えてしまうんだ。だから説得できない」

水川は目を大きくみひらいた。ようやく通じたようだ。

「じゃ僕のいってることは、絶対に信じてくれない、というのですか」

「そうはいわない。だが君がもってきたコンピュータでは無理だ。たとえば、まったく君とはかかわりのない、私の知り合いが、私の名をコンピュータで見つけたといって教えてくれて、そこに君の話と同じようなことがでていたら、私は君の言葉を信じるだろう。コンピュータというものに対する考え方が、君と私とではまるでちがう。私にとってそれは〝道具〟で、使う者にとって、いくらでも都合のいい情報を植えつけたり、とりだしたりできる機械としか思えないのだ。いわば君が自分の手帳を見せ、『ほら、ここにあんたのことが書いてあるから、僕の話は本当です』といっているのと同じなのだよ」

水川は天井を仰いだ。

「じゃ、無駄なんだ」

唇をかんだ。泣きだしそうにも見える。

「僕は迷いに迷って、ようやく決心して、もう一度だけ、尾津さんに会おうと思ったんです。だけどそれは全部、無駄だったってことなんですね……」

「まあ、待てよ」

いって、尾津も腰をおろした。

「まったく無駄だとはいってない。君のその努力を見れば、君が信じているということは、私に伝わってくる」

「それじゃ意味がないんです！」

水川は声を大きくした。

「尾津さんが信じなきゃ、『ヒミコ』の鍵であることを自覚しなけりゃ、意味がないんだ！」

尾津は煙草をひきよせた。

「私が鍵だというのは、昨夜も聞いた。何とかいう女の子と――」

「佐藤かおるです」

「そうそう、その佐藤かおるだ。ちなみに訊くが、佐藤かおるはこのことを知っているのかい」

水川は首をふった。

「もちろん知りません。なぜなら、佐藤かおるの個人情報は、名前と年齢以外は公開されていないからです」

「君なら調べられるのじゃないか」

尾津がいうと、水川は虚を突かれたような表情になった。

「僕が？」

「そうだ。私とその佐藤かおるとの二人が揃わなければ、鍵にはならないと君はいった。君のその言葉を私が信じるとしよう。だが私はコンピュータに関しては、まったく無知だ。一方、この佐藤かおるという子は三十だっけ？　コンピュータを扱えて不思議のない年齢だ。むしろ、この佐藤かおるという子に会って、君の心配を伝えたほうが理解してもらえるのではないかね」

いいながら尾津は不安になった。自分はこの青年の狂気を、未知の、それも若い女性に向けるようそそのかしているのではないか。水川が尾津の言葉を鵜呑《うの》みにして、佐藤かおるという女性に、何らかの被害をもたらしたら、責任は皆無だといえなくなる。

「見ず知らずの女性に、そんな話をして、信じてもらえるとは思えない。ストーカーとまちがえられるだけです」

水川がいった。ひどく常識的な判断で、妄想を別にすれば、この青年はまともだと尾津は思った。

「私は男だから、話したというのか」

「それだけじゃありません。尾津さんには時間がありそうなのと、それから世の中を知っている、ということがあります。アダムとイブは、決して無作為に選ばれたのではありません。その〝資格〟をもった人間の組み合わせなのです」

「資格?」

水川は真剣な表情で頷いた。

「『ヒミコ』の鍵を託すのは、それだけ重い責任を背負わせることを意味しています。僕が今日、なぜここへきたか。選ばれはしなかったけど、僕にもその責任を果せる能力があると『クリエイター』は一度は考えたんです。ならば、それらしく行動しなければいけない。一度の話でわかってもらえなかったからと、尻尾をまいてはいけないと思ったからなんです」

「君は選ばれたかったのか」

水川は不意に泣きそうになった。

「はい。選ばれたかったです」

「代わってもらうということはできないのか。私のかわりに君が、佐藤さんと話しあって――」

「選んだのは『クリエイター』で、しかも組み合わせに意味があるんです」

「その話は聞いた。確かに私は今失業中だが、いつまでもこの状態でいるわけにもいかない。そういう点では、仕事のある君以上に、時間がないともいえる。たとえば何らかの形で、わからないが委任状のようなもので、君と私が立場を入れかわれれば、それが一番よいとは思わないか」

水川は首をふった。ひどく悲しげな顔をしている。その理由が、自分が選ばれなかったからなのか、尾津が信じようとしないからなのか、どちらなのだろうと尾津は思った。

「尾津さん、こんなことをいったらもっとおかしな人間だと思われると思って、きのうは黙っていました。でもいうしかないです。尾津さんのことを知っているのは、僕だけじゃないと思うんです。『クリエイター』のメンバーだった深田さんが亡くなったという話をしましたよね。あれは事故でも自殺でもない筈なんです。『クリエイター』の活動をこっそり見張っていた連中がやったんです。なぜかといえば、『ヒミコ』の鍵のありかがわかったから。尾津さんと佐藤かおるさんを手に入れれば、『ヒミコ』を手に入れられるからなんです」

「一分十一秒って奴か」

「そうです。その一分十一秒のあいだ、アダム四号であるところの尾津さんの情報は、全世界に向け公開されていた。『ヒミコ』を欲しがる連中にとっては、充分な時間です」

「この前の私のたとえ話でいえば、公園のベンチをずっと見張っていた人間がいる、というのかね」

「そうです。尾津さんは、もう巻きこまれているんです」

「待ちなさい。巻きこまれたというが、私に『ヒミコ』の話をしてきた人はいないぞ。佐藤さんについても、誰からも何もいわれていない」

「それはそうです。いきなりそんな話をしても、尾津さんが信じるわけはない。僕なんかとちがって、もっと大きな組織に決まっているんだ。だから、正体を隠して接触してきます。たとえば『うちで働かないか』とかいって――」

尾津は目をみひらいた。尾津の変化に水川も気づいた。

「そういう話があったのですか」

尾津は無言でいた。まさか、そんな筈はない。自分まで妄想に巻きこまれてどうする。

「なくはないが、この件とは関係がない。純粋に私のキャリアを見て、オファーをしてきたのだ」

「当然じゃないですか。尾津さんのキャリアはネット上に流れたのですよ」

尾津は再び黙った。真剣に、水川の話を否定する材料を捜さなければならない。

「いいだろう」

やがて尾津はいった。

「君の話が現実だとしよう。私には今、再就職のオファーがきている。かなりのいい条件で、ふつうなら決してこれを逃したくないと思うようなものだ。それが、君のいう、見張っていた組織だか何かによるオファーだとして、何が起こる？」

水川は尾津の目を見つめた。

「コンピュータを使っていいですか」

「ああ……」

頷きながら、尾津は当麻を思いだしていた。当麻も、カフェテリアのテーブルの上に、尾津には見えない向きでノートパソコンを広げていた。

水川はパソコンを開き、起動させた。キィを叩き、指先を動かしていたが、やがて納得したのか、画面を尾津に向けた。

「これが僕の考えた、鍵の条件です」

尾津は目を向けた。まず、項目別のリストが並んでいる。

「年齢」「性別」「職業」「趣味」「特技」とあって、「アダム四号」の項目はすべてが埋まっている。尾津のデータだ。並列する「イブ二号」は、ほとんどが空欄だった。

水川が画面を動かした。

「相性」とあって、「恋愛」「結婚」「出産」という項目もある。まるで占いか結婚相談所のような趣きだ。

「かならず男女なんです。当然、こういう可能性も考えます。アダムに関する限り、全員が独身でしたから」

尾津はあっけにとられた。

「鍵そのものが何であるかは、もちろん不明です。名前とか生年月日の組み合わせである筈はありません。そんな単純なものなら、とっくに『ヒミコ』は盗まれています。会ったことのない男女の組み合わせという点に留意すれば、やはり『恋愛』や『出産』は外せません」

「私は六十過ぎだ」

「恋愛をしませんか？　インポなのですか」

尾津はむっとし、そして、

「恋愛をする気はないが、そっちのほうは終わったわけじゃない、と思う」

といった。

「だったら可能性は残ります」

尾津は額をおさえた。やはり水川は〝暴走〟している。

「ひとつ訊きたい」

「何ですか」

画面上に、さらにさまざまな項目を浮かびあがらせながら水川はいった。「二人で飼うペットの名前」などというものまである。

「君のいう『ヒミコ』を開発した人間は死んだ、殺されたのだ、といったな」

「全員かどうかはわかりませんが、三人は少なくとも。すみません、借り物なので、まだ他にも入れてきたんですが――」

水川の目はめまぐるしく動く画面に向けられている。

「殺すくらいなら、なぜその三人を何とかしない？　作った人間たちの頭の中には、『ヒミコ』のことが入っているのだろう。威して、案内させるなり、同じものを作らせればすむことだ」

水川が尾津を見た。

「案内させる点に関していえば、『クリエイター』は分裂の可能性を踏まえ、アダムとイブをのぞく、すべての鍵を破棄した、と深田さんはいっていました。金庫の鍵を、オリジナルひとつ残して、全部壊したのです。そして一流のクラッカーだった『クリエイター』が作った以上、どんな人間にもその金庫は開けられない」

「同じものを作るのはどうなんだ」

「できたかもしれません。でも、『ヒミコ』の完成には厖大《ぼうだい》なデータが必要になる。『クリエイター』は、そのデータを、世界中のあらゆるところから盗みだしました。同じことをもう一度やるのは、ほとんど不可能です。二度と盗まれないよう、防壁を再構築したところもあれば、侵入者を今度こそ逆探知して捕まえるシステムを導入したところもあるのです。『ヒミコ』をもし、もうひとつ作ろうとするなら、莫大なお金と情報が必要になる。盗んだからこそ、『ヒミコ』は作れたようなものなんです」

「材料がとてつもなく高価だということか」

水川は頷いた。

「しかも『クリエイター』が、『ヒミコ』を狙われていることに気づいたら、ひとつしかない鍵もかえてしまうかもしれない。実際そうしようとしていたと思います。アダムとイブのデータが流れてしまったのですから。それを止めるために、三人は死んだのだと、僕は思っています」

尾津は息を吐いた。やはり妄想だ。だが筋は通っている。おそらく何度も頭の中で練ったり、人に話しているうちに、矛盾点がとり除かれ、論理が補強されていったのだろう。

ふと画面に目をとめた。「サーチ・コンサルタント」という文字があった。

「これは？」

尾津は訊ねた。水川は咳ばらいした。

「アダムとイブを設定する際に、『クリエイター』が参考にしたであろうと思われるシステムを捜してみたんです。ヘッドハンティングをやっているような会社が、人材を捜すときのシステムはどうだろうかと思って。でも、リスト条件が限定的すぎて、難しいかもしれません」

尾津はじっと「サーチ・コンサルタント」の文字を見つめた。

降ってわいたような、再就職話。幸運が突然、ドアをノックした。

「なあ――」

水川にいった。

「その見張っていたってのは、何者なんだ」

「わかりません」

あっさりと水川は答えた。

「どこかの企業かもしれないし、情報機関や研究所かもしれません。その全部をあわせたようなところであってもおかしくない。インターネットというのはもともと、軍事情報の伝達のために作られたんです。インターネットの利用、開発を最も進めているのは、軍事産業ですから」

「日本の、かね」

「まさか。アメリカか、多国籍企業ですよ。日本は、遅れまくってます」

あっさり水川はいった。

軍産複合体のことなら、自分だって詳しいぞ、と尾津は思った。大半はアジアの企業だが、アメリカやヨーロッパの資本が入っているものも少なくない。政治に対する干渉は、軍産複合体から始まる。先進国の軍産複合体がさらなる〝顧客〟を開発するために、紛争やクーデターを演出するのだ。

「じゃあそういう企業が、私と佐藤さんに接触するとして、いったい何をさせる?」

「あらゆることじゃないですか。『ヒミコ』を開くための、あらゆること」

「たとえば?」

水川は首をふった。

「それがわかるくらいなら、『ヒミコ』の鍵も手に入ります。おそらく、尾津さんと佐藤さんのあらゆるデータをとって、コンピュータに打ちこむでしょう。仕事上のキャリアとか能力だけでなく、思い出とか、トラウマみたいなものがあれば、それも。その上で二人の関係をシミュレーションする。そこから『鍵』を捜しだそうとするのじゃないですか」

「えらい手間と金がかかるわけだ。それなら『ヒミコ』をもうひとつ作るほうが安あがりかもしれん」

「そんなことはありません」

水川はきっぱりといった。

『ヒミコ』はもう二度と作れない、と深田さんはいいました。どんな大企業でも、世界中からハッキングした情報を集めるのは困難です。あれは『クリエイター』だからこそできたのだと思います。盗む以外に入手する方法のない情報の集積だということです。名の通った企業はそこまでのリスクはおかせないでしょう」

「じゃあ存在じたいが非合法ということかね」

『『ヒミコ』の全貌を知る人はそう感じるのじゃないですか。いっておきますが、僕も具体的に『ヒミコ』がどんなものなのかはわかってないんです」

理解できないものに対し、これほど必死になれるということが、尾津にはそれこそ理解できなかった。だが水川のいわんとしている「ヒミコ」なるものの価値についてだけは、何となくわかる。

「またたとえ話をするが、それは不老不死の薬のようなものだということだな。作るには、人間の生き血だの生き肝が必要だから、名の通った製薬会社は手をだせない。だがすでにできあがったものがあるのなら、こっそりいただこうというわけだ」

「こっそり人殺しをして作れるくらいなら、むしろ簡単でしょうけど、世界中の政府機関や研究所からデータを盗みだすほうが、よほど難しい」

「なるほど。確かにそうかもしれん」

尾津は頷いた。人ひとりの命の値段が決して同じでないことは身にしみて知っている。この世界には、命を金で奪ったり、買える国が、まだたくさんある。

「じゃあ、具体的に『ヒミコ』が何であるのか、君も知らないのか」

「ある種のシミュレーションソフトだとは思います。世界の運命を予測する」

尾津は首をふった。どれほど機械が利口になろうと、世界の運命の予測などできる筈がない。なぜなら、世界を動かしているのは、機械ではなく人間だからだ。

「機械の占い通りに世界が動くというのかね。私には信じられない」

「尾津さんが信じているかどうかの問題じゃないんです。僕は今日、それをいいたくてきたんです。たとえ尾津さんが信じていなくても、信じている人間が尾津さんを必要とするなら、結果は同じなんです。私が拒否をすればいいだけのことだろう」

「私が拒否をすればいいだけのことだろう」

水川は息を吞み、尾津を見つめた。

「誰だか知らんが、私を使って、その『ヒミコ』の鍵を開けようとする連中に、鍵にされるのはまっぴらご免だと断わればよいのだろう」

「そんなことができますか」

小さな声で水川はいった。

「できるも何も、私が協力をしなければ、鍵を開けられないのだから、そうなるのじゃないのかね。殺してしまえば鍵にはならないわけだし……」

いいながら、一抹の不安が心をよぎった。当麻のもってきた話がもしそれならば、自分は再就職を断わると、水川に宣言しているのと同じだ。

「でも、尾津さんがそうとわからなかったら？　さっきいいましたよね。再就職の話があるって。もしそれがそうで、知らないうちに協力させられることだってあるかもしれない」

「確かにそれはそうだが……」

いって、尾津は黙った。ここから先の話し合いは、自分が「ヒミコ」の実在を信じない限り、平行線をたどるだろう。それこそが妄想の妄想たるゆえんだが、水川はおそらく尾津の身に何があっても「ヒミコ」の話と関連づけてくるだろうし、そうなればあらゆる再就職を尾津はあきらめなければならない。

「私が信じるかどうかの問題じゃない。相手が信じていたら、私は利用される、君はそういいたいのだな」

水川は頷いた。それは、尾津の危機管理の考え方とも共通している。「なぜ」ではなく、まず「どうやって」危機を回避するかを考えろ、という奴だ。相手に非があろうが、妄想にとりつかれていようが、加えられる危害は回避しなければならない。

「わかった。君の連絡先を教えてくれ」

尾津はいった。妄想を共有こそしていないが、危機感はどうやら共有せざるをえないようだ。

その理由ははっきりしている。当麻の出現だ。

水川は携帯電話の番号と、尾津には不必要だがメールアドレスを教えた。それをメモし、尾津はいった。

「で、さっきの話だが、佐藤さんを君は捜せるか」

水川は唇をかんだ。

「わかりません。やってみないと。名前と年齢しかないので、同姓同名の別人もいるかもしれないし……」

「もし私をとりこもうとしているのが、君の考えるような大企業なら、佐藤さんのことも当然調べ、触手をのばしているだろう。たとえ別人が何人いようと、そのすべてをスカウトしてしまえばよい」

「そうか……」

水川は目をみひらいた。

「実に奇妙な話だが、正直にいえば、私も少し信じる気分になってきた。そしてもし、佐藤かおるというその女性の身に、私と同じようなことが起きているなら、君のいっている話が真実だという証明にもなる」

「その佐藤さんが、本物のイブ二号でなくても?」

「本物か本物でないかを見分ける方法はあるのか」

「わかりません。今の僕には、『ヒミコ』がうけいれるかどうかでしか判断できません。追っかけている連中は、本物のイブ二号が誰なのかを知っているかもしれませんけど」

「とにかく『佐藤かおる』を捜してはどうかね」

尾津はいった。これはいい方法だ、と思った。

「この日本に、『佐藤かおる』が何人いるかはわからないが、まずひとりでいい、『佐藤かおる』を見つけるんだ。年齢が確か三十歳だったな。三十歳の『佐藤かおる』を。君が見つけたら、私が会いにいってもいい。その上で、その『佐藤かおる』の身に、何か私と共通するできごとが起きているかを確かめてみようじゃないか」

起きていなければ、それを理由に水川を遠ざけることができる。

「でも、でも、僕が見つけた『佐藤かおる』が本物のイブ二号ではなくて、接触がなかったとしたら——？」

「それはそのときのことだ。今の私や君には、他にできることはない。ちがうかね」

水川は黙っていたが、やがて、

「尾津さんのいう通りです」

と頷いた。

「確かに、僕らが他にできることはありません。警察にいったって、マスコミに話したって、誰も信じてくれないでしょうし……」

「よし、じゃあそれでいこう。君ならきっと『佐藤かおる』を見つけられる。若くはない私が会いにいって話をすれば、いきなりストーカーにまちがえられることもないだろう」

わずかにほっとして尾津はいった。これでようやく水川を〝説得〟することができそうだ。

水川は頬をふくらませ、考えていた。

「三十歳か……。レンタルビデオかな、やっぱり。あとエステサロンもあるな。女子大の卒業生名簿もいいかもしれない……」

つぶやいている。

「それは捜す方法かい」

「そうです。正しいこととはいえませんが、ネット上で、いろんな名簿を売っている業者がいるんです。あと、『クリエイター』ほどの腕はないんですが、僕もいろんなところに入りこんだことがあります」

「手がうしろに回ることはないだろうね」

「金目あてでやれば、警察に追っかけられる場合がありますが、こっそり名簿を調べるだけなら大丈夫だと思います。女子大とかエステサロンの防壁なら、簡単に乗りこえますよ」

尾津は心配になった。この男が捕まり、尾津の指示があったなどと自供したら、困ったことになる。

「なるべく捕まらないような方法でやるんだ」

「わかっていますよ」

水川は明るい声になっていった。

「『佐藤かおる』を見つけます！」

ようやく仕事を与えられた新入社員のような口ぶりだ。

「僕の考えを証明するチャンスでもありますし、ね」

「まあ、そうだな」

水川はまっすぐ尾津の目を見た。

「よかったです。今日、会いにきて。僕が宇宙人じゃないこともわかってもらえたようだし、尾津さんも宇宙人じゃなかった」

照れくさそうにいった。

「君の粘り勝ちだ」

水川の明るさとは裏腹に、重い気分になって尾津はいった。もしかしたら、自分はひどいまちがいをおかしてしまったのではないだろうか。

だが少なくとも『佐藤かおる』に会いにいく役割を自分が果すといっている以上、被害者を増やさずにはすむ筈だ。

コンピュータを片づけ、帰り仕度を始める水川に、ほっとしながらも憂鬱《ゆううつ》な気分に、尾津はなっていた。

5

「よう！」

何年かぶりで会う酒井田は、以前と比べ、ほっそりしていた。坊主頭で陽焼けしているのはかわらないが、ひと回り小さくなったように見える。

マオカラーのスーツを着け、尾津に気づくと、ロビーのソファから立ちあがって手をふった。

「やあ――」

「痩せたので驚いているのだろう。悪い病気じゃないかって疑う奴もいるが」

いって、酒井田はにやりと笑った。

「ダイエットだよ、ダイエット。医者がうるせえんだ。いや、息子かな」

豪快な笑い声をあたりに響かせる。そのようすからは、長旅の疲れはうかがえない。

「さあ、いこう！　メシ屋を予約してあるんだ。久しぶりに一献、傾けようじゃないか」

握手もそこそこに、酒井田は尾津を急《せ》かした。

珍しいことだった。ふだんバンコクに住んでいる酒井田は、帰国してもめったに予約を要するような料亭や割烹といった飲食店には足を運ばない。そうした店の情報にうといこともあるが、ガード下の焼鳥屋や居酒屋などのほうが落ちつくし懐しいと、とびこみで食事の場を選んできた。

よほど景気がいいのだろうか。だがたとえそうであっても、旧友を相手に見栄をはるような男ではない。

酒井田が尾津を案内したのは、銀座八丁目にある料亭だった。一階がカウンターで、二階が個室になっている。時間が遅いにもかかわらず、のれんをくぐった酒井田が名を告げると、和服を着た仲居が、

「お待ちしておりました」

二階への階段を示した。

六畳ほどの和室に席が用意されている。尾津は勧められ、上座に腰をおろした。前菜とビールが運ばれてくる。仲居の酌をうけながら酒井田がいった。

「毎日のんびりも、そろそろ飽きてきたろう。それとも何か習いごとでも始めたか？」

「そんな優雅な身分じゃない」

尾津は苦笑した。互いにグラスを掲げ、一杯目を干した。

「うまいな、やっぱり。日本のビールが一番うまい」

酒井田が唸《うな》った。

「実際のところはどうなんだ」

「仕事を捜してるよ。この年だからなかなか難しいが」

「だろうな。外から見ていると、たぶん中にいるあんたらが感じてる以上に、日本はひどいぞ。株価だけでなく、何十年も前に逆戻りしている。しかもあの頃はまだ登り坂だったが、今は同じ水準でも下り坂だ」

尾津は頷いた。

「ああ。ハローワークにいきゃ、そいつを実感する。若者や働き盛りの失業者がこんなに多いなんて尋常じゃない」

「今さら理由をいちいちあげつらっても始まらん。負けたバクチのたら、れ、ば、みたいなもんだ。どっちにしてもこれから先は、一度沈んだ奴が這いあがるのは並大抵じゃない。

トーア、トーアが潰れて、商売敵《がたき》が減ったと喜んでる商社はどこもない。皆、明日は我が身と戦々恐々だ。といって、頭を低くしてりゃ、いつか風向きがかわるって状況でもなさそうだ」

上品に盛られた前菜の品々を、まるで弁当のおかずでも食べるようにぽいぽいと、酒井田は口に放りこんだ。

「俺たちはいい時代を過せただけ、まだましなのかもしれん。これからは下がる一方の若い連中に比べたら」

尾津はいった。

「なあに。知らなきゃ知らんで、こんなものだと思うだけさ。『昔はよかった』なんて下らねえ愚痴をいう年寄りさえいなきゃな」

酒井田は笑った。

それからしばらく、話は酒井田の家族や現在の事業のようすに移った。だが尾津に頼みたい仕事について、酒井田は触れてこなかった。

やがて尾津のほうから訊ねた。

「で、今日はどうしたんだ？　こんな豪勢なところに俺を連れてきてくれるとは思いもしなかった」

料理も半ば以上まで進んでいる。酒はビールから冷酒にかわっていた。だが酒井田がいつもより量を抑えていることに尾津は気づいていた。

「インターネットさ。便利なもんだな。タイにいたって、料理の中身まで指定して予約できるのだからな」

酒井田はにやりと笑った。

「なるほどな。こんな料理屋でもインターネットで予約できるんだ」

「覚える気はないのか」

尾津は酒井田を見た。

「手伝ってくれといっていた仕事は、パソコンが扱えなけりゃ駄目なのか」

「いや。いっこうにかまわん。ただ手伝ってくれるのなら、あんたの机の上にも一台おかせてもらうことになる。習うより慣れろ、だ。いじっているうちに何とかなるものだ。俺がそうだった」

尾津は手にしていた盃を卓子の上に戻した。

「で、何をすればいいんだ」

話を聞いていた限りでは、酒井田の会社が人材不足だという印象はうけなかった。息子二人も立派にやっている。もともと、日本人だ、タイ人だという区別をあまりしない会社だ。社内の〝公用語〟はタイ語だ。

「俺の『相談役』になってほしい」

「お前さんの？」

「ああ。会社は順調だ。だが、息子二人と俺の、身内だけで経営をしていると、どこか視野が狭まるような気がする。だから、冷静な第三者の目で、あれこれいってくれる人間が欲しいんだ。といって見ず知らずの他人じゃ、俺自身がマトモに耳を傾ける気にはなれん。俺が認める人間じゃなきゃ、その役割は果せないんだ」

「なぜ今さらそんな人間がいる？　これまでだって充分やってこられたろう」

「だがいつまちがえるかわからん。そうなる前にきてほしいんだ」

尾津は黙った。

もしかすると、旧友に対する好意で、酒井田はいってくれているのかもしれない、という気がした。尾津が無聊《ぶりょう》をかこっているのを見かね、〝救い〟の手をさしのべてくれているのではないか。それをお情けとこちらが受けとめ、卑屈にならないよう、気をつかった誘い方をしている。

黙っている尾津に酒井田がいった。

「どうした？　タイでの楽隠居は嫌か。バンコクもあんたが知っていた頃とはずいぶんかわったぜ」

「そうじゃない。実はもうひとつ、誘われているところがある」

酒井田の表情がかわった。

「だってあんた、ハローワークにいってるっていってなかったか」

「いっていたさ。突然なんだ。きのう、お前さんから電話をもらう直前に、電話がかかってきた」

「どこだ⁉　なんていう社なんだ」

呟きこむように酒井田が訊ねた。尾津は驚いて酒井田を見つめた。

「どんな会社だかはまだわからない。連絡をしてきたのは、ヘッドハンターだった」

「ヘッドハンター？」

「サーチ・コンサルタント会社の人間で、嘘か本当か、クライアントに頼まれて、俺を一本釣りしたがってる」

「で、あんたうけたのか、それを」

目をみひらいて、酒井田は訊ねた。

「まだ決まっちゃいない。そこのリサーチャーと会って話しただけだ。知的所有権の管理会社だといっていた」

酒井田が首をふった。

「よせ！　いくな」

尾津は酒井田を見直した。

「どうした。急に」

「うちにこいよ。そんなワケのわからん会社にいかず、うちにきてくれ。年俸もそこよりだす」

尾津はあきれた。まるで子供のようなものいいだ。

「何をいってるんだ。まだ給料の額すらいっていないのに」

「いくらでもいい。うちにきてくれ。そのほうがいいに決まってる」

尾津は息を吐いた。煙草をひきよせた。

「酒井田」

改めて呼びかけた。酒井田は無言で見返した。

「すべてがお前さんらしくない。ここも、今のあわてっぷりも。いったい何なんだ。なぜ俺をそんなにひっぱりたがるんだ」

「そりゃ、あんたが必要だからだ。それに今さら、畑ちがいの社に入って、あんたが年下の若造にこきつかわれるのを見るのも忍びない」

「見るわけじゃないだろう」

「今のは言葉のあやだ。だが年下につかわれるのはまちがいない」

「そんなことはわかってる」

尾津は静かにいった。

「それに、自分のことだって過大評価はしていないつもりだ。コンピュータも扱えない、こんな爺さんを、今さら欲しがるところがあるほうが不思議だ」

「あんたに何をやらす気なんだ、その会社は?」

「さあ。ネゴシエーションだと思う。俺にできそうなのは、それくらいしかない」

「だったら用がすめばお払い箱だぞ。いいのか、それで」

「よくはないさ。だが好条件で雇ってくれるといってるんだ。こんな俺でも欲しいといってもらえるのは悪い気はしない」

「俺のところだって同じだ！」

酒井田は胸を叩いた。

「いってるだろう。その会社よりいい条件をだす、と」

「待てよ」

尾津は酒井田の目を見直した。

「楽隠居にそんな給料を払ってどうするんだ」

「気分の問題だ。あんたをよそにとられたくない」

むくれたように酒井田は答えた。

「そんなので入っても、息子さんたちとうまくやっていける自信は、俺にはないぞ」

「別にかまわん。あんたはあんた、倅どもは倅どもだ。奴らにとやかくはいわせない」

「別に理由があるのか」

「別？」

「俺をお前さんが欲しがる、別の理由だよ。俺には思い浮かばんが、お前さんにはあるのか」

「何いってるんだ……」

「だってそうだろう。お前さんの会社に俺が入ったからといって、劇的に何かがかわるなんて、俺には思えん。言葉も喋れない、国際情勢にもうとい、コンピュータも――」

「そんなことはどうだっていいんだ。あんたじゃなけりゃ駄目なんだよ」

「誰がそう、いっているんだ」

酒井田は一瞬たじろいだ。

「誰がって……」

「だから、誰が俺じゃなきゃ駄目だといっているんだ？　コンピュータか？」

それこそ、言葉のあやだった。だが、それを聞いたとたん、酒井田の顔色がかわった。

「あんた……、コンピュータは扱えないのじゃなかったのか」

「扱えないね」

「じゃあ、なんでそんなことをいうんだ」

「そんなことって？」

今度は尾津が薄気味の悪さを感じた。

「コンピュータが選んだ、とか……」

「そうなのか」

「何いってる……」

酒井田はつぶやいた。だが声に力がない。

尾津は酒井田を見すえた。薄気味悪さに加え、怒りのような感情が生まれた。

「――アダムとイブか」

酒井田の目が丸くなった。

「知ってたのか!?」

尾津はゆっくりと息を吸いこんだ。信じたくはなかった。だが酒井田のこの反応は、まぎれもなく真実だった。

同時に、酒井田ではなく、もうひとつの就職口――当麻のもってきた話も、目的が別であろうことを、尾津は確信した。

「誰から聞いたんだ?」

酒井田がいった。

「お前こそ、いったい誰から聞いた?」

尾津の言葉にこめられた怒りの調子に酒井田は気づいた。目をそらし、低い声でいった。

「怒らんでくれ。あんたをだます気はなかった」

「じゃあ、誰からいわれて、俺をひっぱりにきたんだ?」

「そいつは勘弁してくれ」

酒井田は首をふった。尾津の勘が働いた。

「きのう、いっしょにいた相手というのは誰だ? アメリカ人の石油屋といっていたが、本当はちがうのだろう」

「本当だ。石油屋さ。表向きは……」

また酒井田の声が低くなった。

「裏は？」

酒井田は煙草をとりだした。火をつけ、酒の入った盃をあおった。

「――わからん。たぶん、どこかの情報局だと思う」

卓子の一点を見つめ、黙りこんだ。尾津は待った。

「――一週間前のことだ」

酒井田は喋り始めた。

「倅のひとりが使っている運転手が、突然、麻薬の所持で逮捕された。陸軍あがりで、そういう代物には絶対手をださない男なんだ。倅もそうだ。イタズラでも、そんなことはしていない。なのに、倅の車からも薬が見つかった。俺もいろいろコネを使ったが、タイはちょうど今、取締の強化月間で、このままじゃ倅もヤバい状況だった。そこへ、アメリカ大使館のパーティで一、二度会ったことのあるアメリカ人が何とかしてやれるかもしれんといってきた。ＤＥＡの駐在員なんだ」

「ＤＥＡ？」

「アメリカ連邦麻薬取締局だ。タイは、黄金の三角地帯が近いんで、ヘロインの密輸に神経を尖らせているんだ」

「なるほど」

「ＤＥＡは、警察やタイの麻薬取締局ともコネがある。倅は冤罪《えんざい》である可能性が高いので、起訴をとり消させるよう、働きかけてやるというんだ。かわりに、ある人間に会ってくれといわれた。それがその、アメリカ人の石油屋だった」

「息子さんの起訴はとり消されたのか」

酒井田は頷いた。

「ああ。運転手も釈放された」

とりあえず、よかった、と尾津は思った。

酒井田は話をつづけた。

「石油屋の名は、オズワルドといった。名刺もくれたが、たぶん偽名だろう。ただしタイオフィスの電話番号とかは本物だった。オズワルドは、昔トーア物産にいた人間を捜しているといった。名前は、尾津君男、あんただ。俺があんたとつきあいがあることも承知の上だった。そして、あんたをタイに連れてきてほしい、と俺に頼んだ」

「連れてきて何をさせるんだ」

「あんたが、ある重要な情報をもっているというんだ。つい最近、新しく導入したコンピュータソフトによる検索でそれが判明した。その情報は古いものだが、今でもビジネスに充分役立つ。ただしあんた自身も、それほど重要な情報をもっていることに気づいていないだろう。だから思いだすのには時間がかかる。あんたをタイに連れてきて、じっくり話を聞きたいのだといった」

「それを信じたのか」

「『尾津の魔法使い』だからな。あんたなら、確かに、いろんな国の高官や王族の秘密を握っていそうだった。もちろん俺は、あんたに危害を加える気じゃないだろうなと念を押した。オズワルドは、そんなことはありえないと約束した」

「なぜ日本じゃなく、タイなんだ？」

「わからない。もしかすると、タイからまた別のところへ、あんたを連れていく気だったのかもしれん。ただ、その情報の重要性に気づいている企業が他にもいて、もしかしたら先にあんたをひっぱろうとするかもしれない。そうなったら、昔の友情をテコにしてでも、あんたを連れてきてほしい、と。そしてそれに関する費用は全部、オズワルドのほうでもつというんだ。謝礼も払うといった」

「『アダム』と『イブ』は？」

「重要な情報をもっている人間の暗号だ。あんたのことが『アダム』で、『イブ』は、別の女らしい。それについちゃ、俺は知らん。あんたは知っているのだろう」

尾津は沈黙した。

「わかってくれ。あんたを傷つける気はまったくなかった。俺は倅を救ってもらった借りを返したかっただけなんだ。そして、本当に、あんたのことは、うちの社で面倒をみるつもりだった」

酒井田はいった。その表情を見ていれば、嘘をついていないことはわかった。元来が、人を裏切ったり、おとしいれたりする人間ではないのだ。事業を拡大する過程で、多少はうしろ暗いことに手を染めたかもしれないが、人を傷つけて平気でいられる性格ではなかった。少なくとも、以前は。

「――わかった」

やがて尾津はいった。

「お前さんの会社に勤めるわけにはいかないが、話は信じよう。タイに戻ったら、そのオズワルドという男に、俺に断わられたといえばいい。尾津はもう、他の会社で働き始めていた、と」

「本当にそうする気なのか」

酒井田が訊ねた。

「そうするとは？」

「ヘッドハントしてきたところで働くのか？」

「さあな」

尾津はつぶやいていた。怒りは消え、かわりに失望があった。自分を必要としてくれていると思った相手の目的は、別のところにあったのだ。そして、水川のした話が、にわかに真実味を帯びて、尾津の心にのしかかってきた。自分はいったい、何に巻きこまれてしまったのだろう。

「わかった。すまなかった」

酒井田がいった。

「長いつきあいのあんたをだますような、こんなことはすべきじゃなかった」

「気にするな。息子さんがそんな目にあえば、何とかしてやりたいと思うのが親だ」

「罠だったかもしれん」

「罠？」

尾津は訊き返した。酒井田は頷いた。

「あんたをひっぱりこむための」

「だとすれば被害者はそっちだ」

酒井田は頷いた。

「まあ、釈放されちまえばこっちのものだ。それにやることはやったんだ。もしまだがたがたいわれたら、こっちも開き直るまでだ。それより、おい、あんたいったい何を握っているんだ？　もしこれがあんたをひっぱるための罠なら、オズワルドやＤＥＡのエージェントは、えらく手のこんだ芝居を打ったってことになる」

「そうだな」

尾津はつぶやいた。

「だが俺にもわからんのだ。まったく、な」

酒井田を見て、いった。

オズワルドという情報員が酒井田に話したようなことが現実にあるのだろうか。

確かに商社マンであったとき、自分は東南アジア各国の大物たちと接触してきた。彼らに対して公にはできないような類《たぐい》の〝接待〟をおこなったこともある。それが彼らにとって弱みといえば弱みかもしれないが、多くの人間はすでに権力の座を降りているし、今さら明らかになったところで致命的なスキャンダルになるとも思えない。また、そのことで法的な責任を問われるというなら、尾津も当然免れられないわけで、それを材料にした脅迫になど加担できる筈もない。

第一、やり方が回りくどすぎる。尾津は、過去、情報活動を仕事とするさまざまな男たちと会ったことがある。特に冷戦がつづいていた時代は、東南アジアにも多くの工作員が、東西の両国から派遣されていた。正体を隠し、接触してきて、その国の高官への仲立ちを頼む者もいた。そうした依頼をすべて断わったわけではない。日本大使館からの紹介もあって、断われないようなケースもあったし、ギブアンドテイクで便宜をはかってやったときもある。

あまりに大きく名の通った商社では、そうした情報工作活動には協力しづらい。その点でトーア物産は、〝使いやすい〟存在だったのだろう。大手に伍していくために、そうとわかっていて手を組んでいた。

その経験からいうなら、オズワルドのやり方は奇妙だった。尾津のもっている情報が欲しいとして、それならばまず尾津に接触してくるのが筋だ。なぜなら、オズワルドの目的は、尾津本人ではなく、尾津の情報を使って動かせる第三者なのだ。

そのためにわざわざ尾津の関係者である酒井田を罠にハメるような手を使うというのは、遠回りにすぎるというものだろう。

「シンプル・イズ・ベスト」

かつてタイで知りあった中国系アメリカ人の工作員がそういったことがある。アメリカ陸軍情報部の仕事をするその男は、当時鎖国していたベトナムの情報を得るために、頻繁にタイを訪れていた。あることから知り合い、ギブアンドテイクの関係となって、タイだけでなく、シンガポールや香港でも互いに便宜をはかりあった。

尾津に正体を悟られているとわかっていたその男が、〝情報工作〟の極意はと訊ねた尾津に答えた言葉だった。

情報を得たければ、知っている人間のところにいって訊くがいい。もしそれがおいそれとは教えられないような情報なら、教えることで〝良いことをした〟と相手に思わせるようもっていくんだ。世界平和のためでも、祖国のためでも、良心のためでも何でもいい。信頼を得ることからすべてが始まる。金や脅迫で手に入れられる情報というのは、質が低いものさ。ましてや、遠回しのやり方で対象をおとしいれ、得た情報など、どこまでが信頼できるか確かめようがないだろう。

もちろんそういうのが好きな連中もいる。たとえばCIAだ。あいつらは右手のやっていることを左手に教えないというやり方を好む。

だが、俺にいわせればあんなのはただのゲームだ。機械だらけのでかいビルの奥にすわったまま世界を動かそうとする奴らの、思いつきに過ぎない。陰謀をめぐらせて、何がどうつながっているかわからないような、細い糸を何百もあちこちにつないでいる。

こんがらがるに決まっているさ。自分で自分に戦いをしかけているようなものだ。頭でっかちの奴らなんだ。

どんな場合だって、情報は人間がもっているものだ。人なんだよ。人を動かすのは陰謀じゃない。友情や良心、そしてときには欲望なのさ。現場にいる俺のような者は、それを一番よく知ってる。

聞いていて、説得力のある言葉だと思った。そして実際そうなのだと思う体験もした。商社マンとスパイは、ある種似た仕事だ。右も左もわからない異国で、協力者を見つけ、さらに広げて、遠い目的に向かい進んでいく。

映画に登場するスパイの世界とは、明らかにちがう。

酒井田の苦境がオズワルドによって〝演出〟されたものなら、その目的は、尾津のもつ「情報」ではなく、尾津本人だと考えるほうが理屈にかなう。そうであれば、遠回りの工作とはいえないからだ。

「いったいあんた、どうなっているんだ？」

酒井田の問いに、黙りこむ他なかった。

自分でもどうなっているかわからない。会ったこともない人間たちが、尾津の「何か」を手に入れようと、画策している。

料理屋をでてから、尾津も酒井田も言葉少なになった。

「――どっか、一軒いくか……」

力なく口にした酒井田に、尾津は首をふった。

「今日はよそうや。それと、本当のことを話してくれてありがとう。もしかしたら迷惑をかけたのは俺かもしれんが……」

「本当に心当たりがないのか」

酒井田は念を押した。

ない、としかいいようがなかった。水川の話を改めて酒井田にするのはためらわれた。

「ないよ。俺と同姓同名の奴が、どこかで何かをしたのかもしれんな。もしそうなら、いずれまちがってましたってことになるだろうさ」

わざと明るく告げた。酒井田はまじまじと尾津を見つめた。反駁《はんばく》はしなかったが、いいたいことはわかっている。

そんな筈がないのだ。工作員が工作対象者を人違いすることなど、ありえない。

「まあいい」

酒井田は息を吐いた。

「とにかく、するべきことをしたと、俺はオズワルドにいう。奴には別の手を考えてもらうさ。あんたをどうしても欲しいのなら」

「すまなかったな」

他にいうべき言葉を思いつかず、尾津は頭を下げた。

「いや……。薄気味悪い話だ。気をつけてくれよ」

「ああ」

頷き、握手を交して尾津は新橋駅に向かって歩きだした。背中に向けられる、酒井田の視線を、しばらくは感じていた。

6

確かめなければならない。まずその気持があった。当麻がもってきた「I・P・P・C」への再就職の話だ。

手始めに、「I・P・P・C」が実在する会社であるかどうか、実在するとして、尾津を欲しがる目的が、水川のいうコンピュータソフトをめぐる〝陰謀〟と関係しているのかいないのか。

現在の状況で当麻にそれを質《ただ》すのは、あまり賢明ではないように思えた。なぜなら、当麻本人が「I・P・P・C」に利用されていたら、返答のしようがないだろうし、騙《かた》りなら騙りで、真実を答える筈がない。

最初は、当麻か「I・P・P・C」について、情報を集めてみることだ。

ただかかわりたくないのであれば、当麻のもってきた話を断わってしまえばすむ。だがもし、「I・P・P・C」の話が〝陰謀〟と何の関係もないものであるなら、これほど条件のよい再就職口を失うわけにはいかない。

いっそ受けてしまえば――そんな迷いもあった。たとえこれが〝陰謀〟であるとしても、水川の話によれば自分はある種のキィパースンだ。協力を必要としている相手は、尾津を厚遇せざるをえない。失うものは何もないではないか。そのコンピュータソフトを手に入れ、用済みになったからといって殺されるとも思えない。危いと感じたら、適当にいいわけをつけ、逃げだす手もある。

だが一方で、酒井田を罠にかけた、オズワルドの手口、水川のいった、「クリエイター」たちの心中に見せかけた死が、もし事実であるとするなら、とうてい与《くみ》することなどできない相手だという思いもある。

当麻、あるいは「I・P・P・C」が、それらとは別の集団であるとしてもだ。非合法な手段で何かを手に入れようとする集団がいて、それに拮抗《きっこう》する別の集団が存在するなら、いずれにしても、その体質にちがいはない。

まっとうな連中なら、水川ではないが、たとえにわかには信じがたい話であっても、正直に尾津の協力を求めてくるだろう。

妙なからめ手を用いることじたいが、まっとうでないと証明している。

問題は、この再就職話の真偽を確かめるのが容易ではない、という点だった。かりに「I・P・P・C」が実在し、そのうちの誰かが〝陰謀〟に加担していたら、外からでは確かめようがない。

かつて自分とトーア物産が、アメリカ陸軍の工作員に協力していたときと同じだ。社員も会社も実在している以上、まやかしと見抜くのは難しい。最悪の場合、「I・P・P・C」が会社ぐるみでかかわっている場合もある。

水川のいうソフトを欲しがっているのが、企業ならもちろん、情報機関であっても、隠れミノに会社を装うことは充分にありうる。「I・P・P・C」そのものが情報工作の偽装用に設立された会社かもしれない。

こうなって何よりつらいのが、古巣であるトーア物産がこの世に存在しないことだった。もしあれば、後輩のツテを頼り、情報を集められた。かつての後輩は皆ばらばらとなり、ある者はサラリーマンを辞め、ある者は畑ちがいの職場にいる。しかも退職をした身では、そうした者の近況すら入ってきづらくなっている。

酒井田と別れ、自宅に戻った尾津は眠る気にもなれず、考えこんだ。

どうすれば必要とする情報を手に入れられるのか。

まずは人。それはわかっている。コンピュータが扱えるのなら、インターネットで調べるという方法もあるだろうが、自分はそれができない。

となれば、人から情報を得る他ない。

奇妙だが、失望や当惑とは別に、ある種の興奮が、自分の中に生まれていた。巻きこまれたのがどんな種類の陰謀かはまだ判然としないが、まちがいなく尾津は当事者のようだ。

会社員でなくなってからこっち、いや、会社員であっても最後の何年間かは、何かの当事者であったことなどなかった。

それが尾津を興奮させていた。ふりかかる火の粉であれ、ふりかかるということすらない立場に、自分は長くいた。平穏で、年齢を考えれば、それでいいような気もしていたが、こうなってみると自分がまだ当事者でありたいと願っていたのがわかる。

尾津は、今でも連絡可能な、現役の人間の顔を次々と思い浮かべていった。その中に「I・P・C」に関する情報を提供、あるいは調査できそうな者はいないか。

ひとり、いた。それは八年後輩で、尾津より五年早く、トーア物産を退職した人物だった。同郷の友人に誘われ、テレビゲームの会社に、役員待遇で入った筈だ。技術系が中核に多いその社は、海外マーケットに強い人材を求めていた。

名を林原《はやしばら》といい、外語大の出身で英語に堪能だった。トーア物産時代、いくつかのプロジェクトで尾津の下に入ったことがある。空手を長くやっており、強靭《きょうじん》な体力を自慢にしていた。体育会系の単純なものの考え方をしがちだった林原を、それなりの交渉上手に育てるのに苦労した覚えがある。

何年も話していないが、年賀状のやりとりはしていた。今年もきていた。

尾津は、保存してある年賀状を捜した。林原からのものはすぐに見つかった。ここ十年、住所はかわっていない。つまり、尾津のような環境の変化を経た可能性は低いということだ。電話番号も記されている。

時計を見た。午前零時を過ぎていた。だが今日連絡がとれなければ、明日の夜まで待たなければならない。尾津は、林原の現在の勤め先の名を覚えていなかった。

一方で、当麻には一両日中に返答するといっていた。

林原はたぶん起きている。家族は寝ているかもしれないが。

細いが筋肉質の、かつての部下の顔を思い浮かべ、尾津は決心した。体力の自慢に「遅寝早起」を口にしていた男だ。

電話をかけた。あまり長く呼びだしても応えないようなら切ろう、と思っていたが、わずか二度で受話器がもちあげられた。

「はい」

ぶっきら棒な、若い男の声が答える。

林原には確か息子が二人いた。そのうちのどちらかだろう。

「林原さんのお宅ですか」

「はい」

「夜分遅く、申しわけない。私は尾津といいます。お父さんの友人です。ご在宅ですか」

「はい。ちょっと待って下さい」

試験勉強か何かで起きていたのだろう。とりあえず長い呼びだしをせずにすんだことに、尾津はほっとした。

やがて、受話器の向こうに気配がして、

「お電話かわりました」

落ちついた林原の声がした。

「深夜に申しわけない。尾津です」

「尾津さん……、ああ！」

林原は声を高くした。

「尾津課長ですか」

「懐しいな、それ。いや、すまなかった」

ほっとして、尾津はいった。

「いえ。どうせ起きてましたし。でも、どうしたんですか。今、何していらっしゃるんです？」

懐しさをにじませた声で、矢つぎ早に、林原は訊ねた。

「今は浪人の身さ。といって別に借金の申しこみとかじゃないから、心配しないでくれ」

「何いってるんですか。いや、いろいろおありになったようなので、どうしてらっしゃるかなと……」

離婚の噂も聞いていたのだろう。口ごもった。

「気楽なひとり暮らしだ。実は、こんな夜中に突然で申しわけなかったが、あなたにちょっと調べごとを頼めないかと思って……」

「調べごと、ですか？」

「そうなんだ。今でも、テレビゲームの会社にいるのかな」

「ゲーム機とソフトの両方です。一時よりだいぶきつくなっていますが、まあ何とか」

「関係あるかどうか、たぶんないかもしれんが、『I・P・P・C』という会社を聞いたことはないか」

「『I・P・P・C』ですか……」

覚えがないようだった。尾津は当麻から受けとった会社案内をひきよせ、概要を説明した。

「ああ、そういう類のところですか。まあ、うちも関係ないとはいえないですね。ゲームのコピーは、東南アジアはひどいですから」

耳を傾けていた林原はいった。

「ついては、妙な頼みなのだが、この『I・P・P・C』が本当にある会社なのか、あるとすれば、業界でどんな評判なのか、あなたに調べてもらうわけにはいかないだろうか」

「それは……まあ、できなくはないと思いますが、またなぜです？」

「実はそこに再就職しないかと誘われているのだが、ちょっとうさん臭い筋からの話でね。一〇〇パーセント信頼できないんだ」

「なるほど。わかりました」

あっさりと林原はいった。

「もう一度、会社の名前とか住所を。うちの法務部の連中に訊いてみます」

尾津が答えるとそれをメモする気配があった。

「こちらの連絡先を教えておく。できるだけ早くわかるとありがたいのだが」

「明日中に、わかったことを連絡します。それで足りなければ、もう少し時間を下さい」

「すまない。忙しいところを」

「なに、最近はちょっと暇なんですよ。ゲーム業界も、少子化もろもろで、楽じゃなくなってきて、そのぶん俺みたいなのはやることがなくて」

林原は笑い、そうだ、といって携帯電話の番号を口にした。

「これからはこっちに連絡を下さい。たいてい、つながりますから。メールアドレスは――」

「そいつは必要ない。携帯もコンピュータも、いまだに無縁でね」

「尾津さんらしいな」

あきれるかと思ったが、林原は笑い声を響かせた。

「いつだって人対人で勝負しろ、でしたものね。教えられたことは、役に立ってます」

「ありがとう」

「いえ。じゃ、明日にでも、ご連絡しますから……」

電話を切り、尾津はほっと息を吐いた。たとえ半分はお義理であっても、こうして無償で何かをしてくれる者がいることは、まだそれほど自分という人間の存在が意味を失っていないのだと思わせてくれる。

職を失くし、家族を失くした者は、自分の存在意義について、嫌でも考えざるをえない。

自分を弱い人間だとは、あまり思ったことのない尾津だったが、やはりどこかで自信を失いかけていた。

それが、今度の奇怪なできごとで、わずかだが変化している。たとえ自分の与《あずか》り知らないことであっても、何者かが尾津をひきいれようとし、そのための策謀をめぐらせているのだ。

迷惑だと感じる反面、妙な心の張りが生まれていた。

――尾津さんは逆境が好きだからな。

かつて何人かの同僚に、そう冷やかされたのを思いだす。プロジェクトが暗礁にのりあげたり、不測の事態で頓挫《とんざ》しかけるたびに、これまで以上の強い闘志がわきあがることがあった。

功績や名をあげようというのではない。負けたくない、ここで退いてたまるかという、意地のようなものだ。状況が悪いほど、その気持は強く、しゃにむにがんばったものだ。その結果が、同僚たちの評だった。

――しないですむものなら、俺だってしたかない。

尾津はよくそういって笑ったものだ。あとの反動が大きいし、ときには大きな借りを作ってしまうことがあったからだ。

要は負けず嫌いなのだ。だが、そういう自分の性格の極端な部分が、会社でも家庭でも、立場の安定を遠ざけた。

現場にいるときはいい。が、管理職となれば、退く、相手を立てるといった駆け引きも必要になる。妻に対しても同じで、家庭を円満に保つ人間は、家族に対して自分を主張しすぎない。

それが尾津にはできなかった。

ただ、尾津はそういう自分が嫌いではなかった。だからこうして朽ちていくとしてもやむをえないと思ってきた。結局は、それが己の身の丈なのだ。

翌朝、ふだん通りに起き、朝食をとった尾津は、近くの区立図書館にでかけていった。泥縄かもしれないが、インターネットやコンピュータといったものに関する知識を仕入れておこうと思ったのだ。

図書館にもパソコンはあり、申しこめば触ることもできる。だが、尾津にとってはわけもわからぬ実物をいじり回すより、活字で概要を把握したいという気持のほうが強い。

パソコン、インターネットに関する入門書は驚くほど数があった。その中の数冊に、午前中から午後三時すぎまでをかけて、目を通した。

わかったような、わからないような不思議な気分になった。わかったのは、インターネットが、地球上のあらゆるところと瞬時につながってしまう、便利なものだということ。わからないのは、その中に架空に存在する情報を、あたかも実在するがごとくとらえる、バーチャルという考え方だ。

ないものはないのだ。いくら写真や説明があったとしても、コンピュータの画面でしか見られない存在を、実物としてうけとめることは、自分にはできそうもない。

だが、コンピュータのヘビイユーザーにとってはそうでもないらしい。生活の大半をコンピュータと向かいあって暮らす、そういう人間にとっては、現実世界のできごとよりも、インターネット上で作られた人間関係やそこでのできごとのほうがはるかに重要だと感じられるようになるのだという。

水川もそういう種類の人間なのだろうか。

ただ調べてみてよかったと感じたのは、パソコンを、仕事の道具としかとらえていなかった自分の認識が変化したことだ。

よくできた計算機、グラフの作製マシン、各種書類の印刷機械としか、勤めていた頃は思っていなかった。それに伝言機能としての〝電子メール〟がくっついている。

社内でコンピュータの重要性が認識されるようになった頃は、尾津は現場を離れていたし、情報の即時性に意識をもつ立場にもいなかった。コピーやファックスと同程度、あるいはその少し上位のオフィス機器だとしか考えなかった。操れる部下に任せておけばよく、会社を離れた場所で必要とする機会はないと決めつけていた。

確かに今、自分はパソコンがなくとも暮らしているし、インターネットの〝素晴らしさ〟が多少理解できたからといって、あらためて入手しようという気にもならない。が、その利便性に慣らされてしまった人間にとっては、パソコンなしの生活など考えられないだろう。

読んだ本によれば、パソコン本体の能力が、たとえば話しかけるだけですべての用を足してくれるほど向上するにはまだ時間がかかるが、情報の集積や伝達の能力がさらに伸びることで、生活面での利用が多くなっていくという。あと十年もすれば、パソコンを使わない生活が考えられなくなる日がくる、とまで書かれた本もあった。また、出歩くのに不自由を感じるようになった高齢者こそパソコンに習熟すべきだ、と力説した著者もいた。

そうなのだろうか。パソコンに頼ってばかりいたら、ますます足腰が弱まる結果になるのではないか。

仮想空間に店を開いたり、誰が読んでくれるともわからないのに、日記や〝文明批評〟を公開することに、何の意義があるというのだろうか。

本によればやはり、インターネットにおけるビジネスは、企業対企業はそれなりに取引高を伸ばしていても、企業対顧客になると、思ったほどではないらしい。実物に触れられない買物は、魅力が乏しいということなのかもしれない。毎日が忙しく、時間のない人間にはそれが便利かもしれないが、時間をもて余す高齢者にとっては、自ら足を運び吟味する買物の方が向いているだろう。品物を手にとり、店員と言葉を交すという、あたり前の行為が、高齢者には機会の少ない、社会とのかかわりを生みだすのだ。自宅で無言のまま、コンピュータの画面に見入り、マウスをクリックしてする買物を、高齢者が楽しめるとは、とうてい思えない。

よしんばそういう高齢者が現われるとすれば、水川などの世代がさしかかったときにちがいない。

三時を過ぎ、図書館が学生などで混み始めると、尾津は本を返却し、外へでた。冬は、この区立図書館は、一見ホームレスのような人間で朝から混雑する。雨露がしのげ、暖房のきいた施設内は、彼らのよい逃げ場所になるのだ。さすがに異臭を漂わせる者は少ないが、およそ図書館に用があるとは思えない風体の集団が、閲覧室を埋めている光景は、この国が壊れかけていると思い知らされる。

図書館をでて、昼夕兼用の丼ものをファストフード店でテイクアウトした尾津は自宅に戻った。

留守番電話に伝言が吹きこまれている。

『ファーム・ジャパンの当麻でございます。ご不在のようなので、またあらためてご連絡させていただきます』

『水川です、あの、連絡ください』

受話器をとった。林原の携帯電話を呼びだす。午後四時を回り、さほど忙しくはない時間帯ではないかと想像した。

「――はい、林原です」

数度の呼びだしで、応答があった。

「尾津です」

「あ、ちょっと待って下さいね」

告げ、電話をもったまま、林原が移動する気配があった。周囲の人間に気をつかったようだ。やがて、

「はい、お待たせしました。ここならゆっくり話せます」

と林原はいった。

「大丈夫だったかな。忙しいようなら――」

「いやいや、まったくそういうことはありませんからご心配なく」

「ならよかった。で、早速なのだけど……」

「『I・P・P・C』の件ですよね。法務部に知っている人間がいました。わりあい最近できたところのようですね。社長は日本人ですが、実質的なオーナーはアメリカ人だそうです」

「つまり外資系ということかな」

「そうですね。そういっていいのじゃないですか。資本のでどころが、ほとんどアメリ

カの企業や銀行ですからね。ひとりおもしろいことをいったのがいて、そいつはアメリカが長かった、うちの人間なのですが、出資元の大半がつながっているというんですよ。まずハリウッド資本、それから音楽出版、それとテレビのネットワーク系列の会社、皆ユダヤ系の財閥ですね。まあ、アメリカの知的財産権を扱う産業はもともとユダヤ系が強いのですから、当然といえば当然でしょうが……」

「なるほど」

「会社としてはしっかりしたところのようですよ。似たような仕事をするところは他にもありますが、アジア地域に関しては、かなり熱心なようです。日本に本社をおいたのは、アメリカからアジア地域全般ににらみをきかすのは難しいだろうという理由らしいのですが、同じアジア人である日本人にもろもろ代行させようという狙いがあったみたいです。まあ、アジアでは日本が知的財産権に関する考え方が一番しっかりしていますからね」

「まっとうな企業ということなのかな」

「ええ。それはまちがいないようです。社長は弁護士で、長くロスアンゼルスにいた人だそうですし、向こうの政府筋なんかにもパイプがあるという話です」

かえって判断が難しくなった。「I・P・P・C」が聞いたこともない会社なら、トリックの可能性を疑うのはたやすかった。

「経営状態はどうなのだろう」

「それについては何とも。まだ今は、儲かるというところまでいっていないのじゃないですか。一種の調査、防衛機関として、出資元のために作られたようですからね。そっちの業務は、うちなんかでもそうですけど、『日暮れて道遠し』ですよ」

「難しいだろうな」

尾津はいった。コピー産業の撲滅は、国や地方自治体を動かすだけの影響力が必要となる。豊かな者の常識が、貧しい者には通用しない。

「ええ。ただ長い目で見れば、今後必要とされる分野であるのはまちがいありません。こんなところで、お役に立てましたか」

「ありがとう、役に立つ」

「で、いかれるんですか、尾津さんは」

林原は訊ねた。唸り声がでた。

「どう思う？」

「どう思うって……。らしくないことをいいますね。決断の早い尾津さんとも思えない」

「正直、わからないんだ」

本音だった。

「仕事はたぶんおもしろいと思います。対人間の工作が多いでしょうから、尾津さんには合ってる。ただ……」

「ただ？」

「外資系で、クライアントべったりの業務であることを考えると、社内の空気はちょっとしんどいかもしれない。何だかんだいいながら、連中は忠誠を要求してきますから。早い話、クライアントのコピーをやめさせるかわりに、クライアントのライバルのコピー技術を供与したりね。いわばそういう、ちょっとえげつない手を使わせるために、日本人を社長にして、アメリカとワンクッションおいたという感じなんですよ」

「そうか」

尾津はつぶやいた。林原はため息を吐いた。

「まあ、こういうご時世ですから、生き残るためには、どこも必死ですよ。右手でエコロジーだの何だのいいながら、左手で子会社に環境破壊につながる商売をやらせる。ばれりゃ尻尾切りで、とりあえず逃げる、と。上手に立ち回れないところは、たいてい潰されますからね。ましてアジアが相手でしょう。相当、えげつない工作をさせられるとは思いますね。向こうは、尾津さんがそういうのが得意だと考えて、ひっぱっているのじゃないですか」

「確かに苦手ではないな」

尾津がいうと、林原は笑い声をひびかせた。

「でしょう。あいだに入っているのがどんな人かはわかりませんが、『I・P・P・C』で尾津さんがやられるであろう仕事は、たぶん尾津さん向きですよ」

「ありがとう。前向きに考えてみる」

尾津は礼をいった。

「もし何かあれば、いつでも連絡を下さい。お役に立てることなら、できる限りさせていただきます」

林原はいって、電話を切った。

杞憂だったのかもしれない。

そんな思いが生まれていた。「I・P・P・C」は、水川の話とは無関係に、自分を求めてきているのだ。酒井田の件がショックだったので、疑心暗鬼になっていた。

尾津はほっと息を吐いた。

電話が鳴った。

どちらだろう、一瞬、思った。当麻か、水川か。当麻だったら、クライアント・インタビューの日付を決めることになる。

水川だったら——。

尾津は息を吸いこんだ。「I・P・P・C」への再就職の話がまやかしでないとしても、「アダムとイブ」の問題が解決したわけではない。火の粉はまだふりかかっているのだ。

「はい」

「尾津さんのお宅ですか」

男の声がいった。

「そうですが」

「尾津君男さんでいらっしゃいますか」

「そうです」

「警視庁四谷警察署刑事課の、望月《もちづき》と申します」

「はい」

「突然で恐れいります。水川ひろしさんという男性をご存知ですか。職業はシステムエンジニアで、年齢は……三十二、かな」

望月の声は丁重だった。

「知っていますが」

「ちょっとお話をお聞きしたいのですが、ご都合はいかがでしょう」

「水川さんが何か——？」

「それはお会いしてから。ええと、尾津さんのお住まいは江東区でいらっしゃいますね。最寄り駅は、地下鉄の東陽町でよろしいでしょうか」

「ええ……」

「ご自宅は、東陽シティコーポ一〇二」

「そうです」

「今日、このあとご自宅にいらっしゃいますか」

「いる予定です」

「では、五十分から一時間くらいでうかがえると思いますので、申しわけありませんが、ご自宅にいらして下さい。よろしくお願いします」

「あの、警視庁の、何とおっしゃいました？」

「四谷警察署刑事課の望月です」

「水川さんに何かあったのですか？」

「それはお会いしたときに」

望月は答えず、電話を切った。

7

「水川ひろしさんは、今日、午後二時過ぎ、新宿区新宿二丁目にある区立公園の公衆トイレで首を吊って亡くなっているのが発見されました。遺書はありませんでした。勤め先から歩いて四、五分のところにある公園で、よくひとりでそこにでかけることはあったようです。会社の方の話では、この何日か、少し考えこんでいるような節も見うけられたということで、おそらく自殺だろうと思われます。会社の机に、尾津さんの住所と電話番号のメモが残っていて、同僚の方は知らない名だというので、こうしておうかがいしたわけです」

望月は、もうひとりの刑事、機動捜査隊の内野《うちの》という男といっしょだった。

「水川さんが亡くなった……」

つぶやく尾津を、望月と内野は見つめた。

「ええ。最近、水川さんに会われましたか」

「会いましたよ。おとといの晩です」

「そのとき、かわったようすはありませんでしたか。何か、悩んでいるような――」

尾津は望月を見返した。どことといって特徴のない四角ばった顔つきで、眼鏡をかけている。二人の刑事はスーツにネクタイ姿で、小さな鞄をもっていた。

「いや、それは……なかったな」

「最近、ネット心中というのが問題化していましてね。水川さんの知り合いにも、それで亡くなった方がいたらしいんです。もしかすると今回の件も、別の人と申しあわせて、それぞれ別の場所で自殺をはかったのかもしれないと考えておるのですが」

内野がいった。どちらも、刑事という職業から想像しがちな、いかつい印象はない。

「自殺するとは思わなかった。というか、そんなようすはまるでありませんでした」

内野は頷いた。

「意外と、そういうことがあるんです。特に遺書がないような、発作的な自殺ですとね」

「もう少し、亡くなったときの状況を教えてもらえますか」

尾津は訊ねた。さすがに混乱していた。水川が自殺するわけがない。死んだとすれば、それは別の理由だ。だがそれを口にすれば、「殺された」と述べているのと同じだ。そうなれば、なぜ殺されたと考えるのか、そのわけも話さなければならなくなる。

尾津にはそこまでの余裕はなかった。自らも半信半疑なこの状況を、他人に説明し納得させられる筈がない。

「ベルトを使いましてね」

尾津の内心に気づいているのかどうか、内野は淡々といった。

「トイレの個室ドアの内側にある荷物かけにベルトをかけ、それに首をつっこんだようです。ドアは内側から鍵がかかっていました。あまり長く鍵がかかっていて、応答がないのに不審を感じた別の利用者がのぞきこんで見つけたんです」

「水川さんがトイレに入るのを見た人は？」

内野と望月は一瞬、目を見合わせた。

「今のところ見つかってはいません。トイレのノブとベルトには、水川さんの指紋が付着していましたが」

望月が答え、訊ねた。

「何かご不審でも？」

「いえ……。ただ、おととい会ったときにはとうてい亡くなるようには見えなかったので――」

尾津はいった。

「ちなみにうかがいますが、尾津さんと水川さんはどのようなお知り合いだったのでしょうか。お勤め先はちがうようですが」

水川の勤め先の人間に、尾津について確認したにちがいない。尾津は緊張した。

「ええ……。水川さんとはひょんなことで知り合いましてね。私はご覧の通りリタイアした身で、毎日が暇なものですから、六十の手習いにパソコンでも覚えようかと、とりあえず秋葉原の電機店にいったんです。そこでたまたま、いかにも詳しそうな水川さんを見かけ、何を買ったらいいか教えてくれないかと頼んで、そこからつきあいが始まったばかりでした」

とっさの嘘だった。

「なるほど」

「水川さんは急いで買うことはないからといって、おととい、ノート型というんですか、そういうパソコンをもってここにこられて、使い方をちょっと教えてくれたりしました。親切な人でした」

「そのとき、インターネットの話なんかもしていましたか」

内野が訊ねた。

「少しは。私はまだ何となく理解できないのですが、水川さんはインターネットで、いろいろな人と交流があるようでした」

「ネット心中について、何かいっていませんでしたか」

「確かに、インターネットを通じての知り合いが、そんなようなことをしたといわれているけど、まちがいだとか、そんな話はしていました」

「まちがい？」

「ええ。自殺なんかする筈がないといっていました。ですからそういった本人が自殺したというので、私もびっくりした」

「自殺じゃなければ何だというのです」

望月がいった。

「殺されたのかもしれない、と。死んだ知り合いのことは、私はよく知らないのですが、ハッカーというんですか、企業や外国の機関などにこっそり入りこむようなことをしていたらしい。だからそれが原因で殺されたのではないかと」

内野が首をふった。

「確かにハッカーというのはいますがね、そういう連中は非常に手口が巧妙で、ましてや外国の機関などに侵入するようなのは、自分の正体を決してつかませない。侵入して秘密をつかんだせいで殺されるなんていうのは、映画の世界の話ですよ」

「そうなのですか」

「犯罪組織の秘密でも握って、強請《ゆす》りでもしたというのなら話は別でしょうが、もしそれで殺されるなら、心中に見せかけるとか、そんな手間はかけんでしょう」

「おそらく水川さん自身が納得できずに、ネット心中の〝部屋〟をのぞいたのかもしれない。ところがチャットでやりとりしているうちに、自分も生きててもしかたがないと思いこんでしまった。ミイラ取りがミイラになる、という奴ですな。割にそういうことが、インターネットの世界ではあるみたいですよ」

望月がつけ加えた。

「水川さんはあまり社交的なタイプではなかった。会社の方の話では、引きこもりだった時期もあったとかで、もしかすると、どこか精神的に不安定な面があり、心中の件がきっかけで、一気にそれが前に出てきてしまったのじゃないかと考えているんですがね」

内野は尾津を見つめた。

そう考えて、楽になりたいのだろう。あんたたちが。

尾津は心の中でつぶやいた。

「水川さんがお金に困っているとか、そういう話はありませんでしたか」

望月が話題をかえた。尾津は首をふった。

「いえ、まったく。金を貸してくれとか、そんな話をされたことはなかったですね」

「そうですか。いや、お時間をとらせました」

望月が切り上げた。

「あの、お葬式なのですが、いつ……」

「いつだろうな」

「大塚から家に戻るのが、明後日くらいでしょうから、その後じゃないですか」

「大塚？」

「監察医務院です。いちおう、解剖をして死因を確かめますので」

「水川さんの自宅を知らないので、教えてもらえませんか。携帯の番号しかうかがっていなくて」

内野が手帳をとりだした。水川の自宅は、中野区の本町だった。尾津はそれをメモした。葬儀にはでてやりたい。

二人の刑事は、詫びと礼の言葉を口にして立ち去った。水川の自殺に疑いを抱いているようすはまるでない。あくまで捜査の基本として、尾津のもとを訪ねたようだ。

ひとりになったとたん、尾津は椅子にすわりこんだ。

頭の一部が痺れたような気分だった。あらためて衝撃が襲ってくる。

水川が自殺する筈はない。「佐藤かおる」を見つけるといって、はりきっていたのだ。もし発作的な自殺だというのなら、少なくとも尾津には何かをいい残した筈だ。

はっとして電話を見た。

留守番電話には確かにメッセージが残されていた。

――水川です、あの、連絡ください。

すぐに連絡をすればよかったのだろうか。だが尾津が図書館から戻った三時過ぎには、水川はもう、この世の人ではなかった。

後悔が生まれた。もっと早くに帰っていれば、いや、でかけさえしなければ、水川の電話をとることができ、そうすれば水川は死なずにすんだのではないか。

はっとした。水川が電話をしてきた理由はひとつしかない。「佐藤かおる」を見つけたという知らせだ。コールバックを求めたのがそれを裏づけている。

警察はそのことを知っているだろうか。

尾津の氏名、住所を、刑事は、会社の机に残されたメモから知ったといった。もし同じものが「佐藤かおる」に関しても残されていたなら、当然、尾津に質している筈だ。なぜなら、会社の同僚は尾津について何も知らず、だからこそ刑事はここを訪ねてきた。「佐藤かおる」についても同様だろう。ならば、尾津にそれを訊《き》かないのは妙だ。

会社ではなく身につけていたとしても、答は同じだ。「佐藤かおる」については、むしろ身につけていた可能性のほうが高い。尾津の連絡を得しだい、知らせるつもりでいただろうからだ。

だが刑事は訊かなかった。

それはつまり、水川が「佐藤かおる」に関する情報を、刑事の気づく場所に残していなかったことを意味しているのではないか。

会社にもなく、身につけてもいない。

身につけていたのを、奪われたとしたら。

不意に恐怖がこみあげた。

何者かが水川を襲い、公園のトイレにひきずりこむ。身体検査をして、「アダムとイブ」に関する情報を奪いとり、自殺に見せかけて殺害した。

それも短時間で手際よく、警察の疑いも招かぬよう、やってのけたのだ。

ただものではない。明らかに、そういう〝仕事〟に手慣れた者たちのしわざだ。

落ちつけ。自分にいい聞かせ、煙草に火をつける。わずかだが手が震えていた。

水川の電話の理由が「佐藤かおる」の発見を知らせるものだとしたら、その周辺に「佐藤かおる」に関する情報が残されていない筈はない。

もちろん紙に記したものとは限らない。水川は職場でも自宅でもパソコンを操っていた。その中にある可能性は高い。

だが、尾津に知らせようとするならばやはり、旧来の方法、紙に書き写したものが必要になる。〝メール〟で送ったりするのは不可能だからだ。

少しでも早く尾津に知らせることを望んでいた水川は、おそらくその紙を身につけていた筈だ。それがないとすれば、奪われたと考えるのがやはり妥当だ。

一瞬、尾津は、四谷署に電話をかけ、望月か内野というさっきの刑事に、「佐藤かおる」に関するメモの類が残されていなかったか、問い合わせようかと思った。

だが、逆に理由を訊き返されたら、何と説明すればよいのか。

恋人？　無理だ。水川の周辺を調べれば嘘だとすぐにわかる。

自分の恋人だといったら？　馬鹿げている。なぜ自分の恋人に関する情報を、水川がもっていたかと訊かなければならないのか。

問い合わせるのは駄目だ。あまりに危険すぎる。

待て。簡単にあきらめるな。何かいい方法がある。

水川がコンピュータに詳しいことを理由に、「佐藤かおる」に関する何かを、自分が調べるよう頼んだことにしたらどうだろうか。

たとえば。

ストーカーのようにとられるのを覚悟で、片想いの相手――それもおかしい。

昔の恋人の娘。それならいいかもしれない。

尾津が現在独身でいることは、刑事にもわかる。独りになって寂しさを感じ、ふと、昔の恋人のことが知りたくなったとしよう。

昔の恋人は結婚したが、子供を作って離婚した。その子供の名が「佐藤かおる」。水川のコンピュータの腕を見こみ、「佐藤かおる」という三十歳の女性について何か見つけられないかと頼んでいたという作り話だ。

これならいける。刑事なら眉をひそめ、たとえ「佐藤かおる」に関する情報が水川の周辺にあったとしても、教えようとはしないかもしれないが、少なくとも、情報の有無についてだけなら、知らせてくれるだろう。

尾津は深呼吸した。二人の刑事が警察署に戻るにはまだ早い時間だ。だが、四谷署に

だ。

電話をして伝言を残すなり、携帯電話の番号を訊けば、何とかなる。

「一〇四」で四谷警察署の代表番号を訊ねた。「〇一一〇」で終わるのは、警察署共通

「はい、四谷警察署です」

男の声が応えた。

「刑事課をお願いします」

「お待ち下さい」

きりかわる音がして、

「刑事課」

ぶっきら棒な返事があった。

「あの、望月さんいらっしゃいますか」

「望月？　望月、誰ですか」

「下の名前はちょっと。刑事課の方です」

「四谷署ですか」

妙だった。

「そう、うかがいましたが」

「こちらには望月という者はいませんが」

「じゃ、内野さんかな」

「内野もいません。署をおまちがえじゃないですか」

血がひいた。そういえば二人は、警察官である証《あかし》を何も提示しなかった。

「けっこうです。まちがえました」

電話を切った。すぐに水川の携帯電話にかけた。死んだというのは嘘なのか。

「おかけになった電話は電源が入っていないか、電波の届かない場所に――」

流れてきた音声に、受話器をおいた。

どういうことだ。水川は生きているのか、死んでいるのか。

尾津の目は、テーブルの上のメモに留まった。

内野という〝刑事〟から聞いた、水川の自宅の住所だった。電話番号も控えてある。

そこにかければ確かめられる。

水川の自宅と教えられた番号を押した。二回ほどの呼びだしのあと、中年の女の声が応えた。

「はい、水川でございます」

本物だったのだ。声はどこか弱々しい。

「あの……私、ひろしさんの仕事上の知人で、尾津と申しますが……」

水川の母親だろうか。尾津が名乗ると、ああ、といったきり、黙りこんだ。

「ひろしさんは、ご在宅でしょうか」

勇を鼓して訊ねた。

返事はすぐにはなかった。

「あの……実は少し前に、警察の方から電話がありまして、ひろしが亡くなったというので、主人がそちらに参っております」

声はじょじょに小さくなった。あべこべに尾津の胸の痛みが強くなる。

「亡くなられた……」

「詳しいことはまだ何も。警察の方の話では、自殺だというのですけれど——」

「そうですか。それはお力落としでしょう。いや、申しわけありませんでした。どうぞ、お心を確かにされて……失礼します……」

受話器をおろした。

混乱が倍加していた。

水川の死は本当のことのようだ。自殺と考えられる状況であったのも事実らしい。

では刑事を名乗った、望月と内野という二人の男はなぜ、そのことを知っていたのだ。

それを考えたとき、尾津の全身に寒けが走った。

本物の警官以外に、水川の死とその状況を詳しく知っている者がいる。どうやって知ったのかを考えると、ある答がでてくる。

死の現場に立ち会ったからではないのか。即ち、水川を自殺に見せかけ、殺した張本人たちだったのではないか。

目が自然に玄関に向いた。彼らがでていったあと、扉には施錠した。同時に、二人がここを訪れた痕跡が何ひとつないことにも気づいた。

玄関先に立ち、ドアノブ以外には何ひとつ触れなかった。

偽刑事がここを訪れたという証拠は何もない。つまり尾津が警察に出向いて、これこれこういう男たちが現われ、水川の死を告げるとともに質問をして帰ったと届けても、それを証明する手段はない。

ましてや、あの男たちが水川を〝殺した〟犯人だと、どうやって説明するのか。

本当の警察は、水川と尾津の関係を知らないのだ。おそらくは。

会社や身の周りに、尾津の住所、氏名があれば、あの偽刑事たちのように本物の刑事がやってくる可能性はある。

それがなければ、警察は知らない、ということだ。

知らなくさせた。「尾津君男」も、「佐藤かおる」も、水川ひろしと関係があったと警察に知られないよう、手を打ったとしたら。

何のためにそんなことをするのか。

矢つぎ早に煙草に火をつけた。

まず水川が殺されたと仮定しよう。その理由は何だったのか。

わからない。水川の言葉をすべて信じたとしても、水川は問題のソフトの開発者ではなく、「選ばれなかった」キィパースンだ。ただ、ソフトに関する情報をあるていどもっていて、そういう人間は決して多くはなかった。

秘密を守る――これはあるかもしれない。水川はわざわざ尾津に会いにきて、ソフトに関する、途方もない話をして帰った。それを信じる気にはなれなかった尾津だが、酒井田と会ったことにより、信じる気になった。しかもそのソフトを求めている人物というか組織に、国際的な広がりがあるとも知った。

彼らにとってみれば、水川がそうして尾津に情報をもたらすのがひどく迷惑であったということなのか。

さらに水川は「佐藤かおる」を捜しだそうとしていた。キィパースンは、アダムとイブの二人、つまり尾津と「佐藤かおる」が揃わなければならない、という。もし水川が「佐藤かおる」を発見して、尾津が会いにいった場合、ソフトを入手したい者たちには、さらに困った事態をもたらしたかもしれない。

それを防ぐために、水川は殺された。

尾津は息を吐いた。仮定の上に仮定が重なり、とうていうけいれがたい話になっている。

では、直接自分の身に及んだできごとで考えてみよう。

まず酒井田の誘いとその背景だ。これは、水川の話の信憑《しんぴょう》性を裏付けるものだ。

次に、二人の偽刑事。なぜ彼らは、わざわざ尾津のもとにきてまで、水川の死を告げたのか。

警告か。それはありえない。警告とうけとめるためには、偽刑事であると、尾津が気づかなければならないのだ。もし自分が四谷署に電話をしなければ、今も本物の刑事だと信じこんでいたろう。

本物の刑事がやってこない限りは。

つまり、本物の刑事がやってこないであろうことを、二人は〝知って〟いた。なぜならやってこないように仕向けた。尾津にまつわるデータを、水川から奪って。

警告でないとすれば何なのか。

水川の死を、尾津は遠からず知ったろう。それは確かだ。新聞で読むか、読まなくても、水川に連絡をとろうと試み、何らかの形で知る。二人の偽刑事はそうなる前に、尾津から何かを得ようとしたのかもしれない。

何を得ようとした。

尾津は二人の質問を思い返した。こちらが不審を抱くような内容はなかったような気がする。

まず、水川のようす、最後に尾津と水川が会ったのがいつであったかを、それによって二人は知った。

次に、水川と尾津の関係。とっさの嘘を、二人は信じたように見えた。だがソフトとキィパースンについて知る者にとって、あの説明はいかにもわざとらしく聞こえたのではないか。

疑われたか。

冷たい汗がすっとわき腹を流れた。信じるふりをしながら、見えすいた嘘をついていると、二人は内心考えていたのではないか。

だがそうとも思えない。

見方をかえてみる。水川には悪いが、水川がソフトの秘密を〝横どり〟しようとしていたと、彼らが考えた場合。ハッカーらしき行為を、自らもおこなっていたことを水川は認めていた。

水川はソフトの秘密を隠し、尾津に接近した。秋葉原で偶然出会ったというのは、水川がそう尾津に思わせただけで、実は予定の行動だった。二人がそのようにうけとめていたとしたらどうか。

行動パターンだ。尾津は気づいた。問題の解決に、ある行動パターンをとる人間や組織は、別の人間や組織の行動を、同じパターンで理解しようとしがちだ。

つまり、酒井田にしかけられた罠のように、自分たちの正体や目的を隠して尾津をとりこもうと画策するような者たちは、水川の行動も、その目的を尾津には秘密にしていたのではないかと想像するだろう。

その見方に立てば、二人の偽刑事は、水川の行動を、尾津にソフトのことを教えず接触したと考える。何も知らない尾津は、水川をただの親切なコンピュータマニアだくらいにしか思わない。その死には驚くだろうが、そこに策略があるとはとうてい考えつかない。

尾津が「アダムとイブ」について何か知っているか、探りを入れるのが目的だったのなら、そううけとめたのではないか。

「佐藤かおる」について、あの場でいいださずよかった、と尾津は思った。たとえどんないいわけをもちだそうと、その名をだした瞬間、尾津にソフトに関する知識があることがばれてしまったろう。

恐怖が心をわしづかみにする。

いったいどうなっているのか。もはや、腹立たしいとか、心の張りを感じるなどと思っている場合ではない。

人の命を奪ってでも、ソフトの秘密を入手しようとする者たちが確実に存在することを、尾津は思い知らされたのだ。

自分はこれからどうすべきなのか。救いを誰かに求められるのか。求められるとすれば、それは誰なのか。

警察か。確かに偽刑事の出現は彼らの興味を惹くだろう。それを証明できれば。

難しい。証明できたとしても、ソフトの話までを信じさせるのは、かなり困難だ。警察が水川の死に疑いを感じ、水川のコンピュータを調べてくれればよいのだが、と尾津は思った。

そこから自分の名が知られ、捜査が及べば、少しはこちらの話に耳を傾けてくれるかもしれない。

だがたとえそうなったとしても——。尾津の恐怖はさらにつのった。

その先は、警察にできることは何もない。

陰謀を暴くといっても、ソフトを開発した「クリエイター」の大半はすでに死亡し、酒井田の話の相手は、日本ではなくアメリカの情報機関だ。

ソフトそのものについていえば、尾津自身にすら、どんな内容であるかという知識がまるでない。

子供のみる悪夢のようなものだ。何か得体の知れない怪物が自分に襲いかかってくる、と訴えているに等しい。

どうすればいいのだ。やはり警察しかないように思えるが、説得する言葉も手段も今はもたない以上、徒労に終わる可能性が高い。

いや、もっと悪い展開につながる場合もある。

キィパースンとしての自分は、当然、何らかの形で監視されているだろうし、酒井田のように、とりこもうという人物からの次の接触をうけるかもしれない。その過程で、警察を訪ねたことが相手に知られれば、危険視される結果をもたらす。

自分は殺されない、危害を加えられない。

そう楽観していたのだが、水川の死でわからなくなった。

わかっているのは、ソフトを欲しがっているのが、ひどく危険な連中だということだ。

これから先、どうなっていくのか。

当麻のもってきた話が再び頭によみがえった。

やはりこれは尾津をとりこむための罠なのではないか。

もしそうであれば、同じような罠が「佐藤かおる」にもしかけられている。もちろん「佐藤かおる」が、どこでどんな仕事をしているか、想像もつかないが、何らかの形で〝転職〟を迫られていて不思議はない。

尾津は恐怖と混乱をおさえこもうと努力した。

まず、相手は何者なのかを考えるのだ。

ＣＩＡが関係しているらしいことは、酒井田の言葉でわかった。ＣＩＡそのものだとは断言できない。ＣＩＡとの関係を自称する人間は意外に多い。情報を売ったり、自分を大物に見せかけるために、わざとその名をだす。

酒井田を脅迫したのが、ＣＩＡの正規の局員なのか、〝下請け〟なのかで、答はまるでちがってくる。〝下請け〟ならば、ある種の情報ブローカーのような人間で、金のためにＣＩＡ以外の者に雇われた可能性もあるからだ。

おそらくはそうだろう、と尾津は思った。ＣＩＡがソフトを欲しがっているのなら、合法的に、正面から尾津に接触してくる筈だ。ましてや殺人などという手段をとるとも思えない。

水川は何といった。企業、情報機関、研究所、あるいはそれらを全部あわせたようなもの。

確かに大企業のシンクタンクやそれに付属する調査機関には、ＣＩＡにも匹敵するような能力をもつところがある。国家機関の情報工作員であった人間をリクルートし、自社の利益となるような情報収集にあたらせる。愛国心のみで、一生を国家に捧げるような〝スパイ〟はもはや時代遅れだ。職務で培った能力を、今度はより高い収入のためにいかそうと、民間の調査機関や警備会社などに再就職する人間が欧米には多い。

そういう者は、各国の軍隊や情報機関、犯罪組織にコネをもっている。必要とあれば、違法な工作を、〝下請け〟におこなわせることもあるだろう。

そういう手合いがソフトを求めて動いているのではないか。

尾津は想像した。水川もいっていたが、日本の企業や暴力団といったレベルではなく、もっと組織力をもち、それでいて実体のあいまいな団体のようなところだ。

しかも一ヵ所ではない。

もし当麻――「Ｉ・Ｐ・Ｐ・Ｃ」の目的もソフトであるなら、酒井田の接触は敵対行為に他ならず、別々のふた組であると考えるべきだ。

水川を殺したのは、どちらのグループだろうか。

日本で活動しているという点では、「Ｉ・Ｐ・Ｐ・Ｃ」の側とも考えられる。あるいは、どちらでもない、みっつめのグループか。

いずれにしても、真実を告げた者はひと組もおらず、とうてい信用できない。

当麻の誘いを断わるべきか。

今度はその疑問が浮かんだ。上べを紳士的につくろっている人間に限って、ひとたび豹変すればひどく危険になるものだ。

当麻本人が、ソフトを求めているかどうかはわからないが、もし誘いを断わったら、「I・P・P・C」がどう尾津に対してくるか、想像がつかない。

ましてや水川を殺したのが「I・P・P・C」あるいはそれを装ったグループであったなら、一気に牙をむき襲いかかってくるのではないか。

だが誘いを断わらなかったらどうなるか。

再就職の予備段階として、研修をうけてもらう、と当麻はいった。場所は日本、あるいはアメリカ。

どこかの研修所に連れこまれ、ソフトを入手するのに必要な協力を強制される、おそらくはそんな展開だろう。

そこには「佐藤かおる」も当然、連れてこられる。水川がリストにしてもっていたような、あらゆることを訊かれ、試され、それが何を意味するか具体的にはわからないが「鍵」となるのを強要される。

そのあとは。そのあとはどうなる。

目的とするソフトを入手したあと、相手にとって尾津と「佐藤かおる」は不要になる。

報酬を渡して追い払うか。

それとも。

今度の恐怖は急激にこみあげてくるものではなかった。鉄の壁のように心をくるみ、重くする。

その手段が正当でなければ、ソフト入手のいきさつを、「I・P・P・C」が公開することはありえない。あたかも自社が開発したかのように装い、それをくつがえす言説は封じるに決まっている。

つまり、どちらにしても殺されるのだ。殺されないとしても、一切の発言を封じられるような立場におかれる。

理不尽な話だ。

まったく無関係な自分が、なぜそんな目にあわなければならないのか。頼んでもいないのに、勝手に「鍵」に指名され、危険な立場に追いやられている。それも、コンピュータなど何ひとつ知らないというのに。

ソフト「ヒミコ」を開発したという「クリエイター」に対する怒りがわいた。盗みだした情報で「ヒミコ」を作り、見ず知らずの人間を「鍵」にしたてる。それがどれほど迷惑を及ぼすか、少しでも考えたのだろうか。

だが、その「クリエイター」も殺されてしまったと水川はいった。

自業自得なのか。

そうではない。冷静に考えれば、そうではない。

確かに開発の方法は違法であったかもしれないが、少なくともソフトそのもので人が傷つくわけではない。おそらく。とすれば、それがどのような内容であろうと、殺されるほどの責めを負うべきではないのは明らかだ。

強盗の被害にあって殺された人間を、「金持だからあんな目にあうのだ」というのに似ている。たとえその金持が、そうなるためにあこぎな真似をしたことがあったとしても、殺されるのを自業自得とはいえないだろう。

考えなければ。

知らぬ間に息が荒くなっていた。

まず、水川を襲ったような暴力が、すぐに自分にも及ぶかどうかだ。

これは当面、ないと考えてよい。殺すことを相手は今は望んでいないだろうし、拉致を企てているのであれば、とうに自分はその目にあっている。

ふと、離婚をしていてよかった、と思った。もし妻といっしょに暮らしていたら、相手は、尾津にいうことを聞かせる〝人質〟として、妻をさらったかもしれない。たとえ冷めてしまった関係とはいえ、自分のために妻が暴力にさらされるのは願いさげだ。

いや、そうではない。尾津は思い直した。

自分は独身だからこそ、選ばれたのだ。家族がいれば、それは軛《くびき》になる。家族を材料に脅迫されたら、誰だって協力せざるをえない。

それを避けるため、「クリエイター」は、すべてのアダムとイブを独身にしたのではないか。

尾津はしかも、両親ともこの世にいない。身内と呼べる人間は、ひとりもいないのだ。弟がいたのだが、十九で事故死している。

だからこそ自分は選ばれたのか。

もしそうであるなら、当然「佐藤かおる」も同じような立場にいる。

天涯孤独な三十歳の女性。

ふと、尾津は痛ましさを感じた。わずか三十歳で独りぼっちだとしたら、「佐藤かおる」はひどく寂しい人生を送っている女性なのではないか。

そんな立場で、こんな事件に巻きこまれたら、どれほど恐く、心細いだろうか。

「佐藤かおる」の連絡先を水川から聞かされていたら。

尾津はほっと息を吐いた。六十四の自分にとってみれば、三十歳は子供の年齢であってまるでおかしくはない。

恋愛どころか、親子ではないか。

苦いおかしみを感じた。「佐藤かおる」と自分が出会ったところで、とうてい恋愛関係に発展するわけがない。父親か、それ以上の年の差がある。

だがもう、「佐藤かおる」と会うことはありえない。もし会うときがあるとすれば、それはソフトを入手したい連中によって強制的にいっしょにされる日だ。それまで、尾津と「佐藤かおる」は別々に、この理不尽な運命に翻弄されることになる。

どうしようもない。

どうにかしてやりたいが、どうすることもできない。自分自身の運命すら、想像もつかないのだ。

その夜は、まんじりともできなかった。

8
「おはようございます。早速ですが、先日お話しした件のご返事をいただければと思いまして、お電話をさしあげました」

当麻がいった。午前九時ちょうどに電話は鳴った。

「ああ、それですか」

「お体の具合でも悪いのですか。声の調子がすぐれませんが――」

「ええ、きのうからちょっと風邪気味になってしまって……。駄目ですね、この年になると、体の調子が悪いと、すぐ気が滅入《めい》ってしまうんです。申しわけないが、少し時間をいただけますか……」

「それはそれは、お大事になさって下さい。ただ、こちらもたいへん心苦しいのですが、クライアントへの返答と、もしよいお返事をいただけます場合は、インタビューの日時設定などもございますので、できればおうけいただけるかどうかのご返事だけでも、ちょうだいしたいと思うのですが」

「いや、きのうまでは、やる気でいっぱいだったのですよ。今朝起きて、具合が悪いと思ったら急に何だか不安になってしまいましてね。この年で、海外勤務など果してできるものだろうかと……」

当麻は沈黙した。

「申しわけないが、時間をいただけませんか」

「どのくらいお待ちすればよろしいのでしょう」

いくぶんか、当麻の声が冷ややかになっているのを尾津は感じた。

「そうですね、二、三日というのでは駄目ですか」

「二、三日ですか」

当麻は困惑したようにいった。そして訊ねた。

「あの、このようなことをうかがうのは失礼なのですが、尾津さまに他のリサーチャーからの接触があったのでしょうか」

「他のリサーチャーですか」

意外そうに尾津はいった。

「いえ、ありませんが」

「あ、そうですか。それでしたらけっこうなのです。ときおり、あの、そういう方がいらして、迷われると、時間を欲しいとおっしゃるものですから」

「当麻さんのご紹介下さる会社にいかなければ私は、ハローワークにいくしかない身ですよ」

尾津はわざと尖った声をだした。

「そんなことはおっしゃらないで下さい。失礼なことを申しました。申しわけありません。お忘れになって下さい。私が不安になってしまったものですから」

当麻はあせっているような口調でいった。これを突破口にできるかもしれない、尾津は思った。

「当麻さんは、私が他のヘッド――いやリサーチャーからアプローチをうける可能性があると思っているのですか」

「それは……」

当麻は黙った。

「ハローワークに通っている、私のような者にとって、いただいたお話は、願ってもない申しでだと思っていました。しかし、当麻さんのお話を聞いていると、私も、複数の社からアプローチがあっておかしくないような気がしてくる」

「あの、それについては私からは何とも申しあげようがありません。私はただのリサーチャーですので、クライアントからの条件に沿われた方をこちらでお捜しし、お話をさせていただくのが仕事です。『I・P・P・C』さまからのオファーに最適の方として、尾津さまを私どもが選ばせていただいたのは、他の社とはまた別の、私どもなりの理由があってのことです。もちろんその理由については、先日お会いした折りに、お話しさせていただいたようなことなのですが――」

「つまり、『I・P・P・C』さんから私の名が挙がってきたのではなく、当麻さんが私を見つけて下さった、そう考えていいのですね」

「その通りです。尾津さまにお願いしようと決めたのは私で、リストには他の方も載っていらっしゃいましたが、私のプッシュもあって、『I・P・P・C』さまは、尾津さまにお願いしたいとご判断されたわけです」

　尾津に恩を売るチャンスと見たのか、当麻はいった。

　それは即ち、当麻も陰謀にかかわっていることを示している。「I・P・P・C」うんぬんはさておき、尾津を選んだのは当麻だと自ら認めているからだ。

「尾津さまが優秀でいらっしゃることは、リサーチャーなら誰でも調べればすぐわかります。ですから、このような時代、他からのオファーがあってもおかしくない、私はついそう考えて不安になってしまったのです。どうか、ご容赦下さい」

「ご容赦だなんて、そんな。私はあなたに感謝する気持こそあれ、怒っているわけではないんです。ただふたまたをかけようとしているかのように疑われたのが心外であっただけで……」

「よかった。それならお受けいただけるのですね」

「基本的にはそのつもりです。ただ体調がよくなるまで、あと二、三日待っていただけますか。そうすれば――」

「承知いたしました。クライアントを喜ばせたい一心で、つい、私の方が急ぎました。お許し下さい。それと、もし、必要なものがあれば、おっしゃっていただければ、病院でもお薬でも、何なりとお役に立たせていただきます」

「ありがとう」

「では、明後日にでもまた、お電話させていただきます」

当麻は電話を切った。

尾津を選んだのが、当麻本人であったことは、疑いを深める結果になった。「I・P・P・C」がヘッドハンターにオファーをだしたかどうかを確かめる手もあるが、ことが人事に関することであるだけに、通りいっぺんの方法では答は得られないだろう。

当麻が「I・P・P・C」の社名を利用して、尾津を〝確保〟しようとしている可能性のほうが高い。

もちろん「I・P・P・C」そのものが陰謀に加担しているかもしれないのだが。

とりあえずの時間は確保した。尾津はほっと息を吐いた。今日と明日のわずか二日間しかないが、動き回ることはできる。

問題は、何をすればよいかだ。

「佐藤かおる」を見つける――。だがこれは今の自分にはできそうもない。どこに住んでいるかもわからない、ただ三十歳でその姓名だけという材料で、特定の人間を捜しだせるのは、警察とか探偵といった、調査のプロに限られる。

次に思い浮かんだのは、「身の安全の確保」だった。だがこれも簡単ではない。何から逃げているかもわからないのに行方をくらますのは容易ではない。

確かに旅行にでもでかければ、明後日のあとの何日間かは、自分の行方をくらますことはできる。だが、いつかはここに帰ってこなければならないのだ。

そのときには、有無をいわさず拉致される可能性だってある。当麻にせよ、ソフトを求める他のグループにせよ、いつまでも尾津に対してだけは紳士的な態度でいるとは思えない。

〝期限〟が切れれば、必ずや強硬な手段に及んでくる。

ならば自分は今、何ができるのだろう。

考え、ふと、思った。水川だ。水川の葬儀がある。あの偽刑事は、水川の遺体が、明日には自宅に戻る、といった。その言葉を信じるなら、明日には通夜がとりおこなわれる筈だ。そこにいき、水川の冥福を祈ってやると同時に、「佐藤かおる」に関する手がかりを得られないか、試してみてはどうだろう。

葬儀にはおそらく、水川を「殺した」側の人間もきている筈だ。なぜなら、水川を殺すことでソフトに関する情報を遮断し、ライバルを減らしたかった者たちは、これ以上情報が広まるのを警戒しているにちがいないからだ。いけば当然、尾津も監視の対象になる。

だがいかないわけにはいかない。

尾津はまず、水川の死が公になっているのかどうかを新聞で確かめることにした。自殺の記事がすべて新聞に載るとは限らないが、公園という公共の場所であったのだから、載っている公算も大きい。

尾津は図書館にでかけた。新聞のおかれたコーナーで立ち読みしていくと、記事にぶつかった。

〈プログラマー変死、新宿区内の児童公園で〉

見だしがあった。記事の内容は、あの偽刑事たちが告げた話とほとんどちがわない。警察は「発作的な自殺」とみて、情報を集めているとある。

やはり水川は死んでいたのだ。重い気持で自宅に戻った。

水川の自宅に電話をする。応えたのはきのうとちがい、若い男の声だった。

「はい、水川です」

「尾津と申します。新聞で記事を拝見しました。このたびはご愁傷さまでした」

「あ、いえ……」

男はとまどったような声をだした。

「で、ご葬儀の日程をうかがえれば、と思ったのですが……」

「そうですか。ちょっと待って下さい」

どうやら身内ではなく、手伝いに訪れた者のようだ。水川の両親はさぞ落ちこんでいるだろう、尾津は思った。引きこもりから立ち直ったと思ったら、突然息子が自殺してしまったのだ。

だが、それが自殺ではなく殺人であったと知っても、その悲しみや苦しみが軽減されるわけではない。むしろ混乱やくやしさを増すだけだ。

尾津はほっと息を吐いた。自分にも責任があるだろうか。

「佐藤かおる」を捜せと命じたのは尾津だ。そのことが、水川の〝死期〟を早める結果につながったのではないか。

いや、ちがう。尾津は怒りとともに思い直した。「事件」は向こうから尾津の身にふりかかってきたのだ。何が起こっているのかを知ろうとしただけで誰かが殺されてしまうのは、殺した側の責任であって、自分のせいではない。ここでもし自分が恐怖にかられ逃げだしてしまったら、それこそ水川を〝見殺し〟にしたことになってしまうかもしれないが。

今はそんな気はない。自分の知らない場所で、知らない利益のために、自分を翻弄し、人を殺している奴らに、何とか一矢報いてやりたい。

「お待たせしました」

若い男の声が戻ってきていった。

「今日の午後、遺体が戻ってくるようなので、今夜には通夜をおこないたいと家族の者はいっております」

「場所はご自宅ですか」

「いえ、近くの斎場になるそうです。今、確認をしているのですが——あ、大丈夫なのですか——」

やはり混乱しているようだ。別の人間と話している。それも当然だろう。だが家族としては、死に方が死に方なだけに、ひっそりと早めに葬儀をおこなってしまいたいと考えているにちがいない。

中野区弥生町にある斎場の名を、男は口にした。六時からそこで通夜をおこなうという。

尾津は礼をいった。切ろうとすると男がいった。

「あの、もう一度、お名前を」

「尾津と申します」

ある種の覚悟を決め、尾津は告げた。

9

予想はしていたことだが、斎場に人の数は少なかった。夕方から雨が降りだし、それがまた寂しさをつのらせる気配になっている。

両親と思《おぼ》しい、尾津とさして年のかわらない夫婦、その兄弟らしき親族、それ以外には、水川の同僚だったのだろう、ジーンズやラフなジャケット姿に喪章をつけた若い男の姿がちらほらあるだけだ。

中に、ダークスーツ姿の男たちがいて、もしかすると刑事かもしれない、と尾津は思った。望月と内野の、偽刑事コンビはいない。本物の刑事と鉢合わせして、正体が露見する危険を避けたのだろう。

祭壇に飾られた水川の写真はひどく若いときのものだった。二十《はたち》かそこいらにしか見えない。焼香のとき、目を合わせた両親は、悲しむというよりひどく疲れたような表情だった。胸が痛み、手を合わせた。

六時半を過ぎると、ぽつぽつと、水川の同級生だったような若い母親や、サラリーマンらしき弔問客がやってくる。彼らが交す、ひそひそ話からも、突然の死に驚いているようすが伝わってきた。

尾津は斎場の奥に設けられた、小さな座敷に入った。簡単な通夜ぶるまいの皿が並んでいる。いるのは、水川の同僚や上司だったと思しい、ラフな服装の数人だけだ。大半の弔問客は、焼香をすませるとそのまま立ち去っていた。

座敷の隅で、斎場の係員が事務的においたビールを手酌した。尾津の存在に不審を感じている者もいるかもしれないが、誰も声をかけてこない。

「佐藤かおる」らしき女性がいはしないかと捜したが、若い女性の弔問客がそもそも少ない。きていたのは、たいてい若い母親で、「佐藤かおる」が天涯孤独だという尾津の想像とは合致しない。

六時四十分には、弔問客は途絶え、やがて親族と両親も座敷のほうにやってきた。まず会社の同僚らしき人々に頭を下げ、それから尾津のかたわらにきた。

「このたびはどうも」

「いえ。ひろしがお世話になりました」

固い表情で父親がいった。

「私、尾津と申します。ひろしさんとはひょんなことで知り合い、コンピュータの使い方を教わっておりました」

「そうですか」

告げても、両親の表情はあまりかわらなかった。自殺という事態に混乱し、〝意外な〟知り合いの出現にもあまり興味を感じられないようだ。

両親は再び頭を下げ、座敷の、空いているテーブルに、親族とともにかたまってすわった。誰もすすんで口を開こうとはしない。重苦しい空気だった。

十分ほどして、尾津はひきあげることにした。明日の告別式にも足を運ぶつもりだった。つらいが、手がかりを得られるチャンスを逃すわけにはいかない。

靴をはき、両親に黙礼して傘立てから傘をとった。斎場をでる。

雨の中を地下鉄の駅に向け、数歩歩きだしたときだった。

「あの、傘をおまちがえじゃありませんか」

声をかけられた。若い男だった。どこか聞き覚えのある声で、一瞬後、電話にでた人物だと思いあたった。

親族席にいたのを覚えていた。十九、二十といったところだった。

「え？」

訊き返し、尾津は手にした傘を見た。まちがいなく自分のものだ。

「尾津さんですね」

少年のような若者は早口でいった。

「そうですが、傘は、私のだ」

「わかっています。これを渡したくて。ひろし兄ちゃんは僕の従兄《いとこ》でした。自分に何かあったら、これを尾津という人に渡せって、メールがきのうの朝、届いていたんです。コンピュータのことをいろいろ教えてくれたのがひろし兄ちゃんでした」

若者は折りたたんだ紙をさしだしていた。それを受けとり、尾津はポケットにつっこんだ。

「メールには、信じられないようなことが、ネットの世界で起きていると書いてありました。兄ちゃんは変わり者だったけど、けっこう僕は好きでした」

尾津は頷いた。

「今、兄ちゃんから聞いた話を、叔父さんや叔母さんにしても、悲しむだけで、よくわかってくれないと思います」

「君は？」

「水上守《まもる》といいます。浪人です。兄ちゃんが引きこもってるとき、メールでいろんなやりとりができたのは、僕だけだったんです」

「そうか」

水上守は尾津を見つめた。

「よくわからないけれど、兄ちゃんは、ちゃんと生きようとしていました。だから自殺は変だと思います」

叔父さん叔母さんに迷惑かけたことも後悔していました。

「私もそう思っている。だけど今は、ご家族のためにもそっとしておいたほうがいいね」

「はい」

水上守は頷いた。頭のよさそうな子だった。すれたようすはまったくない。

「ありがとう。これは大事にさせてもらう。それと、このことは、なるべく人に話さないほうがいい」

「兄ちゃんもそう、いってました。秘密だって」

尾津は再び頷いた。

「勉強、がんばってな」

「じゃ、失礼します」

水上守は一礼し、走って斎場の中に戻っていった。とっさの思いつきとしては、たいした頭脳だ。親族や刑事にわからないよう、傘をいいわけに、尾津に接触してきた。

傘をもちかえ、ポケットに入れた紙片に触れた。今すぐ目を通したいが、それでは水上守の努力を無にしてしまう。

尾津は足を早めがちになる自分を戒めながら、地下鉄の駅に向かった。

「守へ。これを兄ちゃんは、バックアップのつもりで送っている。もしかすると兄ちゃんは、とんでもないスケール（世界規模）の陰謀を見つけてしまったかもしれない。アチャーだけど、おもしろいって感じ。

とにかく何があるかわかんないから、とりあえず保存しておいて。

もし何かあったら、このあとのデータを、尾津君男っておじさん（もしかして爺さん？　笑）に渡してほしい。理由は今度ゆっくり話す。メールもあまり信用できないから。

追伸、例のDVD、こないだやっとゲットした。今度貸す。

『佐藤かおる　東京都港区三田×―×―×―八〇二　一九七三年三月十六日生　魚座

A型　職業　学生兼ホステス』

これがきっと、イブ二号だ」

10

水川がどうやって「佐藤かおる」を見つけ、イブ二号だと確信したのか、今となっては確かめる術はない。

しかしその所在をこうして知った以上は、危機が迫っていることを知らせる義務がある。「佐藤かおる」をつきとめたら、会いにいくのは自分だ、と水川にも約束したのだ。とうていまともに受けとめてもらえるとは思えない話だが、他に自分に材料がない以上何とかぶつかってみなければならなかった。

翌日、昼近くに尾津は自宅をでた。「佐藤かおる」に会いにいくのが目的だが、その前に確かめておきたいことがあった。

スーツを着け、ネクタイを締めた。やはりスーツを着ると、背筋がのびるような気分になる。かつて日本人のスーツの趣味が「ドブネズミ」のようだと揶揄されたことがあったが、そのドブネズミファッションで、サラリーマンは、日本の繁栄を下支えしてきたのだ。実際、尾津も、もっているスーツのほとんどが濃いグレイか紺色ばかりだったが、それでよいと思っていた。サラリーマンにとってスーツは、制服であり戦闘服なのだ。制服だけで軍隊の戦闘能力は判断できるものではない。

地下鉄に乗り、銀座に向かった。平日のデパートは閑散としている。紳士ものの靴や洋服売場をぶらぶらと歩いた。

尾行者の有無を確かめるためだった。

この方法を、尾津はかつて東南アジアで覚えた。取引を成立させるためのきわどい交渉を、政府の高官やそれにつながる人物とおこなおうとすると、反対側の勢力に与《くみ》する軍人や警察官が、尾津の動きを監視してくることがあった。交渉が発覚すればスキャンダルになったり、あるいはスキャンダルをでっちあげられる危険がある。そのため、前もって尾行の有無を確認しておくのが必要となるのだ。

大都市にあるデパートは、それには格好の場だった。平日の昼間、デパートの売場をうろつく成人男子は決して多くない。ましてや東南アジアでは、高級な輸入品を扱う売場に足を向ける者は限られている。軍人や警察官は、明らかにそうした売場にはそぐわず、尾行者だという正体を露呈するのだ。

売場から売場を、いかにも老人の暇潰しといった体《てい》を装い、尾津は歩き回った。幸い、デパートの洋服売場には鏡が多くおかれており、なにげなく背後の人物を確かめることができる。

一時間もしないうちに、尾津は自分のいく先々に、いつのまにか現われている三十代の男に気づいた。

今まで見たことのない人物だ。黒っぽいビジネスーツを着け、眼鏡をかけている。特にどうという特徴もなく、表情に乏しい。

五つのフロアを歩き回り、そのうちの三つのフロアで、その男の姿を見かけた。

尾津はさらに別のデパートに足を向けた。尾行者に、自分の狙いを悟られているかどうかは、この場合どうでもよかった。たとえ悟られたとしても、いきなり拉致などの手段にはでてこないだろうし、重要なのは、これからの尾津の目的を、相手に知られないことなのだ。

そのための方法は考えてあった。

二軒目のデパートの地下食品売場で、やはり眼鏡の男を確認すると、尾津はクッキーの詰め合わせをひと箱買った。地下道を使って、数寄屋橋交差点方向に歩く。

日比谷に、かつてトーア物産が別館として使っていたビルがあった。もちろん倒産した今は、別の会社が入居している。そのビルは地下街が隣接するビルの地下とつながっているのだが、通用口と表示された扉で仕切られている。その通用口がトイレのわきにあって、ひどくわかりにくかった。

うしろをふりかえることなく地下道を歩き、数寄屋橋の交差点で地上にでると、尾津はその日比谷のビルをめざした。

地下街に入り、トイレで用を足すふりをして通用口の扉をくぐった。尾行者はおそらく、トイレの外で待っているにちがいない。

隣接するビルから再び地上にでて、今度は帝国ホテルに向かった。宴会場側の入口から建物に入り、ロビーをつっきるようにして正面玄関にでてタクシーに乗りこむ。タクシーの車内から背後をふりかえった。タクシー乗場には、あとを追ってくるような人物はいなかった。

「田町へいって下さい」

尾津が告げると、タクシーは走りだした。

ＪＲ田町駅でタクシーを降りた尾津は交番を捜した。「佐藤かおる」が住むマンションを見つけるためだ。交番の警察官の案内によれば、そのマンションは、ＪＲ田町駅とは慶応大学をはさんだ反対側に位置しているようだ。

二十分後、めざすマンションを発見し、尾津は腕時計をのぞいた。時刻は、一時十八分だった。

マンションは築年数が経過しているが、建物としては、尾津の住むマンションよりはるかに規模が大きかった。ファミリータイプというのだろうか。部屋数の多い間取りを中心に作られたようだ。一階の駐車場に隣接して駐輪場があり、幼児用の座席をつけた自転車が多く並んでいる。

さて、これからだ。

マンションを見上げ、尾津はほっと息を吐いた。「佐藤かおる」が在宅しているかどうかは不明だが、監視をうけていない今日中に、何とか「佐藤かおる」と話をしなくてはならない。

だが問題はそのきっかけだ。水川がやったように、いきなり自宅を訪ねていって、事態を説明しても、まず相手に信じてもらえる筈がない。それどころか、会ってもらえるかどうかすら疑わしい。

三十歳でありながら、「学生兼ホステス」と、水川は書いていた。それはおそらく何かを勉強しながら、その学費と生活費をまかなうために水商売に就いているという意味だろう。

となれば当然、学校は昼間通い、夜にホステスの仕事をしていることになる。

その生活パターンの中で、尾津が何とか接点をもとうとするなら、夜、ホステスとして「佐藤かおる」が働く店に足を運ぶのが最善の方法だ。だがこの時点で、「佐藤かおる」が、どこの何という店で働いているかがわからない。まさかインターホンを押して、

「あなたの店にいきたいので教えてくれないか」

と訊ねるわけにはいかない。

マンションの一階はオートロックになっていた。尾津のたたずむ目の前で、その自動扉が開き、幼児を連れた母親の集団がでてくる。マンションとは道路をはさんだ向かいに、小さな公園があり、そこで子供たちを遊ばせるのが目的のようだ。

尾津は、その公園のベンチに腰をおろした。公園には、一歳から五歳くらいまでの子供を連れた母親たちが七、八人集まり、お喋りに余念がない。

スーツ姿の男が白昼の公園にいるのは奇異を感じさせる光景かもしれないと思うのだが、リストラなどで職を失った男が昼間あてもなく過すことが多いのか、主婦たちはあまりこちらに視線を向けてこない。ただ、さりげなく、子供を近づけまいとしている節はあった。

尾津は煙草をとりだし、火をつけた。

水川には、自分が会いにいくといっておきながら、こうしてマンションの前までやってくると、実際的な手段が思い浮かばない。

といって、水川にはもう相談することもできないし、インターネットで流れたという情報に関する〝助言〟も得られない。

自分しかいないのだ。

やはり当たって砕けるしかないのだろうか。

そうするのなら、まずどうやって話をもっていくべきか。水川が突然、自分を訪ねてきたときのことから話すのか。それとも、インターネットの話をするべきなのか。

だが「ヒミコ」とかいうソフトについて自分には、満足のいく説明を「佐藤かおる」にできる自信はない。第一、水川本人も、それが具体的にはどんなものであるか、わかっていなかった。

尾津は、水川の話をなるべく詳細に思いだそうとした。「佐藤かおる」に話そうとして、しどろもどろになってしまったのでは意味がない。

そしてこの数日間、自分の身に起こったことを反芻《はんすう》した。一見、幸運に思え、しかし奇妙で無気味でもある、就職の斡旋。

考えれば考えるほど、筋の通らないできごとばかりだ。

理屈では説明のつかない、自分を巻きこんだこの事態に、水川から聞かされた「アダムとイブ」の話をあてはめると、符合することがらがいくつもでてくる。その上、水川の死という、動かしがたい暴力の事実が加わった。それらはすべて尾津の身の周りで起こっているできごとだ。尾津にとっては現実であり、しかも逃れられなくのしかかっている。

一方で、「佐藤かおる」に同じような事態が起こっていないなら、すべてが「絵空《えそら》ごと」に聞こえるにちがいない。

自分とは何の接点もない人間が、その身にふりかかった「重大事件」を口にしても、人はたいていの場合、真剣には聞かない。むしろ、なぜそんな話を自分にするのかとい う、動機を疑う。それをしないのは、警官や弁護士といった、トラブル処理を職業にする者だけだ。その上、「佐藤かおる」が若い女性で、年配とはいえ自分が男性だという状況が、さらに問題を難しくしてしまう。

尾津はため息を吐いた。よくて門前払い、悪ければ一一〇番通報という結果しか想像できなかった。

私立探偵でも雇うべきだろうか。ぼんやりと思った。「佐藤かおる」の夜の職場を調べあげ、客を装って接触すれば、話を聞いてくれる可能性は高まる。

だが探偵を雇えば金がかかるし、その上、飲み代を払ってまで話を聞かせたとしても、それを「佐藤かおる」が信じるという保証はどこにもない。かわった口説き方をする客だと思われるのが関の山だ。

気づくと一時間以上をそうして、尾津は公園のベンチで考えこんでいた。さすがに変だと思ったか、主婦たちの視線が向けられている。

尾津は立ちあがった。とにかく、会ってみよう。信じてもらえないならもらえないで、連絡先だけを教えて帰ればよい。何か不測の事態に巻きこまれたら、連絡をしてくることもありうる。

公園を抜け、マンションの出入口が見える位置に達したときだった。尾津ははっとして足を止めた。自動扉をくぐり、二人の男がでてくるのが見えたからだった。スーツ姿で、マンションの前の道に駐車したセダンに乗りこもうとしている。

望月と内野と名乗った、偽刑事たちだ。

思わず背中を向けた。二人の乗りこんだ車は発進し、田町駅の方角に走り去った。なぜあの男たちが、と考え、答はひとつしかないと気づく。「佐藤かおる」に会いにきたのだ。

背筋がのびるような緊張を感じた。「佐藤かおる」の住所を、どうやってか、二人はつきとめた。水川から聞きだしたか、あるいは手がかりになるものを奪ったか。

足が動いていた。これまで考えていた話の順番など、とうに頭から消えていた。マンションの玄関をくぐり、インターホンを押した。

インターホンは部屋番号と呼びだしボタンを押せばつながる仕組だ。

小さなスピーカから呼びだし音が聞こえ、ややあって、

「はい」

という女の声がした。いくぶん低めで、地声なのか、警戒しているからなのかはわからない。

「尾津といいます。佐藤かおるさんのお宅ですか」

「はい」

「実はおりいって話があります。怪しい者ではありません。私は六十四で、商社を退職した、現在は無職の者です。あなたにはこれまでお会いしたことはありません。ただ、ある人からあなたの住所と名前を聞きました。私とあなたが、その……トラブルのようなことに巻きこまれているらしい。というのは、たった今、あなたのもとを刑事と名乗る男が二人訪れていた筈ですが、彼らは偽者です。私のところにもきた。四谷署の、望月と内野といいましたが、確かめて下さい。そういう人間は実在しなかった。もし彼らがそのようなことをいったのなら、私の言葉が嘘でないとわかります。その上で、少しの間私の話を聞いていただけませんか。もちろん、知らない人間を家にあげるのは不安でしょうから、あなたがでてきて下さってもいい。近くのどこか喫茶店か、そこの公園のベンチでもかまいません。十分だけ、私の話を聞いてくれませんか」

ひと息に喋った。

インターホンは沈黙している。目の前のオートロックのガラス扉は閉まったままだ。

尾津は顔をあげた。小さなテレビカメラがあった。インターホンのモニターにつながっているのだろう。それを正面から見つめた。

「ごめんなさい」

不意にインターホンがいった。

「そこにいて下さい。今、降りていきますから」

尾津は息を吐いた。よかった。まずは第一関門突破だ。

11

数分後、ガラス扉の向こうに女がひとり現われた。背が高い。一七〇センチの尾津とあまりかわらない。痩せていて、肩までの長さに染めた髪を切りそろえている。化粧をしておらず、ジーンズにTシャツという軽装で、小さなポーチをもっていた。顔は、顎が女性にしてはやや大きいことを除けば、美人の部類に入るだろう。鼻筋が通り、目がやや吊りぎみで、化粧をするとかなり目立つにちがいない。

ガラス扉が開いた。

「佐藤さんですか」

女は頷いた。まっすぐに尾津を見つめる。

かなり気の強そうな女だ、と尾津は思った。臆しているようすはない。

「尾津です。突然、妙なお願いをして、申しわけない」

尾津はいって、頭を下げた。

「いいえ。偽刑事の話が本当だってわかっていたから、聞く気になったんです。もっとも、あなたがさっきの二人とグルなら、わたしはやっぱりだまされているけれど」

「いや」

尾津は首をふった。

「私は彼らとは何のかかわりもない。さっきもいいましたが、トーア物産という今は潰れてしまった商社にずっと勤務していて、リタイアした者です」

「トーア物産？　桐山《きりやま》さんのいらした？」

「桐山専務を知っていたのですか」

驚いて尾津は訊き返した。桐山は、尾津の直接の上司だったこともある人物だった。酒好きの遊び人で、もう十年近く前、脳梗塞で亡くなった。それも――。

「銀座の並木通りで……」

尾津がつぶやくと、佐藤かおるは頷いた。

「そう。わたしがまだ駆けだしの頃、かわいがってもらいました。まさか、夜の銀座で亡くなるとは思わなかった」

「そうだったのですか。私たちも驚きました。でも銀座で倒れて死ぬなんて、キリさんらしいとも思いました。あの人にはかわいがってもらった」

偶然だった。同時に、亡くなっているとはいえ、共通の知人がいたことに尾津はほっとした。

だが本番はこれからだ。

「どこで話をしましょうか」

「そこの公園でいいです」

佐藤かおるは目で示した。

「わかりました。実はさっきまで、あのベンチでひとりで考えこんでいた。佐藤さんに会って、どう、話を切りだそうか、と」

「どうしてですか」

すでに先に立って歩きだしながら、佐藤かおるはいった。共通の知人がいたことにも驚いたようすを見せず、やみくもに怪しむわけでもない。落ちつきはらっている。

マンションの玄関をでた佐藤かおるは、

「待って」

と立ち止まった。缶ジュースの自動販売機が設置されている。ポーチを開いたので、

「私が」

と尾津は硬貨をさしだした。佐藤かおるはふりかえった。

「私が呼びだしたんです。私が払います」

一瞬尾津の目を見つめ、佐藤かおるは頷いた。

「わかりました。ご馳走になります」

「ご馳走だなんて、そんな。何にします？」

缶コーヒーを二本買った。

ベンチにすわり、蓋を開けた。

「お客さまじゃない方に、おごっていただくことはめったにないので」

佐藤かおるはいって、缶を口にあてた。目は前を見ている。

「あなたが、ホステスさんと学生を兼業しているのは知っています。働いているお店がわかれば、そこにいって話をしようかとも思いました」

尾津はいった。

「なぜわかったのですか」

「教えてくれた人がいました。たぶん、あなたの知らない人だ。水川ひろしといって、コンピュータのシステムエンジニアをしていた」

「いくつくらいの方です？」

「三十二歳。もう亡くなった」

「え？」

佐藤かおるは尾津を見た。

「自殺してしまったのです。昨日の朝刊にでている。そのことを、さっきあなたを訪ねてきた、二人の偽刑事に私は教えられた。もちろんそのときは本物だと信じていたが」

「刑事はブルガリの腕時計なんかしないわ。本物だったら六十万くらいするものよ」

「さっきのひとり。それに刑事はもっといろいろ確かめる。しつこいくらいに。刑事の匂いもするし。偽者だってすぐわかった」

尾津は佐藤かおるを見直した。

「刑事に詳しいのですか」

「別に」

佐藤かおるはそっけなく答えた。そして訊ねた。

「わたしの住所をあなたに教えたのも、その亡くなったシステムエンジニアの方ですか」

「そうです。別に私も彼と親しかったわけではなかった。彼、水川くんは、今日、私が突然あなたを訪ねたように、ある晩、私の自宅にやってきたのです。そして信じられないような話をした」

尾津は、水川から聞かされた、ソフト「ヒミコ」にまつわる話をした。それが具体的にはどんなものかはわからないが、「世界を変えてしまう可能性をもつ」こと、そしてそれを作った「クリエイター」と呼ばれる者たちが「ヒミコ」を隠した場所を解く鍵に、「アダムとイブ」という男女を設定したこと、この「アダムとイブ」は本人の意志とは関係なく選ばれた各四名で、たまたまその八人の情報が流れてしまったため、それとは知らず自分を検索した水川が気づいたのだ、と話した。

「腕時計？」

「暗号とでもいうのかな。私はコンピュータを知らないのでわからないが、アダムとイブによる組み合わせの何かによって、『ヒミコ』の隠し場所がわかる仕組になっているらしい。水川くんはアダム一号だった。私がアダム四号だというんだ。思うに、この数字は年齢を表わしていて、四人のうちで水川くんが一番若く、私が一番年がいっているから、四号ということになったのではないだろうか。そして彼がいうには、選ばれた組み合わせというのが、アダム四号とイブ二号。アダムに関しては、住所から経歴までがすべて流れたので、水川くんは私に会いにきた。イブについては、名前と年齢しか流れなかった。それが佐藤かおるさん、三十歳、つまりあなたです」

「佐藤という姓はすごく多い。それに三十歳の女も」

佐藤かおるは驚いたようすも見せず、いった。

「その通りです。ですからあなたがイブ二号だと断言できるわけではありません。それどころか、アダムやイブ、あるいは『ヒミコ』についての話が真実であるとも、私には断言できない。ただ、そのあと私に奇妙なできごとが起こった」

「何ですか」

「私は六十四で、ご存じのように勤めていた会社が倒産してしまっている。したがって残りの人生を少しでも安定した暮らしにしたいとハローワークに通って、仕事を捜していました。高齢者の就職はなかなか難しく、面接など受けにいっても、採用されなくてね。ところが、水川くんの来訪のあと、実在するヘッドハンティングの会社の社員を名乗る人物から電話がかかってきた。会って話すと、私のことをある企業が欲しがっているという。私の商社マン時代の経験を生かせる仕事で、今の私にとっては夢のような条件で再就職してもらいたい、と。ほぼ同時に、タイで事業をしている古い友人からも連絡があり、厚遇するので彼の会社を手伝ってほしいといってきた。彼は電話してきた翌日、日本までやってきて私と会いました。昔から行動の早い男ではあったが、その勢いはふつうではなかった」

佐藤かおるは尾津の顔を見た。今までより興味を惹かれているような表情だった。

「会ったのですか」

「会いました。その時点で私は、ヘッドハンターのもってきた話にのろうと考えていた。友人の会社で働くとなると、互いに気をつかう。それを避けたかったのです。ところが断わろうとすると、彼は猛烈に食いさがってきた。そして別の就職話があるのだといったら、必死になって止めた。

変だと思いました。そこでふと水川くんの話を思いだした。『ヒミコ』を欲しがっている企業や情報機関がある、と彼は警告した。友人に私を欲しがる理由は、アダムとイブなのかと訊ねたら、顔色がかわった。コンピュータを知らない私が『ヒミコ』の情報をもっているとは、想像もしていなかったのです。そして、私の再就職話が、ある人物に強制されたものであると認めた。彼の息子とその運転手が、麻薬にからんだ罠にはめられ、それを救うために、私をタイに連れてこいといわれたようなのです」

「そんな罠に？」

佐藤かおるはさすがに驚いた顔になった。

「ええ。ですが、彼はあきらめて帰った。私が別の会社への就職が決まっていたと告げれば、たぶん相手も納得してくれるだろうから、と。それから私は『ヒミコ』の話をあるていど信じざるをえなくなりました。ヘッドハンターのもってきた話も、本物なのかどうか気になり始めた」

「偽物だったのですか」

尾津は首をふった。

「それはまだわからない。ただ、すぐにもＯＫをしそうだった私が、少し考える時間が欲しいと告げると、別の就職口の斡旋があったのではないかと、そのヘッドハンターもひどく気にしました。タイの友人と同じで、何としても私をよそにとられたくない、という意志がありありと感じられた」

「でも、尾津さんにとって、それは悪い話ではないのでしょう？」

「すべてがその人物の言葉通りであれば」

「狙いが、『ヒミコ』だったとしても、それで再就職できるのならかまわない、とは思わないのですか」

「それも考えました。だが、そうなら最初からそうと、私にはっきり告げるべきでしょう。確かに信じがたい話ではありますがね。真実をいわないで接触してきたのは、私を利用するつもりだったとしか思えない。つまり『ヒミコ』を入手するための材料というか情報をひきだしたら、私は用済みだということです。

水川くんを初め、『ヒミコ』を作った『クリエイター』など、この件にまつわっては、多くの人間が死んでいる。私は不安になりました。用済みになった私もまた、自殺させられてしまうのではないか、と」

「恐い話ですね」

ぽつりと佐藤かおるはいった。

「とても恐いです。私にわかったのは、確かに複数のグループが『ヒミコ』の話を知っていて、そのために私の身柄を欲しがっている。しかもそのうちの何組かは、手段を選ばない、ということでした。まさにふってわいたような災難だ。殺されるのはまっぴらだし、どこかに連れていかれて、情報をしぼりとられるのもごめんだ。それと同時に、イブ二号、つまりあなたのことが気になりだした。私と同じで、何も知らないまま、大変な事態に巻きこまれているのではないか、とね」

「なぜわたしをイブ二号だと思ったのですか？」

「水川くんが遺したのです。彼は、身寄りのない三十歳の女性で、イブ二号に選ばれそうな『佐藤かおる』さんを、コンピュータを使って捜すといっていました。レンタルビデオ店の顧客管理データや、大学の卒業名簿などに入りこむというんです。そして見つけたのが、あなただった。ところが彼はそれを私に知らせず自殺してしまった。私には信じられないできごとだった。通夜にでた私に、彼の親戚の少年が走りよってきて、彼からもらった最後のメールというものを渡してくれました。

そこにあなたの住所と名前、それに職業が記されていた」

佐藤かおるは何度も首をふった。

「そんな……。そんなひどいこと」

つぶやいた。

「本当にひどいことだと思います。彼はたぶん殺された。『ヒミコ』を入手したい連中によって――」

「警察は？」

佐藤かおるは弾《はじ》かれたようにいった。

「警察に話したのですか」

「いや」

尾津は首をふった。

「まだ話していません。どう話したものか、警察が信じてくれるとも思えない。それに……」

「それに何です？」

佐藤かおるは尾津の顔を見つめた。

「下手に警察にいけば、相手が強硬な手段に訴えてくるかもしれない。警察はその日その場で、私たちを保護してくれるわけではない。警察から帰ったとたんに誘拐されてしまったら、どうにもならない。現に、ここにくるまで私は、尾行されていた。途中でうまくまきましたが」

佐藤かおるは眉をひそめた。

「尾行？」

「ええ。昔、仕事で海外にいたときは、土地の警察や軍隊に目をつけられることがあった。それで尾行の有無をつきとめたり、まいたりする技が身についたんです」

尾津は明るくいった。妙に秘密めかして告げれば、怪しい人物だと思われかねない。

佐藤かおるは頷き、考えていた。

「実際はどうやってあなたに話したものか、私も悩んでいた。ところが、私のところにもきた偽刑事が現われたので、それどころではなくなってしまったというわけです」

「あの人たちは、三田警察署からきた、といいました。わたしの古い知り合いのことをもちだして、最近会っていないか、あるいは別の人間を介して連絡をとってきていないかと確かめにきたんです」

「古い知り合い？」

「それについてはお話ししたくありません。ですが、ありえない話だし、さっきもいった通り、本物の刑事じゃないとすぐにわかりました」

表情を硬くして、佐藤かおるは答えた。

「私には四谷署だといった」

「バッジみたいなものを見せられましたけど、本物かどうか怪しいと思いました」

「なるほど」

佐藤かおるは顔をあげた。

「で、わたしはどうすればいいのかしら」

尾津の目を見つめた。尾津は息を吐いた。

「あなたのところには、今のところ何かひどく条件のよい就職の話はきていないのですね」

佐藤かおるは首をふった。

「きていません。というか、そんな話がきても、今のわたしは受けるつもりはありません。目標がありますから」

「何です」

わずかに表情がゆるんだ。

「いっても信じてもらえないと思いますし、あまりいわないようにしているんです」

学生であることと関係しているのだろうか。ホステスというもうひとつの立場上、警戒しているのかもしれない。

「あなたが本物のイブ二号であることは、まちがいないと思います。偽刑事が現われたのがその証拠だ。あるいは水川くんが死んだとき、もしかするとあなたの住所とかをもっていて、それを彼らが奪ったのかもしれないが」

「でもそれだけだったら、わたしの古い知り合いのことはもちだせない。あの二人組は、その知り合いについて詳しく知っていた」

佐藤かおるはいった。

「そうか。その通りですね。つまりあなたの個人情報をもともともっていたということだ」

尾津は頷いた。姓名と年齢がわかっているのだ。水川がつきとめられたのだから、より組織的な連中が、つきとめられないわけがない。

「水川くんは私のところにやってきた理由を訊くと、『ヒミコ』を守ってほしいからだといいました。『ヒミコ』が悪用されないように、あなたと協力して守ってほしい、と」

佐藤かおるは無言だった。足もとに目を向け、考えている。

「……でも、どうすればいいのかしら」

「私にもわからない。姿を隠すといっても、長つづきしないだろうし、逃げ回っているだけではおそらく、何も解決しない」

佐藤かおるは黙っていた。尾津は訊ねた。

「コンピュータには詳しいですか」

目が動いた。尾津を見る。

「詳しいとはいえないと思いますが、ノート型は一台もっています。お客さんの住所を整理してＤＭを書くときに使ったり、たまにインターネットをのぞいたりしますが」

「それで『ヒミコ』を見つけることはできないだろうか」

少し考え、佐藤かおるは首をふった。

「そんな簡単なものではないと思います。わたしていどの人間が検索して見つけられるものなら、捜している人たちはとっくに見つけているでしょう」

「それもそうだ」

尾津は頷かざるをえなかった。ここにいる二人が「鍵」となる本物のアダムとイブだとしても、出会っただけで何かが生まれるわけではない。

「――わからない」

尾津は息を吐いた。

「いったい何をすればいいのだろう」

「思うのですけど、わたしたちがもし『ヒミコ』を見つけたら、それはそれでとても危いことなのじゃないですか。欲しい人たちは横どりすればそれですむ」

「そうか。それもそうだ」

つぶやき、尾津は歯をくいしばった。

「水川くんが死んでしまい、私は、何をどうしたらよいかもわからない。つくづく、この時代には使えない人間だと思いますよ」

「そんなことはありません」

不意に力のこもった声で佐藤かおるがいったので、尾津は驚いた。

「尾津さんは、尾津さんの世代の人たちは、決して使えないような人間ではありません」

尾津が見つめると、佐藤かおるは言葉をつづけた。

「わたしは仕事がら、いろいろな世代の人たちを見ています。今、むしろ使えないと思うのは、尾津さんより若い世代の人たちです。バブルの時代に浮かれて、会社の舵とりをあやまった人たち」

「それは我々の世代にもいる」

「でもあの人たちは、学生時代、ほとんど勉強もせず、デモだ、学生集会だと浮かれていた。なのに世の中が景気のよかったおかげで就職に苦労することもなく、企業に入り、さらにバブルで浮かれたんです。そして今はただしょんぼりしているだけ。それより若い人たちはもっと駄目。自分の身の周りの幸せさえつづけばいいと思っている。みんな、腐っている。芯のある人がぜんぜんいない」

激しい口調だった。尾津は一瞬ひるみ、ようやくいった。

「それは、たまたま、あなたの周辺にいる男性がそうだからじゃないだろうか。その世代の男でも、私の目から見て、がんばっていると思える人間はいるような気がするが」

「もちろん、どんな世代にも、しっかりした人も、だらしない人もいます。でもつくづくわたしが感じるのは、この国も、この国の男の人たちも、駄目なんだということ。未来なんかぜんぜん明るくない。みんなそれを本当はわかっている。船の底に穴があいて、水がどんどん入りこんでいるのに、何となく順番を詰めて、甲板のほうへちょっとずつ移っていくだけ。船はますます沈んでいき、もう甲板も人でいっぱいなのに、あとからあとから、『詰めて、詰めて』って声をかけ、溢れた人は甲板から落ちている。なのに皆で気づかないふりをしてる。結局は、甲板に残った人も含めて、全員が沈んでしまうというのに、誰も船底にあいた穴を何とかしようとはしない。自分が生きているあいだ、船が沈まなければいい、そう考えている人たちばかり」

尾津ははっとした。目の前にいるこの女性も、日本という国に絶望している。

同時に、佐藤かおるも我にかえった。

「わたし、馬鹿みたい。初対面の人にこんなことをいって。でも、お店では、お客さまにこんな話はできませんから。この国が沈みかけている船で、あなたたちは皆溺れるんだなんていったら、怒って席をたたれてしまいます」

「それはそうかもしれないが、あなたと同じことを、私もずっと感じていた。この国はズタボロだ、と。だが私は年も年で、今さらじたばたしてもしかたがない。せいぜい溺れ死ぬのをあとまわしにして、この国が沈んでいく姿を見届けようと思っていた。悲しいことではあるけれども……」

佐藤かおるは小さく頷いた。

「でも、あなたはまだ若いし、女性でもある。まるでちがう幸福を捜すことはできるのじゃないかな。それこそ初対面でこんないい方をするのも失礼だが」

「結婚、ですか」

佐藤かおるは小首をかしげた。

「それもある」

「結婚はしません。したいとも思わない。そこまで自分の幸福を他人任せにする気にはなれないんです。結婚して子供を生めば、世界がかわる、という人もいる。確かにそうかもしれない。でも子供なんて、結婚しなくても作ることができます。子供を生んだことで、その父親に、一生隷属しなけりゃならないなんてまちがっている。もしその父親が、優秀で生産性のある人なら、まだましでしょう。でもそうじゃない男もいっぱいいます。優秀でもなく、本当は同じように働いたら、奥さんの方がはるかに生産性が高いかもしれないのに、子供にかかわる仕事を押しつけ、亭主だからという理由で、低い収入の中ですべてをまかなうように求める。それができないのは、主婦としての能力が劣るからだという。もし立場が逆だったら、そういう男の人たちに何ができます？　たまたま男だからという理由で、会社の中で、女より少しましな地位にあるだけで」

「確かに、まだ日本では、女性は会社組織の中で軽んじられてはいる。だから結婚が一番の幸せだというつもりはない」

「そうでしょう。子供が欲しいのなら、優秀で容姿も整った人の子種だけをもらえばいい。それが駄目なら、精子バンクだってあります。セックスだって、したくなったら、買えばいいんです。男の人は平気で女を買う。女だって、経済力さえあればそれができます。日本で難しければ、タイにいけばいい。若くてきれいな男の子を、いくらでも買うことができますから」

「そんな。あなたみたいにまだ若くてきれいな人が、どうしてそんなことを考えるんです？」

佐藤かおるは微笑んだ。

「それがおかしいと思いません？　ハンサムで、押しだしもある立派な男性、奥さんもいて、もしかすると愛人もいるのに、でもお金で女性を買うことはある。そしてそれを誰も変だと思わない。若くてきれいな女――わたしのことじゃありません――がいて、いろんな男の人にいいよられている。そんな女が、男を買うのは、立派な男が女を買うのとどうちがうのです？　男の人が女を買う理由は何ですか？　ただしたくて、したあと、あと腐れがないからでしょ。女だって同じですよ。職場や友人関係の中で、したいときにたまたまそばにいた誰かとしてしまったら、あと腐れができる。男は、そんなとき遊びですませられる。でも女が遊びだといったら、そのとたん、淫乱だとか、誰とでも寝る頭の悪い女だとか、いわれてしまうんです。そんな不公平なことってあります？　この国の男は、そういう意味では、ほとんどの人間が最低です。男尊女卑とか、そんなレベルじゃありません。

そんな男が支配しているこの国に、未来なんかある筈がない」

尾津は言葉を失った。反論したい気持がなかったわけではない。だが気持があっても、言葉が伴わないのだ。

なぜなら、佐藤かおるの立場、女という視点でその意見を考えるなら、まちがっているとは思えなかったからだ。反論しようとすれば、まずでてくるのは、「男と女はちがう」という前提でしかない。しかしその前提を認められないのなら、佐藤かおるの言葉を否定する材料が、今の自分にはまったくないことに気づいたのだ。

「――わたしは、わたしたちの世代は、ものごころついたとき、世の中がバブルでした。大人はみんな浮かれて、十代の女の子たちになんでもしてくれた。ただ若い、きれいだというだけで、おいしいものを食べさせてくれたり、服やブランド品を買い与えてくれたり、おこづかいをくれたりした。その頃は、夢みたいな暮らしです。経験もなく、たいして頭のよくない女の子たちが自分を勘ちがいするのは当然でしょ。ディスコでお立ち台にあがり、羽根扇をふっていれば、下着見たさに男の人が殺到して、帰りは、フェラーリやポルシェが待っている。クリスマスはホテルのスイートがあたり前で、ブランドの指輪が用意されていると決まってた。

そこから今ですよ。馬鹿な女は、もちろん何もわからない。わたしたち悪いことなんかしてないのに、なんで？　って思うだけ。世の中が悪くなった、不況だといわれても、だったら早く戻してよ、昔みたいにって。でも戻らない。これっきり、おちていくだけ。それとともに自分も年をとっておばさんになって、気がついたら、あの頃一番馬鹿にしていた、ふつうの結婚、ふつうの主婦、ださい日常に逃げこむしか道がないなんて、頭にくる。

さんざん甘いもの食べさせてくれて、舌が麻痺するほど甘やかされて、はいこっから先は、甘いものなんか何ひとつありませんよ。しょっぱいものと辛いものだけで生きていきなさいよっていわれたようなものです」

「あなたは、男の人が嫌いなのですか」

間抜けだと思いながらも、尾津は問わずにはいられなかった。

「いいえ。嫌いじゃありません。ただ男の人って、ときどき女以上にあさはかだなって思うだけです」

静かに佐藤かおるは答えた。

「どんなところが？」

少し迷い、佐藤かおるはいった。

「信じるところ。あるいは、信じたがるところが」

「未来を？」

頷いた。

「未来につながるだろう、自分の地位や、自分の能力を。そりゃ信じなければしようがないのもわかりますけど、信じても、実はそれがただの幻想かもしれないとは疑わない。幻想を疑うことは、醜い、とか、醒めていても幸せにはなれない、とか、いいわけして。幻想を信じて失敗するよりは、よほどいいのに」

「なるほど」

「成功している人は成功している人で、たいてい自分の方法論をひとつもっているだけ。そしてそれを誰彼かまわず押しつけてくる。銀座では、そういうお客さんがたくさん、います。それに洗脳されているホステスも少なくないけど」

「あなたは銀座に勤めているのかな」

「以前は。今は六本木のクラブですけど」

「そうか」

尾津は息を吐いた。「ヒミコ」のことを警告した筈が、思わぬ内容に話が展開していた。

「すみませんでした。わたしの勝手な理屈ばかりを並べたてて」

「いや……。女性とこんな話をしたことはなかったし、ここまで理路整然といわれると、まるで反論できないことに気づいた」

「奥さまは？　奥さまとそういう話をされることはなかったのですか」

「なかった。うちは子供がいなくて、私は仕事にかまけ、彼女をほったらかしていて。そして――」

尾津は言葉を切った。不意に苦い気持がこみあげてきたからだった。恭子はここまで理屈っぽい人間ではない。だが話せば、少しは同じようなことをいったかもしれない。

そしてそれを聞けば、もう少し自分は賢くなれ、離婚もなかったのではないか。

「——離婚なさった」

佐藤かおるがいった。

「そうだよ。よくわかったね」

「とても寂しそうな顔になりましたから」

胸を突かれた。同時に佐藤かおるを見直した。怒りと理屈だけに固まった女ではない。人を見る目ももっている。

「不思議ですよね。男の人って、会社でばりばり働いている間は、奥さんへの愛情を貯金しているつもりでいる。だから定年がきたら、それを口座からおろして、たっぷりつかって余生を楽しもうと想像しているんです。でも奥さんは正反対。ほっておかれて、家政婦扱いされているあいだに、愛情の貯金はどんどん目減りして、定年の頃には残高ゼロか、マイナスになってる」

「まったくだ。あなたのいう通りの経験をした。ただ、後悔はできない。したくないんだ。

後悔をすれば、自分の人生を否定してしまうような気がして。そんなことになったら、それこそ自殺するより他になくなってしまうからね」

尾津はつぶやいた。

「尾津さんたちは、信じて働き、それが報われた世代なんです。会社とか、この国の未来を信じていらしたでしょう」

「我々が社会にでたのは、バブルよりうんと前、日本がまだ貧乏で、今の中国や、それ以前の状況だった。アメリカの豊かさにあこがれ、いつかは日本もアメリカ並みになるときがくるだろうかと思っていた。外国では、馬鹿にされたり、蔑《さげす》まれたりすることのほうがはるかに多かった」

「嫌われたり、恐れられたりするのではなくて？」

尾津は首をふった。

「一ドルがまだ三百六十円の時代だ。今とはちがった意味で、金持はひと握り。貧乏が、貧乏というよりむしろふつうという時代に育った。戦争に負けて、日本中が貧乏だったのだからね」

佐藤かおるは尾津を見た。

「じゃ、その頃に戻りたいと思いますか。皆が貧乏だけど、希望だけはあったなんていわれている、その時代に」

尾津は佐藤かおるを見返した。首をふった。

「いや、思わない。確かにあの頃、希望はあったろう。しかしそれは、これより下がなかったからだ。庶民にはかなわぬ夢、という奴があり、一生かかってもいけない場所や、食べられないもの、に空想をめぐらせていた。

今、そんなものはない。あってもごく特殊なものだ。あるいは子供が伝染病で死んだり、貧しさのせいで充分な医療看護をうけられなかったりすることもなくなった。コンビニがあり、最低限必要なものは、二十四時間、手に入れられ、その金すらない、という人はおそらく滅多にいないだろう。未来に希望を失ってはいるが、今は、あの頃より、まだ豊かだ。豊かであるということは、何ごとにもかえがたい。それを私は、東南アジアで思い知っている」

「海外勤務が長かったのですか」

「そう。主に東南アジアばかりだった。政情が不安定であったり、もっと貧富の差の激しい国が多かった。その国の発展を願いながらも、ときには甘い汁の部分だけを日本にひっぱっていこうとしていた」

「自分のしてきた仕事を、今はどう考えています？」

尾津は深々と息を吸いこんだ。不思議だった。こんな話を、いったい何年、他人としていなかったのだろう。

「国や会社にとって、必要な仕事だったと思っていますよ。そういう点では、今の若い人たちより、はるかに幸せかもしれない。自分の仕事の結果が、多くの人に必要とされている実感があったのだから」

佐藤かおるは頷いた。

「それはきっとその通りです。尾津さんの時代は、一所懸命に働くことが美しかった。今はちがう。会社のためによかれと尽して働いてみたら、その会社は、社会から糾弾されるような事業をしていたりするんです。会社を無条件に信じて身を粉にすることができない。しても、いつ裏切られるかわからない時代だから」

「そうなってしまったことが、きっと一番、この国を腐らせているんだ。働くというのは、とてもつらいことです。毎日が同じ作業のくり返しに思えたり、いつ抜けられるとも知れないトンネルの中を、手探りで進んでいるような気がしてくる。それをつづけられるのは、いずれは会社の業績につながると信じているからだ。なのに、会社を信じるなといわれたら、ほとんどの人が自分の居場所を見失ってしまう」

「自分の幸福を考えるだけです。極端な話、わたしもそうです。すがれる場所も、信じられる仲間もいないのなら、わたしだけの、わたし自身の幸福を追い求めるしかない」

尾津は頷いた。そしてつぶやいた。

「奇妙だなあ」

「何が、です」

「こんな話、誰ともしなかった。あなたと私は価値観がまるでちがうのに、私はあなたの話を素直に聞ける。もちろんちがうと思う部分もあるが、あなたがそう考えるのを、理解することはできる。現役時代、若い連中とそんな話をした記憶があまりありません。たぶんすれば、年寄りの愚痴か、さもなければ自慢話ととられるだけで、それが嫌だったせいもある。といって、もちろん妻にはそんな話などしたこともない。男が家庭で仕事の話をするのはみっともないと思っていましたからね」

「自己中心的だったのですね」

「認めたくはないが、そうかもしれない。自己中心的でなければよい仕事ができないと思い、実際そうだった」

「今もいっしょです。でも、自己主義というよりは利己主義かしら」

尾津は苦笑した。

「どうしたんですか」

「やはりとても奇妙だ。あなたと私はもしかすると、ひどいトラブルに巻きこまれているかもしれないというのに、この国がどうしたとか、今の世代がどうだとか、実にのんびりとした会話を交している」

佐藤かおるは首をふった。

「のんびりなんかしていません。わたしは別に議論好きではありませんが、皆がこういう会話をしなさすぎだと思います。社会環境の変化や世代のちがいについて話しあうのが、無駄な行為のように思われているほうがまちがっているのです。議論を非生産的なものだと決めつけ、立ちどまって考えることを愚かしいとするのは、忙しぶっていなければおいてきぼりをくうと怯《おび》えている人たちが多いからです。確かに本当に利口で目端のきく人は、議論などしません。さっさと動き、自分を有利なポジションにおくための仕事をする。でもそんな人はひと握りしかいない。大半の人は、考えなければこれから先をどう生きていくかの手がかりが得られないというのに、考えたり議論したりすることそのものが無意味だという思いにとりつかれているんです」

「考えなければ結局は歯車にされてしまうのに、か」

尾津の言葉に佐藤かおるは頷いた。

「不安は皆がもっています。だけどその不安の正体が何なのか、議論したり考えたりする暇は許されない。妙だと思いませんか。すぐ何かしなければ、行動に移さなければ、負け組になる、といわれる。でも、何をしていいかなんて人によってちがうし、向き不向きもある。なのに、行動しない人間は負けるという。でも、そんな声がかかる前に、何をすべきかわかっている人は行動しているんです。わからない人たちはただあたふたさせられるだけ。勝ちたい、勝ちたいって。全員が勝ち組になれることなんか、絶対にないのに」

「あなたが勉強をしているのは、勝ち組になるためではないのかな」

「もちろん、それもあります。でも最終目標は、組織や人間関係に頼らずに、理想とする生活を手に入れることです」

「それはどんな生活なのか、教えてもらえないだろうか」

佐藤かおるの口もとに笑みが浮かんだ。

「わたしも尾津さんには話してもいいような気がします。でも、これ以上今日はゆっくり話している時間がありません。そろそろ仕事にいく準備をしなければならないので」

「そうか」

尾津は気づいた。自分とはちがうのだ。目標があり、そのためには日常の中で消化していかなければならない作業が、目の前の彼女には存在する。

「申しわけなかった。だが、あなたの日常も大切だが、今ここにある問題も、話しあっただけでは解決しない。どうすればよいだろう」

「ひとり、相談してみようと思っている人がいます」

「それは、恋人か、何かなのかな。いや、誤解しないように。あなたの恋人のことをとやかくいおうというのではなく、私たちのこの問題は、場合によっては第三者を巻きこんでしまいかねないと心配しているのです」

佐藤かおるの笑みが大きくなった。

「そういう存在ではありません。信頼はしていますけど。それにトラブルには慣れている人です」

「警察官かな」

佐藤かおるは首をふった。

「尾津さんは、人間を見かけで判断しない人だと思いますが、いっしょに会ってみます？」

「その人に？　あなたにとって迷惑でなければ」

「興味があります。その人と話が合うかどうか。世代はきっと、尾津さんと同じくらいですが、考え方も生きてきた場所もまるでちがいますから」

「どうすればいいのかな」

佐藤かおるは考え、いった。

「午前二時に、六本木にきていただけますか？」

「午前二時。もちろん、いけますが」

そんな時間に何をしようというのか。

「わたしの仕事が終わるのが、午前一時半過ぎなんです。それから会いにいこうと思っているので」

「そうか。どうすればいい」

「携帯電話はおもちですか」

尾津は首をふった。

「じゃあ、午前二時に、六本木の公衆電話から、わたしの携帯に電話を下さい」

いって、佐藤かおるはポーチの中から携帯電話をとりだした。ボタンを操作し、液晶画面に番号を表示させる。尾津はそれをメモした。

「この番号に今日の、というより明日の、か、午前二時に六本木から電話をすればいいのですね」

「そうして下さい」

「わかりました」

佐藤かおるは、尾津の目を見つめ、いった。

「尾津さんの話を、わたしは信じます。ただ、それは尾津さんの身と自分の身に起こったことがらについてで、『ヒミコ』というソフトに関しては、正直、判断ができません。今夜相談する人が、何らかのアドバイスをくれると思っています。ですから、尾津さんにも会ってもらえれば、きっとこれからどうすればよいか、教えてくれるような気がします」

尾津は頷いた。

「私は正直、不安を感じている。あなたがイブ二号であるのは確かだと思うが、こうして会ってしまったことで、二人の危険を大きくしてしまったのではないか。もしそうであるなら、あなたにたいへん申しわけない」

「尾津さんの話によれば、それはすぐにわたしの身にも起こることとです。前もって教えていただかなければ、わたしはどうしてよいかわからなかったでしょう。もちろん今もわからないけど、とりあえず相談するという選択肢を採る余裕は与えられた。その点では感謝しなければならないと思ってます」

尾津は感動した。

「感謝だなんて。いや、こちらこそ礼をいいます。私の、こんな荒唐無稽な話をきちんと聞いて下さって」

佐藤かおるは微笑み、立ちあがった。

「じゃあ、のちほど」

尾津は頷き、告げた。

「あの、気をつけて。何に気をつければよいかはうまくいえないが、気をつけて下さい。私がこうして会って話したことが無駄にならないように」

「大丈夫です。尾津さんから見ればまだまだ子供かもしれませんが、わたしも、それなりに経験はしてきましたから」

佐藤かおるは答えて、歩き去った。その姿がマンションの玄関に消えるのを、公園の入口に立って尾津は見つめた。

わずかに肩の荷が下り、だがなぜか不安はふくらんでいた。

12

午前二時までどう過すかが問題だった。自宅に一度戻ることは許されない。地下街をつかって尾行者をまく方法はそう何度もは通用しないだろう。帰れば再び尾行がつくのは目に見えている。このまま夜中まで時間を潰す他ない。

尾津はこうしたとき、つくづく自分が無趣味な人間であることを痛感する。夜に及ぶのでゴルフは論外であるとしても、将棋や碁、麻雀などができれば、それで暇を潰すのも可能だろう。ゴルフと麻雀は、できないわけではないが、趣味といえるレベルではない。

あとはせいぜい読書だが、自宅に帰れない以上、午前二時までの十時間近くを、どこかで本を読みつづけられる筈もない。

結局、地下鉄で浅草にでて、安い映画館をハシゴし、喫茶店でぼんやり時間を過す羽目になった。

終電に近い地下鉄で六本木駅に降りたのが、午前零時過ぎだ。

この街にくるのは二十年近くぶりだった。現役だった頃、多く足を運んだ盛り場は銀座や赤坂だ。まだバブルは始まっておらず、赤坂のナイトクラブは、外国要人の接待の場として機能していた。バブルが始まった頃、逆にそうしたナイトクラブは姿を消していった。

当時の六本木は、金持の子供や芸能人の遊ぶ街だった。表通りは意外にひっそりとしていて、裏通りにディスコや深夜レストランなどが並んでいた。

地下鉄の階段を登り地上にでた尾津は、その変容に思わず足を止めた。

六本木交差点が人で溢れている。ビルには軒なみ電飾看板が点《とも》り、巨大なスクリーンが何面も掲げられていて、そこからうるさいほどの光と音が降っている。しかも客引きと思しい少女や、何のためにそこにいるのか不可解な外国人の大男の姿が、人波をさえぎるように歩道にかたまっている。

黒人の巨漢が尾津に目をとめた。のしのしと形容するのがふさわしい歩みで近よってくる。手には何か、プラスチックの下敷きのような板をもっていた。

「ストリップクラブ、トップレス、ボトムレス」

尾津の顔の前にその下敷きをつきだした。

尾津は思わず、黒人を見直した。無表情で、機械のように同じセリフを口にする。

「ストリップクラブ、トップレス、ボトムレス」

アメリカ人ではない。直感した。発音が微妙にちがう。尾津が無言でいると、さらに下敷きをつきだしてくる。厚かましいというよりは、どこか人間離れした無気味さを漂わせていた。

「ノー」

尾津は、自分で考えていた以上の強い口調でいい、それをふりはらった。黒人は下敷きをおろした。無言で歩き、横断歩道を渡ってきた別の日本人に向かっていった。

どうなっているんだ。

ものの数分とたたないうちに、尾津は胸のうちでつぶやいていた。かつての六本木、どこか高級感の漂う、秘密めいた〝特権階級〟の遊び場として尾津の中にあった、この街のイメージがことごとくくつがえっていた。

目の前に広がっているのは、下世話で露骨な盛り場だった。どん欲で、厚かましい客引きたちが、道ゆく者に次々と声をかけ、しつこくつきまとっていく。

客引きは、日本人の男女だけでなく、中国人やロシア人の女、アフリカ系や中東系の男もいる。

日本人の女には、それこそ十代ではないかと疑うような少女がいたし、アフリカ系の男たちは、威圧的な体格で目の前に立ち塞がるように声をかけてくる。

彼らはあたり前のようにそこにいて、商売をしていた。

ストリップクラブ、マッサージ、居酒屋、キャバクラ、そして卑猥《ひわい》なサービスを売りにするらしい風俗店。

まるでタイやフィリピンのナイトマーケットにまぎれこんだかのようだ。食物や衣服を売る屋台が並んでいないだけで、客引きの図々しさ、露骨さにちがいはない。いや、東南アジアのそうした客引きたちが、生活のかかったその国の庶民であることを考えるなら、六本木にいる外国人の客引きたちには生活感のかけらも感じられない。

異質なものが、自らの異質さになぜか何の違和感ももっていない。

彼らには緊張や不安がない。そこが自分にとって〝異国〟であるという認識すらないように見える。むしろ訪れる日本人の酔客こそが、彼らにとってのカモであり、観光客であるかのように感じられるのだ。

それは実に奇妙で、そしてどこか腹立たしい光景だった。

お前たちはどこからきたんだ。なぜここでそんな〝仕事〟をしているんだ。

大声でそう問いたくなる気持を、尾津はおさえこんだ。

歩道をいく日本人は、慣れた仕草で無視する者もいれば、おのぼりさんのように足を止め、値段の交渉を始める者もいる。

それとはかかわりなく、地面にすわりこんでいる十代の男女。そのかたわらに立ち、濃い化粧姿で客を引く、さして年のちがわない少女。彼女らの標的が、ネクタイを締めた、明らかに酔っているとわかる三十代四十代の男たちに絞りこまれているのを、尾津は見てとった。

こんにちはー、もう一軒いかがですかあ、かわいい子そろってますよー。キャバクラどうですかあ、お安くしますよー。おっぱいさわっていきませんかあ、今なら一時間五千円、飲み放題。ストリップクラブ、トップレス、ボトムレス。お客サン、マッサージどうです。スペシャルサービス、しますョ……。

客引きたちの放つ声が瘴気《しょうき》のように尾津の体にまとわりつく。むきだしの金銭欲、露骨な欲望が、下品で救いがたい空気をかもし、ひどい疲労感をもたらした。

尾津は旧防衛庁方面に少し歩き、二十人を超す客引きに声をかけられ、ついには疲れ果てて、目にとまった深夜営業の喫茶店に足を踏みいれた。

喉など渇いてはいない。むしろ腹は水分のとりすぎで苦しいほどだ。だがこれ以上、街頭にいることは耐えられなかった。

喫茶店の中は、まばゆいほどの光に満ちていた。かつて深夜営業の喫茶店といえば、始発電車を待つ酔客や、深夜労働者の、つかのまの避難所といった趣きがあり、話し声も小さく、照明もおさえ気味だった。

だがそこは、ひっきりなしに携帯電話が鳴り、白昼のように話し声がかしましい。いるのは、ひと目で夜の仕事とわかる者、サラリーマンと思しいグループ、ふつうのＯＬらしき服装の女たち。彼らは別に時間潰しにそこにいるのではなく、打ち合わせなり、話したいことを話しあうためにいるようだ。

ここでは、深夜であることに、違和感をもっている者はひとりもいない。

尾津は逃げこむように、窓から離れた奥のボックスに腰をおろし、息を吐いた。自分と彼らが、明らかにちがう〝人種〟であるのを認識せずにはいられない。

今の尾津にとって、深夜とは、「非日常」だった。本来ならベッドに体を横たえている筈のこの時間帯に、屋外にいることは、緊張感を伴う行動で、おそらくは、世の中の大部分の人間が自分に近い感覚をもっていると信じていた。

それが崩れている。

夜の仕事をしている人間は当然としても、店内にいる多くの、サラリーマンやＯＬにしか見えない人々が、この時間帯に対して緊張感を抱いているようすがない。彼らは、この時間、屋外で過すことを、「日常」としてうけいれているかのようだ。

これは年齢からくるものなのか。

煙草に火をつけ、尾津は息を吐いた。外の通りを、ほんの数分歩いただけでこみあげた不快感と疲労感、この煌々《こうこう》とした喫茶店内でまるで白昼のようににぎやかに話しあう者たちへの違和感。

きてはいけない世界に、あやまって迷いこんでしまったかのようだ。同じ日本、同じ東京でありながら、まるで想像もしなかった光景がこの六本木にはある。

現役時代、盛り場に無縁な仕事をしていたわけではない。接待し、ときにはされ、夜の商売を利用する作法もそれなりに知っていた。

多いときには週に三日、四日と、午前二時、三時まで、盛り場で過した時期もある。

しかしあの頃は、誰もが、深夜を「非日常」と感じていた。そんな時間まで外で遊ぶことを、愚かしいが豪快な行為と思っていた。

特別であり、理由があっての行動だったのだ。だが、今のこの時間、この街にいる人々はそうではない。

深夜が深夜でなくなっている。少なくとも、午前零時や一時は、人々にとって生活における行動時間帯に含まれているようだ。

老いは夜を早くする。ましてひとり暮らしの尾津にとって、夜は孤独と無聊をもて余す時間帯であった。人々は家庭という〝巣〟に戻り、そこにある筈のぬくもりにひたっている。〝巣〟をもたない自分には、夜の時間の流れは遅く、ときに苦痛すら覚える。

そのため、勢い早く床につくことになって、結果、早朝に目をさます。

一時期、午前五時には目覚めてしまう日々があった。じっと床の中で夜が明けるのを待つのがつらく、また朝食をはやばやととってしまっても、することがない。図書館も開いておらず、商店街もシャッターを閉ざしている。

あるとき、夜明けを待って散歩にでたことがあった。住居から十分ほどの場所に広い公園がある。

そこに足を向けたとき、驚きと予想外の嬉しさがこみあげるのを感じた。自分と同じような人々、夜の長さを苦痛とする、多くは高齢者たちが、続々と公園に集まってくるのを見たからだった。

彼らは、名前や住居はともかく、互いの顔を見知っているようで、口々に、おはようございます、という言葉をいいあい、公園のそこここで、自己流の体操を始めたり、かたまってお喋りの輪を作りだしていた。

そのときは、救われた、と思った。ここにくれば、自分と同じような境遇の人々がいる。口にはださなくとも、似たような寂しさや苦痛から逃れるため、集まってきているのだとわかり、ここここそが自分の〝居場所〟だと安堵《あんど》したものだった。

だが、一週間というもの、早朝をそこで過して、尾津は危機を感じた。このままでは、死までの時間潰しをするだけの人間になってしまう。

それは、老いとどう向き合うかという、きわめて個人的な問題だった。

早朝、公園に集まる人々が、皆、ひどい老人だというわけではない。年齢こそいっているが、体力においては、もしかすると若者に優るような、マラソンの好走者や、太極拳の達人といった人もいた。

ただ彼らは、自らの老いを肯定し、それをうけいれた生活の一部として、公園に集まっていたのだ。

まちがっているとは思わない。むしろ健全な生き方だろう。

尾津はちがっていた。まだ老いを否定したい気持の方が強かったのだ。不健全でありたかった。

彼らに比べれば、夜更かし、遅寝を、できる肉体だと、自分に思いこませたかった。

それで、早朝の公園通いをやめた。どんなに夜明け前後の寝床がつらくとも、そこにしがみつくことにした。

おかげで、午前零時を過ぎたこの時刻であっても、睡魔には悩まされていない。頭が働かないという感触もない。

だが、この「日常」には、耐えられない。

やはり老いなのだろうか。

それとも、自分が単に、古い日本人であるだけなのか。

新しい日本人は皆、深夜をも行動時間帯にとりいれていて、自分はそれを知らなかったのか。もしそうならば、新しい日本人に、自分はなれるだろうか。

自信はない。見渡す限り、自分と同世代の人間は、さすがにここにはいない。といって、尾津に対して違和感を抱いているような者もいない。

関心の対象とならないだけなのだろうが。

運ばれてきたコーヒーは、おそろしくまずかった。深夜喫茶のその点だけは、今も昔もかわっていないようだ。

妙だと思いながらも、尾津はほっとした。腕時計をのぞく。二時まで、あと一時間と少し。どうやらここで待つ他ない。浅草の古本屋で購入した時代小説を広げた。

佐藤かおるは、毎日、この街でこの空気を吸い、働いているのか。ふと思った。そうにちがいない。それこそが彼女の生活なのだ。

ため息を吐いた。

自分よりはるかに若く、はるかにタフな女性だと思わずにはいられなかった。

「もしもし、尾津です」

「あ、お待たせしてすみませんでした。今、どこにいらっしゃいます?」

「ええと、喫茶店です。交差点から旧防衛庁の方にいった――」

「『カフェ・トレビ』ですか」

「そうです、そうです」

「今からいきます。歩きながら喋ってますから、五、六分で着くと思います」

言葉通り、佐藤かおるはやってきた。髪をセットし、黒のタイトスカートのスーツを着けている。化粧は思ったほど濃くはない。

「お待たせしました」

尾津の向かいにすわった佐藤かおるはいって、照れたように微笑んだ。

「何だか変な感じ。こんな時間に男の人と待ちあわせるなんて。『アフター』でもないのに」

『アフター』？」

「店のあとで、ご飯を食べにいったり、お酒を飲みにいったりすることです。お客さんと——」

『同伴』ではないのだね」

「それは出勤するときでしょう。『アフター』は、営業の終わったあとですから」

佐藤かおるはいって、アイスコーヒーにストローをたてた。ひと口飲み、煙草に火をつけて、ほっと息を吐く。

「お店は二時までなのかな」

「一時半です。でもたいてい二時になる」

「ずいぶん遅くまでやっているクラブなんだね」

「三時、四時、というお店もありますよ。そういう店は、女の子の出勤時間も、十時とか、遅かったりするけれど」

尾津は息を吐いた。

「そうか。いろいろとかわっているのだな。私たちの頃は、そういう時間までやっているのは、スナックとかゲイバーの類くらいだった」

「閉店が朝の八時とか十時という店もあります。女の子じゃなくて、男の子が接客する店ですが」

「ゲイバーかね」

「いえ。サパーっていいます。ホストクラブよりもっと砕けた感じの店ですね」

「正直いって、驚いた。六本木にくるのは二十年ぶりだと思うが、こんな街になっているとは……」

「こんな街？」

ストローに口を運び、佐藤かおるは訊ねた。

「何というか、混沌としている。特にこんなに外国人が多いとは思わなかった。それも働いている外国人が」

佐藤かおるは頷いた。

「人口だったら、新宿が一番だけど、国の数でいったら、六本木でしょうね。新宿は、中国と韓国が大半だけど、六本木はそれ以外に、アメリカ、ロシア、イラン、イスラエル、ナイジェリアとかがいる」

「あの黒人たちはアメリカ人ではないね」

「アフリカです」

「なぜアフリカからくる？　遠すぎないか？」

「確かに。でも、日本はヨーロッパほど差別されないからじゃないですか。外国人という意味でいうと、アジア人、白人、黒人、の三種類しか、日本には分ける感覚がない。

アフリカ系アメリカ人だろうと、アフリカ人だろうと、日本人にはいっしょです。でもヨーロッパにいったらそうはいかない。アフリカ系のフランス人やイギリス人とアフリカ人は、まるでちがいますから」

「詳しいね」

尾津は感心した。

「うけうりです。今日、これから会いにいく人の」

佐藤かおるは微笑んだ。

「他の盛り場も、今はこんな状態なのかね。銀座や、赤坂も」

「六本木だけです。銀座は、わたしが働いていた頃は、ほとんど外国人はいませんでした。たまに、中国人やロシア人のホステスがいたくらいで。この街はおかしいです。このあいだ、ロシア人のホステスとナイジェリア人の客引きが喋っているのを見ましたけど、共通語が、日本語と英語なんです。どっちもたどたどしいから、ちゃんぽんで会話していて……」

尾津は笑った。

「それは私も見たかった」

佐藤かおるはアイスコーヒーをもうひと口飲み、立ちあがった。

「いきましょう」

伝票を手にしている。

「それは私が――」

佐藤かおるは首をふった。

「今日のここはわたしが払います。わたしがお願いして、きていただいたのですから」

きっぱりとした口調だった。

「わかりました。ごちそうになります」

喫茶店をでると、佐藤かおるは交差点方向に歩きだした。さすがにスーツ姿の佐藤かおるがいっしょだと、客引きも声をかけてこない。ネクタイを締めた自分とかおるの姿は、客とホステスの「アフター」のように見えるのだろう、と尾津は思った。

それはそれで、落ちつかない気分だが。

歩きながらかおるが、バッグから携帯電話をだした。ボタンを押し、耳にあてる。

「あ、先生ですか。かおるです。今からちょっといいですか。え？　交差点のところ」

六本木交差点の信号で足を止めた。歩行者用信号がかわるのを待って、溜池方面へと横断歩道を渡る。

「はい、じゃ、いきますね」

渡り終えると、左に曲がった。交番の先の細い路地を右に折れる。確かこのあたりには、俳優座劇場があった筈だ、と尾津は思った。

表通りからひっこんだ路地を、かおるは歩きつづけた。

さすがに看板の明りを落とした店もある。

五分ほど路地を歩くと、暗い雑居ビルの入口に、「中国式整体・マッサージ」という看板が点っているのが見えた。そのビルの他の看板はすべて暗い。

いかにも、いかがわしげな店だった。入口は、地下への階段を下ったところにある。その階段を、かおるはパンプスの踵《かかと》を鳴らしながら降りた。

のぞき窓のはまった、金属製の扉がある。かおるが押し開くと、チャイムの音がした。ハッカ油の匂いが鼻にさしこんだ。そこはうす暗い待合室だった。古い、革ばりのソファが四つ並んでいて、金魚の泳ぐ水槽がある。

中に人はいない。

待合室の奥は、分厚いカーテンで仕切られていた。カーテンの向こうは、さらに暗い。

「いらっしゃい」

そのカーテンをはぐって、でっぷりと太った女が現われた。白い半ズボンにTシャツを着け、学生の体操着のような上着を羽織っている。中国人のようだ。

「あんたか」

女はかおるを認めると、いった。その小さな目が尾津を見た。

「今日はお客さん、いっしょか」

「まあね。先生、いるでしょ」

女は頷き、右腕を肩のうしろに回して背中をぼりぼりとかいた。

「さっき起きたとこよ。今、食事してるね」

「じゃ、待ってよか」

「いいよ。別に。先生！　かおるさんきたよ！」

中国人の女は大きな声をだした。カーテンの奥から、おお、という返事があった。

「待ってろな。今、飯、食っちまうから」

「あわてなくていいよ、先生」

かおるは叫び、ソファに腰をおろした。尾津も落ちつかない気持で、その隣にかけた。

かおるは、この怪しげなマッサージ店の常連のようだ。一瞬、自分がかおるにだまされ、ここに連れこまれたのではないか、と尾津は疑った。

だが連れこんだとして、尾津から何を奪えるというのか。かおるの働くクラブにやってくる客のような金持ではないのだ。せいぜい、財布のあり金どまりだ。

「お茶、飲むか。あったかいの、冷たいの」

中国人の女が見おろした。無愛想に見えたが、そうでもないようだ。

「うーんと、尾津さんはどっち？」

「あたたかいのを、じゃあ」

「あったかいのふたつ。ごめんね」

「いいよ。今日、暇だ」

女は答え、カーテンの奥に入った。やがて、小さな中国茶の茶碗をふたつ、手にもって現われた。テーブルにおく。

手もちぶさたで、尾津はそれをひと口すすった。驚いた。濃い香りが鼻に抜けたからだった。かなり上質のジャスミン茶だった。とうていこんな場所でだされるものとは思えない。

「うん、おいしい」

かおるがいった。

「本当においしい。こんなにおいしいジャスミンティを飲んだのは久しぶりだ」

腰に手をあて立っていた女は、フンと鼻で笑った。自信があったようだ。

「シュウレイさん、マッサージなんかじゃなくて、チャイニーズティハウスやればいいのに。きっとその方が儲かるよ」

かおるは女を見上げた。女は首をふった。

「このお茶、姪がもってきた。姪の家で作ってるね。買ったらすごく高いよ。だから少しだけ。お店やったら、いっぱい、いるね」

「姪ごさん、元気？」

「来月、中国帰る。新宿、今うるさくて、あまり儲からないね」

女は顔をしかめた。

「うるさいって何が」

「ニュウカン。しょっちゅうくるらしいよ」

ニュウカンが、入管、入国管理局の略だとわかるのに少し時間がかかった。

「でもビザ、もっているんでしょ」

「学校ね。ちゃんといってるかどうか調べるよ。いってないで、アルバイトばかりだと、駄目」

女は重たい口調でいった。その背後のカーテンが開いた。

「待たせた」

男が現われた。黄ばんだワイシャツの前をはだけ、ランニングをのぞかせている。

だらしない男だ。

尾津がまず思ったのはそのことだった。膝のぬけたよれよれのズボンをはき、素足にサンダルをつっかけている。薄くなった髪は、寝癖がついているのか、後頭部がふくらんでいた。

年齢は、五十代後半か、六十代の初めだろう。手の甲で唇をぬぐい、細くて妙に鋭い目で尾津を見つめた。色が白い。

「先生、久しぶり」

かおるがいった。

「ああ。勉強は進んでるかい」

男はいって、二人の向かいに腰をおろした。ワイシャツの胸ポケットからショートピースの箱をとりだす。指先はニコチンでまっ黄色だった。

歯並びがひどく悪い。煙草をさしこんだ口元は、茶色く染まった二本の前歯以外は、ほとんどが失われていた。

「ぼつぼつ。やっぱりいっぱいできるといっても、法科大学院入るのは、それなりにたいへんみたい」

かおるが答えた。かおるは弁護士をめざしているのか。

法科大学院。尾津はかおるを見た。

「先生、こちら、尾津さん。お客さんじゃないよ」

あわてて男に目を戻した。

「どうも、尾津です」

「ああ。あたしゃ、ここのマッサージ屋の留守番やってる、細田《ほそだ》といいますわ」

ショートピースの濃い煙を吐いて、男はいった。

「おーい、俺にもお茶くれや」

「今、いれてるよ」

男と入れかわりに、カーテンの向こうに消えたシュウレイが答えた。

細田と名乗った男は顎をひき、上目づかいで尾津の顔を見つめていたが、いった。

「元サラリーマンだね。商社だろう。外地が長かった」

尾津は驚いた。

「なぜ、そんなことが……」

「スーツだよ。生地はいい。たぶんジム・トンプソンで仕立てた。だが今どき、タイシルクのスーツなんて着る奴はあまりいない。昔の洋服だ。つまり現役じゃない。それに陽に焼けてる。その焼け方は、最近のものじゃない。色の沈みこみがちがう。サラリーマンやめて、工事現場でニンジン棒ふってたって、そういう焼け方はしない。たぶん東南アジアだ。二十年くらい前までは、ずっといたって感じだな」

「ああ、トーア物産にいました」

「トーア物産に、いましたか。潰れた。昔は、防衛庁とかに重宝されてたのに。その頃だったら、潰されないですんだろう」

尾津は目をみひらいた。何者だ、この男、と思った。自分を見抜いた目にも驚かされたが、トーア物産の内幕を、さも知っているかのようだ。

「細田さんも、商社にいらしたのですか」

尾津はいった。

「まさか」

細田はいって、乾いた咳のまじった笑い声をたてた。

「あたしゃその頃は、塀の中を出たり入ったりよ」

尾津は細田を見つめた。やくざではない。目つきは確かに鋭いが、やくざの喋り方ではないし、指もそろっていて、入れ墨も入れていない。

「先生、妙な話だけど、なんとなく信じられる気がして。尾津さんとは今日の昼、会ったばかりなのだけど、先生に相談してみようと思ってきたのよ」

かおるがいった。

「何の話だよ」

細田はかおるを見た。

「私からお話ししたほうがいいと思います。実は突然今日、私が佐藤さんのところを訪ねたんです。というのは——」

尾津は、水川ひろしが突然、自分のもとを訪ねてきた晩の話から始めた。なるべく順を追い、そして想像や推理を交えずに、起こったできごとだけを、客観的に話すことにした。

途中、シュウレイが細田に茶を運んできたが、その場にはとどまらず、カーテンの奥にひっこんだ。

細田は茶をすすり、ショートピースを吹かしながら、尾津の話に耳を傾けていた。ほとんど口をはさまない。一度だけ訊き返したのは、水川の死を知らせた偽刑事二人の身分についてだった。

「四谷署と機捜、そういったんですな」

「ええ。内野と名乗ったほうが、機動捜査隊だといいました」

尾津の話が終わると、今度はかおるが口を開いた。

「尾津さんが今日くる直前、わたしのところにも電話があったの。三田署の署員だといった。きて、あの人の話をした。最近会ってないかとか、誰かを通して連絡をとってきていないか、とか。あとで調べたけど、三田署にそういう刑事はいないっていわれた。それにブルガリの時計をひとりがしてた。絶対に偽刑事だと思った。ただ、先生が前、公安の刑事はけっこう身分を偽るっていってたから、もしかしたらと思ったのだけど」

「そのブルガリは本物か」

「コピーだったら、かなりのものよ」

「ふーん。冬木《ふゆき》とは会ってないのか」

「会うも何も、たぶん死んでると思うよ。もう四年になるし」

いったとき、かおるの顔に暗い影がさしたことに、尾津は気づいた。

細田は尾津を見た。

「失礼ないい方だけど、あんたは頭がよさそうだ。つまらん詐欺話にひっかかるほど、世間知らずでもない。そのあんたが、これは本物の陰謀だと感じておる、ということだな」

尾津は頷き、あらためて細田という男を見つめた。

何もかもが不思議な男だった。風体はみすぼらしく、ホームレスに毛が生えたていどでしかない。たるんだ目もとや色の白い体は、不健康で自堕落な生活を思わせる。その上、午前三時近いこの時間に、「さっき起きたところ」と中国人の女はいわなかったか。

マッサージ屋の留守番と自己紹介し、しかしひと目で尾津の前職を見抜いた。だがこれは、前もってかおるから情報を仕入れていた可能性もある。トーア物産に関する、防衛庁うんぬんの話は、確かに公には知られていないが、この男が自らいった通り、「塀の中を出たり入ったり」していた人間なら、そのあたりで小耳にはさんだ噂話を覚えていたのかもしれず、それをハッタリとしてかましてきたのかもしれない。

だが、それらをすべてさしひいても、この男は愚かな人間ではない。

尾津とかおるが経験した、「ヒミコ」をめぐる奇妙で危険な一連のできごとを、訊き返すこともなく把握し、その対処について相談をうけていると自覚している。「本物の陰謀」という言葉を、尾津に対し使ったことがそれを証明していた。

「考えているのかね」

尾津を見返し、細田がいった。

「この薄ぎたないオヤジは何者だろう、と。本当に信用できるのか。犯罪者すれすれではないのか、と」

尾津は頷いた。

「いわれる通りだ。六本木という街に二十年ぶりにきて、今日、私はひどく面喰らいました。自分がはるか昔の人間のような気がしている。その上にあなただ。もしかすると私の頭が一日のうちに理解できるできごとのキャパシティを超えてしまったのかもしれない」

にいっと細田は笑った。

「理解する必要なんざ、ない。あんたとあたしは、まるでちがう世界で生きてきた。本当なら出会うこともなかったろう。ここにいるかおるさえ、いなければ」

　尾津は頷いた。

「だが、私のほうから佐藤かおるさんに会いにいったのです」

「何のために？」

　細田は訊ねた。

「え？」

「あんたは何のためにかおるに会いにきたんだ」

「それは……。ひとつは、自分のおかれた状況をもっとよく知るためには、彼女の情報とか、協力が必要だと思ったからです」

「他には？」

　細田の目が鋭かった。

「口はばったいが、彼女が何も知らずにこの陰謀に巻きこまれているのなら、少しは助けになるかもしれないと思った」

「会ったこともないのに？」

　細田の口調には揶揄するような響きがあり、わずかに頰が熱くなるのを尾津は感じた。

「確かに会ったことはない。だが『アダムとイブ』の条件を考えるなら、彼女も私同様、孤独な人生を送っていることが考えられた。自分の子供くらいの年齢の女性の身にこんなできごとがおこるのだと想像したら、ほってはおけないと思った」

細田をにらみ、告げた。

「あなたのような立派な相談相手がいるとわかっていたら、お節介はしなかった」

「おやおや、ヤキモチかい」

細田は目を丸くした。

「そうではない。おそらく私は、佐藤かおるさんを見誤っていた。彼女は、私などが考えるよりはるかに大人で、世間を知っているようだ」

細田は平然としていた。

「そうかもしれんな」

「申しわけないことをした。これで失礼してもいいだろうか」

怒りを押し殺し、尾津はいった。かおるが驚いたようにふりかえった。

「まあ、待ちなよ」

細田はいって怒鳴った。

「シュウレイ！　お茶のおかわり」

新たなショートピースに火をつけ、ソファによりかかって尾津を見つめる。

「あんたは苦労知らずのエリートサラリーマンというわけでもなさそうだ。トーア物産クラスの中規模商社が大手に伍してやっていくためには、現地で相当腕のいいネゴシエイターが必要になる。どうやらあんたは、そういう類のひとりだったようだ。ヘッドハンターの話を最初はうけいれたのも、あんた自身、自分のその腕に関しちゃ自信があったからじゃないのかい」

「否定はしない」

細田は小さく頷いた。

「その上でいわせてもらえば、あんたはけっこうフェアな人間だ。そいつは珍しい。タフなビジネスマンを気どる、本当はひょうろく玉みたいな奴らに限って、アンフェアとすご腕を勘ちがいする。人の弱みにつけこんだり、だましたりするのが、できるビジネスマンだと思いこんでやがるんだ。そんなものは、できるビジネスマンでもなんでもない。ただの卑怯者だ。あんたはそうじゃない。だから、かおるのことを心配した」

尾津は息を吐いた。

「さっきもいった。私は古い人間なんだ」

「古いわけじゃない。見栄っ張りなんだ。ただしそれは他人に対してじゃなく、自分に対しての見栄っ張りだ。かおる、このおとうさんのいってることに嘘はない。お前とこのおとうさんは、本当にヤバい代物に巻きこまれているぞ」

言葉の後半を、尾津の隣に向けて、細田はいった。

「わかる。わたしも、尾津さんを信用できる人だと思った」

細田は尾津に目を戻し、にやりと笑った。

「水商売てのはおもしろい仕事で、頭の悪い奴が長くやってると、人間の価値は、金かセックスしかないと思うようになる。頭のいい奴はそこを卒業して、そいつが嘘吐きなのかどうかということに価値をおくようになる。かおるは頭がいい。男なんてのは、貧乏人だろうが金持だろうが、かおるがいるような店にきて、考えるのは、『この女とやれるかどうか』だ。外でどこの何様だとふんぞりかえっている野郎でも、こと女の口説き方に関しちゃ、えらくみっともない真似をさらすことがある。そういうのを見極めていくと、けっこうその人間が信頼できるかどうかわかるようになるもんなんだ。ただし、惚れるというのとはちがう。女てのは、妙な生き物で、信頼できねえとわかっていて、下らない野郎に惚れちまったりするんだ」

「あなたは水商売の世界にいたのか」

「そういう時期もある。ただし、やりたくて入っていたのじゃない。他に仕事がなかった。今じゃ難しいだろうが、いい加減な履歴書でも即日採用してくれて、日払いで給料をくれるようなところがあったのさ。もっとも、水商売といったって、風俗と何もかわらないような店で、働いている女も、シャブ中の亭主を抱えていたり、結婚詐欺で指名手配をうけているようなのだったりしたが。ただ最低の店でも最高の店でも、水商売て奴は、だましっこだってことにかわりはない。上手にだましてさえやれば、客は喜んで銭を払う。中途半端な女は、逆に客にだまされる。まあ、そんなことはどうでもいいが」

シュウレイが茶を運んできた。

「かおるとあたしは、共通の知り合いがいた。それがさっき名前のでた、冬木って男だ。

あることで、冬木は、警察からも昔の仲間からも追い回されるようになり、もう何年も行方が知れない。かおるは死んだと考えているようだが、あたしはそう思っちゃいない。ひどく図太い男でね」

細田は言葉をつづけた。かおるが口をはさんだ。

「先生、先生なら、どうすればいいと思う？」

「まあ、待ちな。どうするもこうするも、いったい何がどうなっているのか、もうちっと調べてみないことには、何ともいいようがないやな」

「調べる方法があるのですか」

細田は再び笑った。

「あんたを信用できると思った証拠を見せよう」

細田は立ちあがった。

「こっちへきな」

カーテンをはぐり、店の奥へと入った。かおるが立ちあがり、尾津を見た。

「怪しく見えるのはわかります。でも本当はいい人だし、わたしは信用しています。細田さんを先生と呼んでいるのは、世の中の、目に見えない仕組をいっぱい教えてくれたからです」

「目に見えない仕組？」

かおるは頷いた。

「先生はずっと、日本という国と戦ってきたんです。尾津さんの年なら、『全学連』という言葉を聞いたことがあるでしょう」

「もちろんだ」

「先生は、『全学連』のメンバーで、反政府運動をやってきました。逮捕され、投獄されたのも、政治犯としてでした」

「『政治犯』？　左翼活動家だったということかね」

かおるは頷いた。

「失礼だが、あなたもそういう活動をおこなっているのかな」

意外な言葉に尾津は面喰らった。六〇年安保も七〇年安保も、尾津の中では遠い世界のできごとだった。

「いいえ。わたしはまったく。昔話として、先生から前に聞いたんです」

左翼過激派。尾津の頭にそんな言葉が浮かんだ。それは現代にあっては、ひどく古びた価値観のもち主のように思える人間たちだ。

「細田さんは――」

いいかけたとき、カーテンの向こうに隠れた細田の声が聞こえた。

「そんなカビくさい話はどうでもいい。こっちにきなさい」

かおるは尾津を見た。

「さあ」

しかたなく尾津は立ちあがった。左翼過激派のなれの果てだというのか。カーテンをめくった。そこは細く薄暗い通路に沿って、マッサージ用の小部屋が並んだ空間だった。

ベニヤ板で仕切られた二畳そこその小部屋に、マッサージ専用のベッドが並んでいる。通路に面したカーテンはすべて開かれ、客はどこの小部屋にも入っていない。

通路のつきあたり、正面にふたつのドアが並んでいた。ひとつはトイレで、もうひとつには「立入禁止」という札が掲げられている。そのドアの前に細田が立っていた。

「こっちだ」

ドアを開き、細田はいった。わずか二、三畳の空間に、机や本棚が並び、コンピュータやプリンタなどが押しこめられているのが見えた。机にとりつけられたスタンドが唯一の照明で、細田がそれを点すと、時計工などが作業に使う拡大鏡のレンズが光を反射した。

「かおる、そっから椅子をもってきな」

細田はドアの手前左にある、小さな炊事場を示した。流しとガスコンロがあり、丸椅子が重ねられている。向かいの小部屋では、シュウレイがベッドに腰かけ、中国語の新聞を広げていた。

「この部屋には、ひとり分しかすわる場所がないからな」

細田はいって、机の向こう側に回りこんだ。机の上にはさまざまな道具が散らばっていた。ピンセットやカッターナイフ、小さな金属のハンマーなどもある。

パソコンは、デスクトップタイプが二台とノートタイプが一台の、計三台がある。本棚におかれたプリンタの横に、いろいろな国の言葉の辞書が積まれていた。

拡大鏡の下に広げられていた、小さな手帳のようなものを、細田が閉じ、ひきだしの中にしまった。それは手帳ではなく、パスポートだった。それも表紙の色からすると日本のではない。机の上には、証明用の顔写真の切り抜きがある。

尾津は細田の顔を見た。細田はそしらぬ風で、ノートタイプのパソコンをいじっている。やがて液晶画面に明りが点った。

「それがあなたの本当の仕事なのか」

尾津はいった。

「それ？」

細田はとぼけるように訊き返した。

「パスポートの偽造だ」

机上にあった老眼鏡をとりあげ、細田は答えた。

「パスポートだけじゃない。免許証や、婚姻届、ビザだって偽造する。あたしはこの国が嫌いでね。この国もあたしを嫌いなようだが。長いこと、正面から国と喧嘩をしていたが、勝ち目がないのはつくづくわかった。そこで、あたしがこの国の権威をコケにできる方法はないかと考え、これに落ちついた。国のお墨つきって奴を、次から次に偽造する。別に誰かが困るわけじゃない。助かったって、喜ぶ人間はたくさんいるが」

にやりと笑い、パソコンのマウスを動かした。尾津は無言でその手もとを見つめた。器用に自分とかわらないか、もしかすると年長かもしれない、風采のあがらない男が、かなり習熟しパソコンを操っている。キィボードを叩く指も目にもとまらない早さで、ていることが、そこからもうかがえた。

液晶画面の光が細田の眼鏡のレンズに反射していた。目が画面の動きを追い、キィボードを再び叩いて、マウスをクリックする。その仕草に、尾津はある種の劣等感と嫉妬を覚えた。

「『ヒミコ』、『アダムとイブ』、それ以外にキィワードとなる言葉は？」

「『クリエイター』。でしょ？」

答え、自分を見たかおるに、尾津は頷いてみせた。

「『ヒミコ』はひっかからないな。『アダムとイブ』もちがう。『クリエイター』でいってみるか」

カシャカシャという音だけが小部屋で響いた。

「もう、長いこと偽造の仕事を？」

しかたなく尾津は訊ねた。

「長いね。この五、六年はこれが本業だ。自分でいうのも何だが、あたしの仕事は質がよくてね。クチコミで海外からの引き合いが多い。まあ、インターネットのおかげだ画面を見つめたまま、細田は答えた。目だけが文字の列を追っている。

「パソコンもその頃から？」

「コンピュータはもっと古い。『ウィンドウズ』の前、『MS・DOS』の頃からだ。こんな小さくもなく頭もたいしてよくなかったが、遊べるオモチャだった。それが通信で広がり、今じゃインターネットだ。時代って奴は、いつもゆっくり動くとは限らないな。あるとき、ガランとでっかく歯車が回りやがる。あたしもあんたも、そういう時代にひっかかっちまった。もう十年早く生まれてりゃ、たいしてそういうことを気にせずすんだのだろうが」

「私はパソコンはまったくできない」

細田はふんと笑った。

「今のパソコンはできるできないなんて代物じゃない。車の運転免許のことを思いだしてみなよ。四十年前は、車の運転ができるだけで、立派に食える資格だった。その頃は、車の運転はえらく難しいものだと誰もが思っていた。今はもちろんちがう。車じたいの性能がよくなったからな。それといっしょで、車が四十年かけた進化を、十年かそこらでコンピュータがとげただけだ。今どきコンピュータなんて、八十の年寄りがぼけ防止にいじっているぜ」

「じゃあ私でもできるのか」

老眼鏡ごしの上目づかいで細田は尾津を見た。

「今この瞬間でもな。もっともたいていの連中は、メモ帳と電卓、あとは電話がわりていどにしか使っちゃいない。まあ、それだけできれば、会社じゃ不自由しないですむ」

「あなたはもっと習熟していると？」

「こいつがなきゃ、飯が食えない。昔はいちいち切り貼りしてコピーでごまかしていたものが、五秒でもっと質のいいのができる。もちろん仕上げに、人間さまの手は絶対に必要だ。あたしのような商売人にとって、一番の敵は、人間の『違和感』て奴だ。機械の目は機械でだませても、人間の勘をだますには、人間の仕事が必要なんだよ」

「つかまるのが恐くはないのか」

細田はあきれたように尾津を見た。

「あんたもやっぱり向こう側の人間だな。サラリーマンあがりにしちゃ、根性があると思っていたが」

「向こう側？」

尾津が訊き返すと、細田はマウスを操る手を止めた。

「あたしはやくざが嫌いだし、頭の悪い奴はもっと嫌いだ。だからたいていのやくざとは話が合わない。だがそれでも、あんたたちサラリーマンより合う部分がある。それは、パクられるのが仕事のうちだってところだ。つかまるのが恐くて、やくざはシノギなんかやってられない。この政府をひっくり返して、政治家や官僚どもを皆追っぱらっちまいたいと思っている人間に、つかまるのが恐いかなんて訊くんじゃないよ」

いきがったり、気負っている口調ではなかった。

「喧嘩をしているときに、相手が腹を立てたら恐くはないのかと訊くようなもんだ。こっちは腹を立てさせたいのさ。国が腹を立てりゃ、必ず官憲がでてくる。怒らせてナンボのつもりで、あたしはやっているんだよ。これがいい金になるのだから、やめられないね。あんたらサラリーマンにとっちゃ、パクられる、会社をクビになる、人生終わりってところなのだろうが、こっちはハナからそんな人生を生きちゃいないんだ」

「価値観がちがう、そういうことか」

「まあ、そんなものだ。さっき水商売の話をしたが、水商売がおもしろい点がもうひとつある。あんたたちのようなカタギと、あたしのような人間のあいだに川が流れてるとすりゃ、水商売はその川にかかった橋なんだ。どっちにもつながっている。金さえ払えばアクセスできるのが水商売だからな。サラリーマンも客にすれば、やくざや詐欺師も客にする。あたしとあんたをつないだのも、かおるだ」

「私は彼女の客だったわけじゃない」

「だがかおるの店がわかったら、とりあえず店で話をしようとは思わなかったか」

尾津は沈黙した。その通りだ。水商売は、客となることを前提とすれば、よほど風体の悪い人間でない限り、新来者を拒まない。

「別にあんたをへこまそうというのじゃない。パクられるだの何だのといわれたって、こっちはこれしかできないのが現実なんだ」

明るい口調で細田はいった。

「あなたは服役した経験があるのか」

「あるよ。別に懲役年数でハクをつけようとは思わないが、何回か打たれ、都合、八年がとこは入っていた。足を洗おうと思わなかったのかとかは、頼むから訊かないでくれ。やくざとはちがうんだ。あたしみたいな活動をしていた人間にとって、足を洗うってのはつまり、殴られて殴り返すこともせず、我慢するってことなんだ。そういう回路なんだよ」

「今でも国と喧嘩をしていると？」

「これは嫌がらせのようなものだな。せこいロケット弾を撃ちこんだり、時限爆弾で官憲を吹っとばしたりするほどじゃない。それでもつかまれば、前歴からして長六四《ながむし》をくらうだろうが」

「長六四？」

「長期刑のことだ。ちなみに訊くが、あんた六〇年はどこで何をしていた？」

「アルバイトに明け暮れていた。ほとんどは肉体労働だった」

尾津は答えた。横浜の港湾施設で、沖仲士か、それに近い仕事をしていた。手配師やそこにつらなるやくざとは始終顔を合わせていたが、全学連は、むしろ遠い存在だった。誘われたことがないではなかったが、それよりも下宿代と食費の方が大切だった。

「わかる。そういう奴もたくさんいた。七〇年に比べりゃ、まだ苦学生の多い時代だ」

「あなたは苦学生じゃなかったってことか」

「学生ですらなかった。工員だったが、細胞として、大学に送りこまれたんだ」

「細胞」

聞いたことがあった。

「だがもっと過激にやれば、工場なんかで働かなくても、それじたいで食えるとわかったんで、そっちに回ったんだ。ゲバ棒より投石、投石より火炎壜、火炎壜より――」

いって、細田は口をつぐんだ。

「まあいい。昔の話だ。細胞なんてしょせん、使い捨ての駒か、党の中で出世していくためにあえて買ってでる単純バカの仕事だってことに気づいただけのことさ。俺はもうちょっと、でかい喧嘩がしてみたかった。この年になって気づいたのは、マルクスがどうこうって問題じゃなくて、俺はただの喧嘩好きだった。もしロシアや中国に生まれていても、やっぱり国に喧嘩を売ったろうよ」

自分のことを語り始め、細田は〝俺〟という言葉を使った。

「それじゃ、アナーキストだ」

「かもしれん」

頷いて細田は目を画面に戻した。

『『クリエイター』』も無理か。どっかのチャットに入ってみる他ないようだな。それも開放されていない、マニアックな連中の部屋に」

細田はつぶやき、キィボードの上で指を走らせた。それを見守っていたが、尾津は口を開いた。

「さっきの話だが、橋になる商売がもうひとつある」

「何だ？」

「政治家と軍人だ。日本に限らなければ、私はそういう人間たちとつきあってきた」

「なるほど」

細田は画面に目を向けたままつぶやいた。

「おもしろかったろう、そりゃ」

「やりがいはあった」

細田は口の端だけで笑った。

「富というのは、自分より裕福な相手から得た財産では決して形成されない。より貧困な人間から収奪してこそ作られるものなんだ。かおる、この世で一番儲かる商売は何だ？」

ちょっと間があって、

「金貸し、かしら」

とかおるは答えた。

「そうさ。奴らの商売相手は金持か？　貧乏人だろ。貧乏人のなけなしの銭を吸いあげる。それが金持になる秘訣だ。国単位で考えてもそいつはかわらない。豊かになろうとする国は、より貧しい国から資源を収奪する。貧しい国ほど、富と権力は偏在し、押すべきスイッチの数は少なく、わかりやすい。尾津さんがやりがいのあったという仕事は、つまりはそのスイッチを押す仕事だ」

「否定はしない。だが私たちが提供した見返りが、一部でも民衆に流れこむことはあったし、またそれを期待してもいた。あなたとは考え方がちがう。一気にものごとをかえようとは思わず、まちがっているところがあるとわかっていても、わずかずつ変化していけばいいと信じていた」

「どうせ他人《ひと》ごとだろ。頭の隅っこでそう思い、本音はせっせと会社を儲けさすことしかなかった筈だ」

尾津はわずかの間、沈黙した。

「そうあなたがとってもしかたがない。終わってしまった行為の評価は、見る者のスタンスでかわってくる」

「大人だな。だが無自覚な人間の典型的ないいわけでもある」

上目づかいでちらりと見やり、細田はいった。

「ちがう!」

尾津は自分でも考えてみなかったほど、強い口調で反駁していた。

「確かに私のしてきた仕事が、すべての意味で立派だとはいわない。仕事が仕事である以上、対価があり、その中には利益も含まれていた。そしてその利益は、会社を富ませ、さらにはこの国を富ませた。あの頃の日本が、そうした富を必要としないくらい豊かだったとあなたは思うか。そうではないだろう。子供の頃、どんな時代をあなたは過した？　貧しくはなかったか。この世にはあるのを知っていても、決して手に入れられないものがたくさんなかったか。私は、そういうものを手に入れられるような国になればいいと、この国を願ってきた。私だけじゃない。私と同世代や、それより上の多くの人たちが、貧しい日本を豊かな日本にかえたくて、身を粉にする努力をしてきたんだ。ひるがえって、あなたはどうだ？　国を相手に喧嘩をしてきたという。それは、誰かを富ませることがあったか。偽善かもしれないが、私たちの見返りで、アジアのどこかに病院や学校が作られ、電気が通った。それを私は誇れる。口だけで民衆の味方をするあなたたちは、彼らに何かを与えられたのか。あるいはこの国を富ませるために何かをしたといえるか。理想ではなく、形をもった結果で答えてもらおうか」

「俺たちは、税金を無駄づかいさせ、政治家や官僚どもをいらだたせた。そこに怒りが実在することを知らしめた」

冷静に細田はいった。

「ちがうな。それは怒りの実在なんかじゃない」

尾津はいい返した。細田の手が止まった。画面から顔をそむけ、尾津を見た。

「怒りとは、当事者がもつ、やむにやまれぬ感情だ。あなたはさっき何といった。工場で働くより、それじたいで食えるといった。つまりそれは職業だ。職業で、活動をおこない、破壊行為をする人間は、犯罪者に過ぎない。あなたは今それを実感しているからこそ、より職業的な犯罪者となっているんだ」

細田の顔が険しくなった。

「あなたは、あなたの人生を誇れるのか。わずかでもいい。他者のためになることを、形としてしたと主張できるか」

細田は答えなかった。

「尾津さん――」

かおるが不安げにいった。

「大丈夫。この人と喧嘩をする気はない。だが考え方のちがいを、無自覚といわれた点だけは訂正して欲しいだけです」

「じゃあ訊くが、今の日本をあんたはどう思う」

ようやく細田がいった。

「ぼろぼろだと思うね。人々の心根の部分まで考えれば、これ以上ひどい時代など、戦国時代までさかのぼらなければなかったかもしれない。物質的に豊かであっても、精神的にはひどく貧しい。特にその悪い影響を、若い人たちがうけているのが心配だ」

「そうなったことに対して、自分は責任がないと思うのか」

「いや、あるだろう。豊かさや、そのかたよりが、ある面で人の心を腐らせたのだとすれば、今の豊かさのきっかけを作った私たち全員に責任がある。だが過去にさかのぼって、今をかえるのは不可能だ」

「おいおい、それじゃ答になっていない」

「怒りをもっているよ。その怒りが何かに結びつくのなら、私はその何かを見つけだしたい」

細田は顎をあげた。

「あんた、本当に正直な人間だな」

感心したような口調だった。

「私が正直でいられる理由は簡単だ。自分以外に守るべきものをもっていないからだ。家族もおらず、会社もない。正直になることで誰かに迷惑を及ぼすのなら、私は嘘をつく。そしてそれを悪いこととは思わない」

「俺も正直だ」

細田は強い目で尾津を見返し、いった。

「それは認めよう」

細田はにっとよごれた歯をむきだした。

「俺が調子にのったようだ。あんたにかましが通用するかどうか試してみたかった。年をくってても、狭い経験しかない人間が一丁前の口をきくと、いじりたくなる癖が俺にはある。あんたはそういう輩《やから》じゃないようだ」

「自分がどういう輩か、自分ではわからない。ただ正直で、人に迷惑をかけない人間であろうと思っている。今は、だが」

硬い声音で尾津がいうと、細田は頷いた。

「オーケー、休戦だ。目の前の問題に立ち向かおうじゃないか」

尾津は頷き、ほっと息を吐いた。シュウレイのいれてくれた茶で喉をうるおした。

細田の手が再びキィボードの上で踊った。

「――何をやろうとしているのだ？」

「あんたとかおるから聞いた話のキィワードでひっかかってくる、この問題の手がかりはない。まあ、当然といや当然だ。通りいっぺんの検索でひっかかるくらいなら、世界中の人間が知っているのと同じことだ。だが、この世界の情報通を気どるおたくどもの、閉鎖的な空間に入りこめば、噂のかけらでも手に入るかもしれん。『クリエイター』とかいう連中が、それほどのハッカーの集団なら、動向の噂がひとつやふたつあっておかしくないからだ」

「閉鎖的な空間というのは、部外者には入れないものではないのか」

「ふつうはな。だが、扉を開ける暗号さえ見つければ、入りこむこともできる」

「それは呪文のようなものなのか」

「簡単にいや、そうだ。だが短い言葉だとあっという間に突破されるので、何桁もの数字と文字の組み合わせになることが多い」

いって、細田はくるりと椅子を回した。別のデスクトップパソコンの電源を入れ、マウスを動かす。

「多少、そっちの作業には覚えがある。ガキどもの伝説ごっこにつきあう趣味はないが、人んちのドアをこじ開ける遊びは俺もやってきた」

「伝説ごっこ？」

「コンピュータに詳しい人間を、あんたみたいな素人は、理科系の頭のもち主だと考える。だが実際は、妄想好きの、イカれたガキが多い。チャットの中で、女のふりをしたり、仕事や年に関しても嘘八百を並べたてるんだ。もっといや、嘘をつきたくて、ネットに入ってくる奴がたくさんいる。声も聞かせない、自筆の字も見せないですむ、何にでもなりたい放題だからな」

デスクトップの画面がかわると、細田の指が猛烈なスピードでキィボードを叩き始めた。

「――ちがうな」

「これでもないか」

「よし、こいつにやらせてみよう」

細田が手を止めても、画面の変化はつづいていた。

「勝手に検索させているの？」

かおるが訊ねた。

「そうだ。ちっと時間がかかるかもしれんが、こいつはけっこう役に立つんだ。大使館の査証発行部に入るときに使うソフトだ。俺じゃなくて、中国人の知り合いが作った。ありきたりのファイアウォールなら、軽く越えられる。シュウレイ！　お茶をもう一杯だ」

細田は叫んだ。

シュウレイが立ちあがり、炊事場に入った。やがて新たな茶をいれた急須で、三人の湯呑みに注いで回る。

「じゃあ、今のうちに細田さんの意見を聞かせてくれ。あなたはどう思う」

尾津は口を開いた。細田は老眼鏡を外し、人さし指で額をこすった。やがていった。

「一番の問題は、『ヒミコ』の中身だが、こいつがそんなにすごい代物なら、もちろん簡単にのぞけはしない。そいつを前提として考えると、ふたつのパターンがありうる」

煙草に火をつけ、うまそうに煙を吐いた。

「どんなパターンなの」

かおるが訊ねた。

「『ヒミコ』が実在するパターンとしないパターンだ」

「しないパターン？」

「そうだ。たとえばここにパンドラの匣《はこ》がある。開けたらもちろん大ごとだ。パンドラの匣って奴は、存在するだけで、周囲の環境を大きくかえる。場合によっては、金儲けの材料にもなる」

「存在しないもののために、人が殺されたり、脅迫されるだろうか」

尾津はいった。

「存在しないからこそなんだ。『ヒミコ』が実在すると思いこませたい人間は、そいつがいかに重要なのか印象づけたい。人が死ぬのは、一番の説得になる」

「何のためにそんな真似をする」

「もちろん狙いは金だ。人が死ぬほどの価値があるソフトなら、金をだそうという企業や情報機関はいくらでも見つかる。この場合、ソフトとしての『ヒミコ』の機能を検証させるわけにいかないからこそ、死人をだすわけだ」

「やっているのは『クリエイター』か」

「の、可能性もある。『クリエイター』という架空の集団を作り、あたかもその大半が殺されてしまったように見せかけてな。あるいは、もっと腹黒い奴が、『クリエイター』を殺して、それをしかけたのかもしれん。ただひとつだけいえるのは、これがまったくのガセだとしたら、なぜ、キィを、あんたとかおるにしたのかが不明だという点だ。ものごとを大きくしたいのだとしても、まったくの部外者をキィにするというのは妙だ。事態を混乱させるからな」

「じゃ、実在するとしたら？」

かおるが訊ねた。

「こっちのほうが厄介だな。まず、かおると尾津さんを狙っている陣営がいくつあるのか、という問題がある。聞いている限り、ひとつじゃない。タイのあんたの友だちを脅迫したのと、ヘッドハンターをくりだしてきたのとは、明らかにちがう陣営だ。その上でいうと、かおるのところにきた偽刑事が、そのどちらかなのか、また別なのか、という疑問もある」

「最少で二つ、ということか」

尾津の問いに細田は頷いた。

「『ヒミコ』の情報を事前に入手しうる、組織の能力から逆に考えれば、この陣営というのは、そう多くはない。国外情報機関、あるいは軍事産業のような、かなりの規模の企業に付属する研究機関。いずれにしても候補となる数は限られる。いってみりゃ、『クリエイター』に懐ろを探られた連中で、それを逆手にとれるようなところだ」

「なぜ逆手にとるの？」

かおるがいった。

「そうだな。尾津さんにもわかるようにたとえりゃ、こうなる。まずお前さんがあるていどの金持で、蔵の中に大金を隠しもっているとしよう。泥棒がきて、その金をくすねていく。だが泥棒は、そいつをすぐつかうわけではなく、ギャンブルに投資しようとしている。この場合、金とちがって、情報は盗まれてもオリジナルが消えるわけじゃないから、ギャンブルに泥棒が負けたとしても、お前さんは損をしない。だからギャンブルの結果を見届けた。すると、泥棒のギャンブルが大穴をあてて、えらく儲けたことがわかる」

「それを横あいからかっさらおうというのね」

「そういうことだ。蔵の中で眠らせておいたのじゃ一文も増えなかったものが、盗んだ奴のおかげで、えらい銭に化けた。こりゃしめた、泥棒を始末して、稼ぎをいただこうというわけだ」

「そんなことあるの」

細田は煙草を手にとり、灰を落とした。

「ハッカーてのは奇妙な癖がある。相手の守りが固けりゃ固いほど、ぶち破りたがる。いってみりゃ山登りといっしょで、険しきゃ険しいほど、燃えてアタックしてくる。つまりそいつらはそれだけ優秀だということだ。もちろん山を登っただけで満足して、サインをして帰るというのもいる。だが、誰も登れない山のてっぺんに城を作っちまおうというのがいて、今回の『クリエイター』はそれだ。山登りの技術に加えて、城まで作れる建築技術も、あった。そういう優秀な連中は、たいていの場合偏屈で、金じゃ仕事をさせられない。勝手にやらせておいて、成果だけを頂くのが、一番効率がよかったりする。しかも城の材料が、あちこちから盗んできた、簡単には手に入らない立派な代物だとすれば尚更だ」

「盗まれるほど間抜けな連中が、泥棒の行動を逆に追跡することなどできるものなのか」

尾津はいった。

「ネットセキュリティのトップクラスの専門家の多くが、元はハッカーだ。つまり泥棒をあがった奴が警備員として雇われている。だから頭のいい奴はいる。ただし、さっきもいったように、盗っ人の種はつきずだから、もっと若くて頭のいい泥棒がでてくることもわかっている。新しきゃ新しいほど、天才がでやすい世界でもあるんだ。かっての泥棒、今は腕ききの警備員が、自分よりもっと腕のいい泥棒を見つけて、その稼ぎを横どりしようというのは、充分にありうる。なぜならこの横どりは、ネットの世界じゃなく、現実の世界で、金や力をつかってできることだからだ」

そのとき、稼動をつづけていたパソコンが、ポンポーンという音をたてた。

「見つかったようだぞ」

細田はパソコンに向き直った。

「ここは、自分たちが腕ききのハッカーだと自称している連中の〝部屋〟だ。どこのセキュリティを破ったとか、あそこのファイアウォールはちょろいてな話をして、自慢をしあってる。『クリエイター』が実在した集団なら、こいつらの中に、何か知ってる奴がいるだろう」

マウスを動かしながら、画面に見入っている。真剣な表情だった。

「何をしているんだ」

尾津はかおるに訊ねた。

「〝部屋〟の中では、チャットといって、リアルタイムで会話が進行しているの。それはずっとさかのぼることができる。文字を打ちこんでの筆談だから。そこに『クリエイター』がでてこないのか、捜してるの」

「短い手紙のやりとりのようなものなのか」

「そうね。その〝部屋〟に入っている人間全員が見ることができる手紙ね」

「でてこんな」

マウスを動かし、画面を盛んに変化させながら、細田はつぶやいた。

「誰かに化けるか」

「化ける、とは？」

尾津は再びかおるを見た。

「〝部屋〟の常連のふりをして会話に割りこむの。皆それぞれ『ハンドルネーム』というペンネームを使っているから、今チャットに参加していない人間のハンドルネームを名乗るわけ」

「バレないのか」

「用心深い連中にはバレるときもある。だがバレたとしても、現実にそこにいるわけじゃない。追っかけられても、俺も簡単には見つからない手は打ってある」

細田がいった。

「こういう連中の多くは、人んちの台所は平気でのぞく癖に、自分んちだけはのぞかれないと、根拠のない自信をもっている。パスワードを自分たち以外の〝素人〟には見つけられないと思いこんでいるのさ。よし、これでいこう。『サムソン』てのが、最近できてないようだ」

キィボードを叩いた。

「今、サムソンてハンドルネームのメンバーに化けて入ったのよ」

かおるが解説した。

「『お久しぶり』ときたもんだ。景気は悪くないようだから、仕事が忙しかったことにしておこう」

「過去にさかのぼって、サムソンの〝喋り方〟や話題を盗んだのよ。先生はそれがすごく得意なの。ふだんでもいろんな〝部屋〟に入って、仲間のふりをして、情報を集めてくる。警官だけの秘密の部屋とかもあるって聞いたことがある」

かおるが囁《ささや》いた。

まるでスパイだと尾津は思った。別人になりすまし、情報を集める。移動もせず、変装をほどこすこともなく、会話に加わって秘密を盗んでくるのだ。だが、かおるが細田に相談しようと考えた理由もわかった。この男もまた、コンピュータのある種の専門家だ。

していることは、決してほめられた行為ではないが。

細田がキィボードを叩いた。

「『そういや、変な噂を聞いたよ』と。『この前の集団自殺は、NSAがハッカーを消すための暗殺だったとか』で、くいついてくるかな」

手を止め、画面を見つめた。

「きたぜ」

「くいついた？」

かおるが訊ねた。

「ああ……。NSAじゃなくてCIAだとか、モサドだとかほざいているのもいる。待ってろ――」

細田の手がキィボードの上で踊った。それを見つめ、細田はああいったが、自分はこの先どれほどがんばっても、ここまでコンピュータに習熟することはないだろう、と尾津は思った。

「なるほど……」

「何？」

細田が唸ったので、かおるが訊ねた。

「殺された『クリエイター』のひとりは、以前この〝部屋〟の常連だったらしい。仲間を募ったが、仲間になるためのテストが厳しすぎて、ほとんどが脱落した。肝試しみたいなことをやっていたらしい」

「肝試し？」

「ガードの固い、海外政府機関なんかのデータに侵入し、そこにキィワードを残してくる。あとから入ってそいつを拾ってきた奴だけを、『クリエイター』のメンバーに迎え入れたんだ。こいつらはほとんど落とされたくちで、恨んだり、いかれてると、そいつのことを罵《ののし》ってる。どうやらこのサムソンも落とされたひとりらしい」

「『ヒミコ』のことを訊いてみたら」

「ああ。今、やってみる」

細田が打った。

沈黙があった。細田の眼鏡のレンズに映った画面を尾津は見つめた。さっきまでは次々と文字が表示されていくのが見えていた。だが今はそれがなく、明滅する点だけが映っている。

「ひきやがった」

細田がいった。

「ひいた？」

「誰も何もいわない。どうやら落ちる頃合いのようだ」

「落ちる？」

尾津はかおるを見た。

「チャットから抜けること。〝部屋〟からでるの」

「ヤバいっ」

細田が小さく叫び、キィボードを押した。とたんにコンピュータの画面がかわった。

「どうしたの？」

「〝部屋〟をのぞいている奴が他にいた。勘だがな。そいつは、『ヒミコ』のことを書きこむ奴がいないか、チェックしていたようだ。〝部屋〟の連中は、それを知っていて、わざとのぞかせていた節がある。俺が『ヒミコ』という文字を打ったため、追跡が始まった。それでそこにいた連中は、いっせいに抜けだした。俺だけが知らず、とどまっていた」

細田の額に汗が光っていた。

「見つかった？」

「わからん。だが俺もまっすぐアクセスしていたわけじゃないから、たぶん大丈夫だと思う」

「どうやって追跡するのだ」

尾津は訊ねた。

「電話の逆探知のようなもんだ。こっちはいくつかの中継所を介して、たとえば中国やベトナム経由で入りこんでいるから、相手がよほどじゃない限り、安全だ」

「よほど、とは？」

「FBIやCIAのようなプロの中のプロで、組織や機動力のある連中だと話はちがってくる。あらかじめ『ヒミコ』の話題がでそうな〝部屋〟に監視をつけておいて、でた瞬間に追跡を開始する。だが、何分もはとどまってなかったから、そいつらでも追いきれない筈だ」

「本当に追跡されたの」

かおるが訊ねた。

「それには勘でしか答えようがない。確かめたけりゃ、ずっとあの〝部屋〟にいすわる他ないからな。そうすりゃ、三十分か一時間後には答がでたろう」

「逮捕されるのか」

尾津は細田を見つめた。

「アメリカの情報機関なら、警視庁の公安とつながっている。公安の機捜あたりがすっとんできて、ここに張りつき、俺やあんたのことを洗いざらい調べあげるだろうな。俺の仕事がバレりゃ、まずまちがいなく別件でもっていかれる」

細田は吸いかけの煙草を手にとり、深々と煙を吸いこんだ。

「つまり、『ヒミコ』は実在すると?」

「まだ確かめられたわけじゃない。パンドラの匣に怯えた連中が、目を皿にしている状態ともいえる。だが、監視がつくってことは、実際に腹を探られた奴らがいて、『ヒミコ』を欲しがっているという証明にはなるだろう。監視していたのが、素人じゃないのはまちがいない」

「どうすればいいの、先生」

かおるがいった。細田はデスクの前を立ち、背中をのばした。

「ああ、腰が痛え。かなりヤバいな。お前と尾津さんは、まちがいなく狙われてる。一番いいのは姿を消しちまうことだが、そいつも簡単じゃないだろう」

「法をおかしたわけでもなく、誰かに迷惑をかけてもいないのに、逃げ隠れするのは納得がいかない。第一、一生逃げ回ることなどできるわけがない」

尾津はいった。細田は頷いた。

「その通りだ。しかも昔とちがって、やる気になりゃ、情報機関はコンピュータを使ってとことん追いかけてくる。少なくとも日本にいたのじゃ、必ず尻尾をつかまれる。部屋の電気メーター、ガス使用量、携帯の発信追跡、クレジットカードの使用情報、根っこを押さえりゃ、どこへいってもつかまっちまう」

「だったらどうすればいいの？」

細田は額をこすった。考えこんでいる。

尾津とかおるは無言で細田を見つめた。やがて細田がつぶやいた。

「銭にはなるな、やりようによっては」

「どういうことだ」

「鍵はこちらがもっているということさ。『ヒミコ』を開けられるのは、あんたとかおるだ。それさえすりゃ、『ヒミコ』はこちらのものになる」

「私とかおるさんが開けられるといっても、実際にはどんな鍵なのか、それどころか『ヒミコ』がどこにあるのかすらわからない」

「そいつは何とか調べられるかもしれん。『ヒミコ』がどんな代物か、具体的にはわからないが、厖大な情報を処理するソフトであることは確かだろう。皿に落として隠してあるとも思えんし。たぶん、どこか別の、厖大な情報を管理する場所にカムフラージュしてしまいこまれているんだ。木を隠すなら森の中、というわけだ。『クリエイター』がどこに侵入して『ヒミコ』を作ったのか探っていけば、隠し場所は見つけられる。『クリエイター』の生き残りを捜しだせば、そいつは可能だ。何といっても、こっちには『アダム』と『イブ』がいる。『クリエイター』は協力せざるをえない」

「捜しだせるのか」

「ああいう手合いが一週間も十日も、ネットに触らないでいることなんかできはしない。ヤバいとわかっていても、どこからかアクセスしてきている筈だ。それに噂話が大好きな世界なんだ。探っていけば、必ず見つけられる。ただ、『クリエイター』を追う人間をさらに追っかけようって奴らがいるから、それをかわすほうが問題だ。ここを見つけられたら、まず俺はまちがいなくもっていかれちまうし」

細田は思案顔になった。

「インターネットカフェは？」

かおるが訊ねた。

「駄目だ。まず一番に目をつけられるのがそういうところだ。おそらく最初から、キィワードで弾くように、監視が入っている」

尾津を見た。

「あんた、コンピュータを買わないか」

「役に立つのなら、買ってもいいが」

「よし、決まりだ。今からコンピュータを一台買って、ピッチでネットに入れるようにする。ピッチは逆探されるから、このエリアは駄目だ。あんたの家でやればいい。最初から相手にわかっている場所でやるぶんには、あんたが調べていると思うだけだ」

「意味がわからない」

尾津はかおるを見た。かおるが説明した。

「インターネットにつながるためには、電話回線や光ファイバー、ケーブルテレビなんかが必要なの。ピッチというのはPHS、つまり携帯電話よ。それをパソコンに組みこんだものでも、インターネットに入ることはできる。でも携帯電話は、発信エリアが特定できるので、居場所が見つけられやすくなる」

あとを細田がひきとった。

「だからあんたの家でそれをやる。そうすりゃ検索しているマシンから逆探していってあんたの家にいきついても、あんたがそれをしているんだと敵は思うというわけだ。とりあえずあんたは泳がされている状態だから、すぐにどうこうはないだろう」

「だが私にはそんな芸当はできない」

「俺がやる。あんたの家の住所と地図を書いてくれ」

細田はいって、メモ帳をおしつけた。

「金はもってるか、あんた」

「いくらくらい？」

「そうだな。二、三十万というところだ」

「そんな大金、今はもっていない」

「たてかえておく。明日、銀行でおろしておいてくれ。それと、一度あんたの家にいったら、簡単には出入りできない。今日のうちに、食料を買いだめておいてくれ。ただし、あくまでもあんたの食う分だと思わせる量だぞ。ひとり暮らしのあんたが大量に買いこんできたら、監視している奴らにすぐ怪しまれる」

「ちょっと待ってくれ。あなたが私の家にくるというのか」

思わぬ展開に、尾津はとまどっていた。

「そうさ。灯台もと暗しを狙う。俺があんたの家にこもって、『クリエイター』を追っかけてやろうというわけだ。そうだな、明日の正午、でかけてくれ。ただし鍵はかけるな。その間に、俺があんたの家に入る」

細田はにやりと笑った。

「上げ膳据え膳でもてなせとはいわん。寝袋をもっていくから、ベッドの用意も不要だ」

「しかし……」

尾津はかおるを見た。だがかおるも顔を輝かせている。

「それが一番かも。先生が助けてくれるのなら、尾津さんも安心」

「いったい、何日くらい、その、いっしょに暮らすのかな」

おずおずと尾津はいった。

「『ヒミコ』が手に入るか、あんたのところにいるのがヤバくなるまでだ。三日か、一週間か」

呆然として、尾津は煙草に火をつけた。今日会ったばかりの、この怪しげな男が、自分の家に押しかけてくるという。

「心配しなさんな。ネコより手がかからん。ム所暮らしのおかげで、自分のことは自分でやる癖がついている。それから――」

細田は声をはりあげた。

「シュウレイ！」

「はい」

「ホンのところへいって、二台、携帯を借りてこい。足のつかない奴だ」

「高いよ、ホンの携帯」

姿を現わしたシュウレイは顔をしかめた。

「ビザもってないの相手で、足もと見てる」

「わかってる。だが俺たちが買ったと知られるわけにはいかないんだ。十万円、あるか。現金で」

最後の問いは尾津に向けられたものだった。

「それくらいなら」

かおるに会いにいこうと家をでた時点で、何があってもいいように、十数万円はもっていた。

「くれ。あんたとかおる用に、もち主の特定できない携帯を買う。ふつうのプリペイドじゃ、調べればすぐバレるからな。中国人相手の業者から買う。不法滞在者に売っているから、ちょいと割高だがしかたない」

尾津は財布から十万円をだした。細田はシュウレイに渡し、顎をしゃくった。

「寄り道せず、すぐ戻ってこいよ」

でていくシュウレイに細田は声をかけた。

「この近くで買えるのか」

「別のマッサージ屋の受付が、バイトで携帯を売っているんだ」

細田は答え、尾津とかおるを見比べた。

「今後俺たち三人は、シュウレイが買ってくる携帯で連絡をとりあう。かおる、その電話の番号は誰にも教えるな」

「わかった」

「尾津さんよ、俺は明日の昼、用意したコンピュータと寝袋もって、あんたん家《ち》に忍びこむ。今日受けとった携帯は、人前では使うな。あんたがもっているってことを、見張っている連中に知られたくない」

尾津は頷いた。細田は、「ヒミコ」を欲しがっているグループの組織力を侮ってはいない。「国と喧嘩」をしてきたというだけあって、周到な考え方をする。

だがこの男と暮らすというのはどうだろうか。いくら手がかからないといっても、まったくの他人が同じ屋根の下にいるのは、かなりわずらわしい気分にさせられるにちがいない。

「あんたが今夜家に帰りゃ、連中はまた監視のやり直しだ。一度尾行をまかれた以上、もっと人数を増やして、慎重になってくるだろう。これからは家をでたときには必ず監視がつくと思うことだな」

「家の中は安全なのか」

政情不安定な国では、ホテルの部屋に盗聴器がしかけられていたこともあった。

「それは俺がいったときに調べる。電話とコンセントまわりをチェックすりゃ、たいていは見つけられるからな」

細田は答えた。

「でも『ヒミコ』を見つけて、先生はどうするの？」

　かおるが訊ねた。

「売っぱらう」

　こともなげに細田はいった。

「ただし、軍事目的に利用しないようなところを選ぶ。あるいは有料で、見たがる奴全員に公開してもいいな」

「あなたや我々にそんな権利はあるのか」

　尾津は眉をひそめた。

「おいおい、この期《ご》に及んで、『クリエイター』の権利をもちだすのじゃないだろうな。連中のせいで、あんたらは追いかけ回されているのだぜ」

「確かにそれはそうだが……」

「宝箱だかパンドラの匣だかは知らんが、中身は、鍵を預けられた者のものだろう。それとも何か、あんたは俺がこいつを金儲けの種にするのは反対なのか」

　細田の顔が真剣味を帯びた。

「もしそうならそうと、早めにいってくれ。俺は降りる」

「先生――」

「かおる、これは大事なことだ。『ヒミコ』はでかい銭になるかもしれん。手に入ったあとで、分け前をめぐる争いなんかしたくないからな」

　細田は冷静にいった。尾津は少しの間考え、口を開いた。

「死んだ水川くんは、私に『ヒミコ』を守ってほしいといった。たぶんそれは『ヒミコ』が悪用されるのを彼が恐れたからだ」

「悪用も何も、ただのソフトだ。いったいどれほどのものかはわからないが、世界を破滅させるわけはない」

「ウイルスってことはない？」

かおるがいった。

「特殊な、ワクチンも効かないようなウイルス」

「もしそうなら、『クリエイター』はばらまいている。ウイルスを作るような奴らは、それを隠したりしない。それにウイルスの作製に、巨大なデータベースは必要ない」

「そうね」

「こうしよう」

尾津はいった。

「もし『ヒミコ』が入手でき、それが私が心配しているような、人間を傷つける類のものでなかったら、平和利用に限った転売に賛成だ。ただし、利益は、『クリエイター』や、水川くんの遺族にも分配する」

「いいだろう」

細田は頷いた。そこにシュウレイが帰ってきた。細田に紙袋を手渡す。中には携帯電話が二台入っていた。

新品ではない。番号を書いたシールが貼られている。

「そういや、あんた充電器は？」

「電話の？　もっていない」

細田は舌打ちした。

「待ってろ」

電話の機種をチェックし、机のひきだしを開け閉めした。

「あった。これで合うだろう。使いな。補充用のバッテリーはコンビニでも買えるが、買っているところを見られたら、もっているとバレる」

尾津はうけとり、紙袋に入れた。

「これの代金は払わなくていいのか」

「いらんよ」

細田は手をふった。かおるは、

「わたしはこの機種のはあるから」

といって、電話をバッグにしまいこんだ。

「さてと……。明日から行動開始だ」

細田は手をこすりあわせた。

その姿は、どこか嬉しそうだった。尾津はふと不安を感じた。もしかすると、この男を危険に巻きこんでしまったのではないだろうか。

だが、事態は、もはや自分の力ではどうにもならないところへ進んでいる。このまま手をこまねいていれば、「戦わずして負ける」のは、火を見るより明らかだ。

「もう帰んな。俺は今のうちに、いろいろと準備しなけりゃならん」

細田は尾津とかおるをせきたてるようにいい、二人は立ちあがった。

「じゃ、明日の正午だ。鍵を開けておくのを忘れないでくれよ」

細田の言葉に送られ、地上への階段を登った。

表に立ち、尾津は驚いた。空が青みがかっている。こんな時刻まで外にいたのは、いったい何年ぶりだろう。

かおると並び、繁華街の方向へと戻った。まだ多くの人間が歩道をいききしている。

「あまり心配しなくて大丈夫です」

不意にかおるがいった。

「えっ」

「細田さんのことです。見かけはいかにも怪しいけれど、本当はとてもスジとかを大切にする人なんです。お金めあてだけで動くような人じゃありませんから。何かあったらきっと、命がけで、わたしや尾津さんの味方になってくれます」

「それが心配なんだ。彼を悪い目にあわせるのじゃないかと」

「だからって尾津さんを恨んだりはしません。自分でいってたでしょ。でかい相手と喧嘩をするのが好きなんだって」

かおるは微笑んだ。

「さっ、わたしはここからタクシーに乗ります。尾津さんはどうします？」

「私も帰ろう。よかったら落としていくが——」

かおるは首をふった。

「慎重にならなきゃいけないって、先生がいってたじゃないですか。わたしのマンションがもし見張られていたら？」

「そうだな」

尾津は行くてに煌々と明りを点しているコンビニエンスストアに目を向けた。

「私はあそこに寄っていく。細田さんの食料を買っておかなけりゃならん」

かおるは頷いた。そして尾津の目を見つめた。

「これからいったいどうなるかわからないけれど、尾津さん、よろしくお願いします」

「こちらこそ」

尾津は不意を打たれた。

「今日話して、尾津さんが、尊敬できる人だってことがわかりました。それはわたしにとってすごく大きな収穫です」

昼間聞かされた、かおるの厳しい男性観からは、思いもよらない言葉だった。尾津は言葉を失った。

かおるは軽く頭を下げ、さっと身をひるがえした。歩道に近いところに並んでいるタクシーの空車の一台に歩みよった。待っていたようにドアが開いた。

「じゃ、また。おやすみなさい！」

かおるが叫び、ドアが閉まって、タクシーは発進した。

それを見送った尾津は、別のタクシーの運転手が自分を見ていることに気づき、首をふって歩きだした。

まずは買物だ、と自分にいい聞かせる。そうでもしなければ、何年も忘れていた胸の高まりに、いつまでもひたってしまいそうな気がしていたからだった。

13

一夜が明けると、さすがに気持は落ちついた。考えてみれば久しぶりに若い女性と話したことで、少し自分は興奮していたのかもしれない、と思う。

その日の午前中は静かだった。当麻からの電話もなく、きのうまでのできごとがすべて嘘のようだ。

朝食を摂り、コーヒーをいれて、尾津は後悔の念にかられた。かおるに会い、細田にすべてを話してしまったのは、少し軽率だったのではないだろうか。何が起こっているにせよ、「陰謀」と決めつけるのは早すぎるかもしれない。

だが約束を守るため、十一時少し過ぎ、尾津はマンションの部屋をでた。平日のこの時刻、住人の大半はでかけていて、マンションの内部は静まりかえっている。廊下はもちろん、ロビーにも人けはない。そんな状態で誰かに監視されていると警戒する方がお笑い草だ。

だがとりあえず鍵はかけず、近くの図書館へと向かった。

図書館で新聞に目を通し、それからハローワークにいくべきかどうか迷った。だが、このような状況で就職活動ができるとはとうてい思えない。いっぽう、細田には、きのうと今日で四十万円もの金を渡すことになっている。タクシー代や食材費もかかっていた。いくら当座をしのげる貯えがあるといっても、この調子で金をつかっていたら、あっという間に干上がってしまう。

別の不安に尾津はかられた。「クリエイター」は、なぜ自分のようなリタイアリイを選んだのだろう。生活に困窮して、「ヒミコ」を売りとばすとは考えなかったのだろうか。

結局、ハローワークには寄らず、かわりに銀行で金をおろし、スーパーマーケットに向かった。もし監視者が、細田のいう通り尾津の預金のだしいれまで見張っていたら、突然の大金の引きだしには不審の念を抱くだろう。

コンビニエンスストアで高いと感じたインスタント食品をいくつかスーパーで仕入れ、マンションへと戻る。

ドアを開けたのは、午後一時を少し回った時刻だった。

三和土《たたき》をまず見た。靴はない。細田はまだきていないのか。

だがリビングに入って息を呑んだ。テーブルの前に細田が立ち、真剣な表情で何かをしている。入ってきた尾津を見ても顔はあげず、手だけで動くなと制止した。

細田は昨夜とうってかわって、スーツ姿だった。それもダブルの、かなり仕立てのよいものだ。

テーブルの上に、水らしい透明の液体の詰まったペットボトルがおかれている。それはもともと醤油が入っていたもので、空になったのを洗浄し、尾津が捨てるためにとっておいたものだった。

細田の手にはピンセットがあった。それで何か小さな機械の部品のようなものをつまんでいる。

ペットボトルの底には、すでにふたつ、同じような部品が沈んでいた。

ピンセットが開かれ、部品が水の中に落ちた。ゆっくりと沈んでいく。

「これでよし」

細田がいった。

「それは？」

「盗聴器だ。電話にひとつ、このリビングの電灯の笠のところにひとつ、それと寝室のコンセントからもひとつ見つけた」

テーブルのペットボトルのかたわらには、トランジスタラジオに似た、アンテナとイヤホンのついた装置がおかれている。

「こいつを見てみろ」

細田はテーブルの上からつまみあげたものを掲げた。クリーム色のプラスチックの箱で、ありふれた三叉コンセントだ。部屋のコンセントにさしこんでおくと、左右正面の三ヵ所から電源をとることができる。

「そこの六畳間にあった。寝室だろ」

尾津は頷いた。

「電気スタンドのコードが刺さっていた」

「引っ越してきたときに、私がつけたんだ」

「そうだな。こいつは、どんな家庭でも同じものが必ず一個や二個使われている。色もたいていこのクリーム色で、しかもソファの裏だの、タンスの横だのだから、皆あまり気にとめない」

すでに外してあった裏ブタをめくった。

「この中に超小型の盗聴器が入っている。FMやUHFの電波を使うものだが、このタイプだとだいたい五十メートルは電波を飛ばせる。コンセントにさしこんで使うものだから、電池は必要ない」

「五十メートル――」

「マンションだったら、外に止めた車の中で充分拾える距離さ。あと、こいつが電話機の中、そしてこいつがこのリビングのペンダントライトの内側についていた」

テーブルに並べられた残骸を示した。尾津は呆然とそれを見つめた。

「もう、動いていないのか」

「コンセント型は引き抜いた時点でアウトだ。あとの二つはいずれ動かなくなる。水漬けだから、その間、音を拾う心配もない」

「三台も、あったのか……」

「まあ、基本だろうな。このていどの部屋なら二台でもカバーできるが、念を入れたのだろう」

「いったい誰が……」

いいかけ、尾津は沈黙した。それがわかれば苦労はしない。

「両隣は、空き部屋じゃないな」

そんな尾津のようすにはかまわず、細田は念を押した。

「ああ」

「上も？」

「たぶん空きは今、ない筈だ」

「上と左右の部屋で最近引っ越しはなかったか」

「ないと思う」

「じゃ、カメラの心配はない」

「カメラ？」

「超小型のVTRカメラだ。床や天井、壁に小さな穴を開けて、中の映像を撮る。胃カメラなんかで使う代物さ。玄関のドアののぞき穴ていどの口径があれば出入りする人間をすべて写すことができる。ただしこればかりは、室内に前もってしかけない限りは、穴を開ける工事が必要だ。カメラは室内にはなかった。上と左右が空き部屋でないとすりゃ、大丈夫だ。もちろん、窓のカーテンはいつも閉めておくことだ」

尾津はリビングの窓を見た。でがけに開けたカーテンが閉じられている。リビングの窓の向こうは、小さな路地をはさんで民家と向かいあっている。車一台がやっとの路地だった。

「盗聴器はいずれも市販品だ。秋葉原あたりで誰でも手に入る。見かたをかえりゃ、素人のふりをしたがっているのかもしれん」

「素人のふりとは？」

「プロユースの超小型、高性能をしかけたら、それだけ正体が割れやすくなる。そんなものを使うのは、限られた連中だからな」

「たとえば？」

細田は肩をすくめた。

「公安関係、各情報機関、あるいは民間軍事会社、俗にいう傭兵だ。このレベルだと、個人や興信所、やくざ者でも使っている」

尾津はほっと息を吐いた。

「いったい何のためにそれをしかけたんだ」

「鍵、だろうな。『ヒミコ』の鍵が何であるか。それがわかれば、『ヒミコ』の在りかもわかるかもしれん。どんな切れっ端であれ、『ヒミコ』を見つけるための材料が欲しいのさ。もっともそれは俺もいっしょだが」

いって、細田は部屋の隅をふりかえった。キャスターつきの小さなスーツケースとバックパックがおかれていた。細田がもちこんだ荷物のようだ。

「今日からこのテーブルを使わせてもらうぜ。寝るのはリビングの端っこでかまわん。食いものは――、どうやら買ってきてくれたようだな」

尾津が手にしたままだった袋を見ていった。

尾津の見ている前で、細田はスーツを脱ぎすて、スーツケースからだしたジャージのスポーツウエアに着がえた。コンピュータと付属部品をとりだし、片づけたテーブルの上にのせる。

最後にだしたのは、蓋つきの湯呑みとポリ袋に入ったお茶の葉だった。

「シュウレイからもらってきた茶っ葉だ。眼精疲労に効果があって、頭痛、肩こりにもきく。あんたも飲むか」

蓋つきの湯呑みは、上部に茶葉をいれ湯を注ぐと、二段構造になった下側の湯呑み部分に漉《こ》された茶がたまる仕組だ。

「さて、と」

テーブルにおいたノート型のパソコンの前にすわり、細田は掌をこすりあわせた。

「すぐ使えるものなのか」

新品のパソコンを見やり、尾津は訊ねた。

「昨夜あのあと買いにいって、不要な機能は全部とっぱらい、検索に必要そうなものを入れておいた。おかげでカンテツだ。眠くなったら寝かせてもらう」

パソコンを起動させ、細田はいった。目薬も用意されている。

「もう一度、あんたの個人情報をもらおう。そいつを打ちこむところから始める。まず生年月日と時刻、出生地からだ」

尾津はやむなく、細田の向かいに腰かけた。

「時刻までは知らない。生年月日は――」

細田の指が閃《ひらめ》き始めた。間断なく質問がつづく。幼稚園、小学校、思いだせる担任教諭の名、幼な馴染、よく遊びにいった場所、両親の思い出、中学校、友人、クラブ活動、合宿地、戦争の記憶。

それは奇妙な体験だった。六十四年間、生きてきて、ほんの一週間前のことを忘れてしまっているというのに、細田の質問に答えるうちに、六十年近く前にあった小さなできごとや、幼な馴染との冒険が、鮮やかによみがえってくる。

尾津の話は何度もいきつ戻りつした。

「――ああ、そうだ。そういえば小学校のとき、こんなこともあった……」

思いだした話はランダムで、十年、十五年を一気にさかのぼったり、下ったりした。それでも細田は混乱したりいらだつようすも見せず、尾津の話から何か役立ちそうな断片を聞きわけると、コンピュータに打ちこんでいく。

高校では初恋、大学で初体験、そしてようやく話が就職に及んだときは、窓の外はすっかり日が暮れていた。

「待った」

細田がいった。

「腹も減った。社会人になってからの話は、晩飯のあとにしよう」

「わかった。朝、余分に飯を炊いておいたので、レトルトの丼ものとインスタントの味噌汁でいいか」

「充分だ」

尾津は湯をわかし、レトルトの牛丼をふたつ、鍋に沈めた。

不思議に興奮している。自分の人生を、これほどこと細かに回想したことなど一度もなかった。だがそれは決して不快な経験ではない。

まるで一人芝居さながらに、尾津は笑ったり、顔をしかめたり、ときには唇をかんで回想をつづけたのだった。細田がそれに対して意見を述べることはない。ただ、

「それからどうしたんだ」

とか、

「それはあとで問題になったろう」

と、話の先をうながす言葉にとどめていた。だがその間合はどこか絶妙で、回想のスイッチというようなものが頭のどこかにあるとしたら、まさにそれを押されたような気分だった。

レトルト食品があたたまると、丼に飯を盛り、封を切った袋の中身を上にあけて、インスタント味噌汁のカップに湯を注いだ。スーパーで買ってきたパック詰の漬け物をそえる。

「できたぞ」

いってキッチンからふりかえった。椅子から両手両脚を投げだし、深く首を折って、眠りこんでいる細田の姿があった。かけていた老眼鏡が鼻の先までずり落ちている。限界を超えていたのだろう。それを見つめ、尾津は苦笑し、同時に感謝の念が生じるのを感じた。

金目当てではあるかもしれないが、きのうまではまるで無縁だった男のために、全力で細田はことにあたってくれている。

友情といえるほどのものではない。ただ、今この瞬間、この男と自分とのあいだには何かが生まれている。

それにふさわしい言葉を心の中で捜したとき、尾津の笑みは大きくなった。口にだす気にはとうていなれない気恥ずかしさ。しかしこれをおいて他にはない、という表現。

連帯。

コンピュータをよごさないよう、古い雑誌を床に重ね、即席のテーブルを作り、尾津はそっと細田を起こした。

「飯、できたぞ」

食後早々に細田は眠ってしまった。前夜の言葉通り、本当に寝袋を用意してきたのだ。リビングの隅にそれを広げ、

「俺のことは気にせず、やってくれ。明るくても寝るのはまるで平気だ。シュウレイの店で毎日、そうやって寝ていたからな」

シャワーも浴びることなく、シャツとステテコ姿でもぐりこんだ。

「あんた、あそこに住んでいたのか」

「まあな。住所不定って奴だ。じゃあ、おやすみ。食器洗いは任せた」

いうが早いか目を閉じ、数分後には、細田はイビキをかき始めた。

それを見おろし、尾津はため息をつかずにはいられなかった。

生きてきた世界が確かにちがうとはいえ、この精神的肉体的タフネスは何なのだろう。きのう知りあったばかりの男の家にやってきて、煌々とついた明りの下、寝袋にくるまっただけで高イビキとは。

自分にはとうてい真似のできない図太さだ。たとえ我が家であっても、この細田がい

るというだけで、今夜やすらかに寝つけるかどうか不安だというのに。

だが我にかえった。この調子で細田が早寝してしまったら、起きるのはかなり早朝となるだろう。そのとき自分が眠っていたら、細田の作業は先に進まない。今すぐいっしょになって眠るのは無理だとしても、あるていどは起床時間を合わせられるようにしておいたほうがいい。

翌朝の飯の仕度をして、焼酎のボトルとグラスを手に、尾津は寝室にひきあげることにした。

ベッドに背中をもたせ、酒を飲む。寝室では酒を飲むことがないため、こうしているとまるで他人の家にいるような気分だった。

細田という男はここにいたるまで、どんな人生を歩んできたのだろうか。

活動、逮捕、服役を経て、今は住所不定で、公的には無職ということになる。

もちろん、まっとうな人生ではない。サラリーマンならば、およそ知りあう機会も、つきあおうという気持も、生まれない相手だ。

昨夜の細田は、挑発的で、どこか尾津を見下したような発言が多かった。

だが今日はまったくちがう。むしろ言葉少なで、目前の作業に没頭している印象があった。

その姿を見ていて尾津は、細田の人格を見直す気になった。

うさん臭いが、卑しくはない。「ヒミコ」を売って儲ける計画についても、今日は一切、話題にはしなかった。

尾津の経験においても、のべつ儲けのことを気にする人間は、信用がおけない。育ちとか、貧富の状態とは関係なく、卑しさを露《あら》わにする者は、金に転ぶ可能性が高いのだ。「人を見る目がある」と、細田が評した職業のかおるが、「信用できる」といったのも頷ける気がした。

そして今日自分がしたような、これまでの人生を洗いざらい告白する作業を、もし細田がやったなら、いったいどんな内容になるのだろうか、と思った。

いや、細田だけではない。かおるの人生にも興味がわいてきた。

ふと気づいた。こんな風に他人の人生に興味をもつことなど、いつ以来だろう。

少なくともリタイアしてからは、他人の人生に興味をもつことはなかった。いや、リタイアする以前から、興味をもつような相手と会った覚えがない。

同僚や部下の人生に興味を抱かなくなったのは、いったいいくつくらいからだろう。

酒をなめながら、考えずにはいられなかった。

つまりは、それが年をとる、ということなのだろうか。年をとれば、自分も含め、多くの〝人生〟を見る機会が多い。同時に、人の人生など、それほどの差異がないものだと思いこみがちだ。

結果、興味をもとうがもつまいが、たいして現在の自分に影響はないものだと、なんとなく信じて生きてきた。

だがそれはあくまでも、ひどく狭い世界に限った話だった。

仕事柄、さまざまな国でいろいろな体験をしてきたといっても、実はそれほど多くのものを見たと、自分はいえないのではないか。

見てはいても、知ってはいない。あえていうなら、そういうことだ。畢竟《ひっきょう》、狭い世界の固まった価値観でしか生きてこなかったとすれば、会社と家庭のこのふたつの中にしか、自分の人生は存在しなかったともいえる。

さほどの成功もしていないし、悔いが胸を嚙むほどの失敗もなかった。

つまらないとはいわないが、大声で語れるほどの人生でもない。おそらくは、この世の大半の人が、そうした人生を送っているのだろう。

ひるがえって、細田やかおるは、まるでちがう人生を送ってきたかのように思える。

そのことで気後れはしないまでも、小さな世界でもがいてきた人生を見すかされたような、くやしい気分になった。

彼らを見返したいとか、敬意を表されたいと感じているのではない。対等でありたいと願っているだけだ。

対等に〝連帯〟し、ことにあたる。

気づくと思った以上に、焼酎を飲んでしまっていた。ベッドにもぐりこみ、スタンドを消して、闇に目をこらした。

――ようし、やってやる。

尾津は小さく、つぶやいた。

何がどう、この先起こるかわからないが、おもしろいじゃないか。退屈もせず、寂しさに悩まされることもない。

酔った頭で考えた。「ヒミコ」、待っていろよ。

14

尿意で目がさめた。カーテンの向こうは明るくなっている。時計をのぞくと、五時を回った時刻だ。

カシャカシャ、という音がかすかに聞こえ、尾津は体を起こした。細田が起きている。リビングとの境のドアを開けた。

「よう。きのうはご馳走さん」

コンピュータの画面から目を離さず、細田がいった。

「起きていたのか」

尾津はいった。細田の手もとには、中国茶の湯呑みがある。

「少し前だ。まだ眠いだろう、そっちは」

その手がキィボードの上で踊っている。

「いや、大丈夫だ」

尾津はトイレから戻るといった。

湯をわかし、インスタントコーヒーをいれた。カップを手に細田の向かいにすわり、作業を見つめる。

「何をやってる、今」

「チャットの最中だ。だいたい夜中から朝にかけてが、マニアックな連中の活動時間だからな。情報を収集している」

「わかったことはあるか」

「ああ。『クリエイター』の生き残りは二名だ。そのうちのひとりはどこかに身柄を拘束されているという噂がある」

「どこか?」

「噂だ、あくまでも。だから滅茶苦茶さ。薬漬けにされて拷問をうけている、とか。ロシアで旧KGBにつかまってる、とか。中東でイスラム過激派に合流した、なんて話まであるくらいだ。だが、とっつかまっているのは確かなようだ。実際に友人らしい奴が、行方を捜している」

「どうしてそうとわかるんだ」

「ハンドルネームさ。生き残っている『クリエイター』二人のハンドルネームをつきとめた。そいつをネット上にあげたとたんに、噂好きの奴らがどっと集まってきやがった。もちろんその中には、俺たちの〝敵〟もそ知らぬ顔で混じっている」

「何というハンドルネームなんだ？」

『ダックスフント』、もうひとりの逃げているらしいのが、『バセンジー』だ。どっちも犬の種類だ。ハンドルネームをひとつしかもたないとは限らないが、『クリエイター』として集まるときは、犬の名を使っていた。殺された三人は、それぞれ『ドーベルマン』、『ブルドッグ』、『ヨークシャテリヤ』を名乗っていた。水川ひろしがメールのやりとりをした深田というのが、ドーベルマンだ」

「たいしたものだ」

尾津は唸った。

「だがまだ足りん。ダックスフントが実際、どこにつかまっているのかつきとめられれば、俺たちの〝敵〟の正体がわかるのだが」

「それはさすがに無理じゃないのか。つかまっている場所がどこかなんて、つきとめようがない」

「とも、いえんのさ」

細田は顔を上げ、いった。さすがに寝起きのせいか、白っぽい色をしている。

「まずひとつ目。〝敵〟が、逃げているバセンジーをつかまえるため、わざと情報を流す可能性がある。バセンジーは〝敵〟の正体を知っている。少なくとも、候補くらいは、な。自分たちがハッキングした相手の中に〝敵〟がいるからだ。そしてそれらしい組織が、どこそこにダックスフントを閉じこめているという情報があれば喰いついてくるかもしれん」

「なるほど。囮《おとり》ということか」

「そうだ。ふたつ目の可能性だが、どんな組織にも、お調子者のお喋りがいる。特にネットの世界では、そういう奴がでかい顔をしたがる」

「それはつまり〝敵〟の中にそういう人物がいて、内幕をぺらぺら、ネットで公開するという意味か」

「その通り。もちろん現場のエージェントじゃない。事務方だったり、エージェントのふりをしたい、ただのコックや警備員て場合もあるが、内部情報をもっているにはちがいない。そういう奴が、得意顔をして、『実は……』と書いてくる可能性もある。もちろんバレりゃ、クビどころじゃすまないが、バレないようにやる悪知恵だけはあるのさ」

「なるほど。見栄と嘘が横行していそうな世界だな」

細田はキィボードから離した指で、尾津をさした。

「まさにそれだ。おだてあがめて、そういう奴らにぺらぺら喋らせるのが、俺の得意技なんだ」

「朝飯の仕度をする」

尾津はいって立ちあがった。

「まだいらん。腹は減ってない。それにこのおいしい時間帯に〝落ちる〟わけにはいかないんでね」

「私の朝飯さ」

細田はちらりと尾津を見やった。薄い笑いを浮かべている。

「健康なんだな、あんた」

尾津は息を吐き、ふりかえった。

「さあな。ただ規則正しい生活をしたいだけかもしれん。ひとり暮らしで何でも気ままにやれると思うと、どんどんタガが外れちまいそうでな。起きたら朝飯の仕度をする。腹が減っていようがいまいが、それが私のルールなんだ」

細田の笑みが大きくなった。

「訂正しよう。あんたは健康なだけじゃなく、くそ真面目でもある」

「何とでもいえ」

だがひとり分というわけにもいかず、結局二人前、朝食を作ることになった。仕度ができ、テーブルをふりかえると、細田と目が合った。六時を回っている。細田はのびをした。

「そろそろしまいだ。常連はベッドの時間だろう」

「〝落ちた〟のか」

「まだだ。だが落ちる奴がけっこうでてきている。あまりしつこく残ると、見張っているのに目をつけられるかもしれん」

キィボードを叩き、パソコンの電源を落として細田は立ちあがった。キッチンまで歩いてきて、尾津の作った味噌汁の鍋をのぞきこんだ。

「カツオ節でだしをとってるのか、贅沢だな」

「味噌汁だけはうまいのを飲みたくてな」

「料理は誰に習った。カミさんか」

「いや」

尾津は首をふった。

「独学だ。カミさんは、インスタントのだしを使っていた」

細田がパソコンを片づけたので、尾津は朝食をテーブルに並べた。

「そういや、カミさんと離婚した理由を訊いてなかったな。あんたの浮気か？」

「ちがう。よくある熟年離婚って奴だ。気づいたら、互いが残りの人生に求めてるものがまるきりちがってた」

手にした箸を止め、細田は顔をしかめた。

「ややこしいもんだな、夫婦ってのは。何十年暮らしても、そういうことになるとは」

「本当の意味で暮らしていたとはいえないかもしれん。別れるときにそういわれた。帰ってきても、いっしょに飯を食うことはまれだったし、風呂に入ってただ寝るだけだ。会話らしい会話など、確かに何年もしていなかった」

「それでもどこかつながっているものじゃないのか、夫婦っていうのは」

「そう勝手に思いこんでいたのは私だけだった。相手は私に関しちゃ、空っぽだった」

細田は息を吐いた。

「あんた、結婚は？」

尾津は訊ねた。

「したことないね。女と暮らしたことはあるが、せいぜい一年かそこいらだ」

「あのシュウレイさんは？」

「俺が転がりこんでいるだけだ。奴はクニに旦那と子供がいる。俺たちは何でもない。互いに利用しあってるってだけだ」

「なるほどね」

細田はちょっと黙った。

「ときどき、結婚しときゃよかったかなって思うことがあったが、あんたの話を聞いて、しなくて正解だったと思った」

「全部が全部こうなるわけじゃない。うちのは、私がいなくてもやっていける生き甲斐を見つけてた。何もないから見つけたのかもしれんが、見つけてなけりゃ、別れることもなかったような気がする」

「難しいもんだな。もっとも、他人だからな。難しくてあたり前か」

「子供がいなかったこともあるかもしれん。いたら、共通の話題がひとつ確保できた」

「いや」

細田はいって、箸を動かした。無言で口を動かしている。

「いや、とは？」

「いたらいたで、『お前の教育が悪い』だの、『あんたがかまわないからだ』だの、いさかいの元になるかもしれんぞ。あげくにグレたり何だかだで、しんどい思いをよけいにするのが関の山だろう」

「グレるなんてのは、いっときの迷いのようなものだ。そのときは親は心配するが、四十、五十までグレてる奴はいないさ」

「今の時代、グレるだけじゃないからな。どこも悪くなさそうなガキが、一気に向こう側につっ走っちまうようなことがある。喧嘩だ、万引きだ、ならまだいいが、いきなり殺人じゃ、親も泣くに泣けんだろう」

尾津は頷いた。確かにそれはそうだ。

「あと引きこもりって問題もある。グレるのは確かに、四十にもなりゃ関係なくなるが、引きこもりは、五十になってもやっているのがいるからな」

「そういえば水川くんは、そうだったことがあるといっていた」

「ネットは、そういう連中にとっちゃ、格好の社交場だ。部屋から一歩もでない、家族とも顔を合わさない。そんな生活を十年つづけたって、ネットがありゃ寂しくない。他人との接点は失わないからな」

「それは本当の意味で接点といえるのかな」

尾津は首を傾《かし》げた。顔を合わさないチャットは、相手の年齢や職業、もしかすると性別すらわからず〝筆談〟をしているのと同じことだ。そこでいかなる内容の会話を交そうとも、真の接触とはいえないのではないか。

尾津の考えを細田は読みとったらしく、いった。

「互いの正体がわからないまま進む会話に、いったいどれだけの真実があるのだろうと、あんたは思うだろう。だが、正体がわかっちまったら、本当のことがいえなくなるってときもある。わからないどうしだから、本音をむきだしにできる」

「いろんな人間がいるということか」

「ああ。目立つことが好きな奴、誰でもいいから傷つけてやろうという奴、誰でもいいから聞いてほしいという奴、そういうのも多い。じゃあそういう人間が、実人生でもそうかというと、まるでちがったりする。職場じゃおとなしくて、いるかいないかわからないような男が、ネット上じゃ狂犬のように誰彼かまわず咬みついたり、地味でおよそ恋愛経験などなさそうな女が、官能作家もまっ青の『男遍歴』を吹聴していたりする。誰にでも化けられると同時に、そこじゃ誰にもなれない。考えてもみろ、世界中に晒《さら》される舞台で、自分の真実を全部ぶちまける人間がいるか。会ったことも見たこともない奴らに、自分のことを知られるんだ。それが本当だろうと嘘だろうと、ネットにあるのは、そいつが見せたいことだけだ。だからこそ、安心できるんだ。もしかすると隣の部屋に住んでいる奴かもしれん、職場の上司かもしれん、だが互いがそれをわかりあうことはない。歴史上、こんなコミュニケーションの手段を人間が手に入れたことはなかった。手紙なら文字が、電話なら声が、少なくとも相手の情報を伝えたものだ。ネットにはそういう材料が何もない。だからこそ発達したのさ」

「匿名性が鍵だというのか」

「奇妙なものだが、コンピュータの発達は、俺たちの生活からどんどん目隠しを奪ってる。電話をかけりゃ、こっちの番号が相手に筒抜けになるし、道を車で走っていても、カメラがナンバープレートを撮っている。役所じゃ住基ネットが家族構成を握っているし、銀行の残高も借金の額も、どんな映画が好きかまで、個人情報はコンピュータにおさまっているって時代だ」

「すべては商売のためだろう。顧客情報をつかむのが、商売の基本だ」

「そうだ。インターネットって奴は、商売のためには途方もなく役立つシステムなんだ。その一方で、知らないうちにどんどん個人の情報が、ネット上に蓄積されていき、こいつをちょいと開けりゃ、ある人間に関することが本人の知らぬ間にわかられちまうという寸法だ。あんたのようにコンピュータを触らない人間は、触ってなけりゃ大丈夫だと思っているかもしれんが、どっこいそうじゃない」

「それは今度のことで私もわかった」

尾津はいった。細田は頷いた。

「ものごとってのは、右に働く力がありゃ、必ず同じくらい左に働く力もある。ネットでいや、個人の情報がこれだけ蓄積される一方で、秘密の世界、匿名の交際がどんどん広がっていくってことなんだ。わかられちまう時代だからこそ、わかられないつきあいを人は求めるのじゃないか。しかもわかられるって実態のレベルが昔とはまるでちがう。わかられちまうことの中には、そいつの現状、将来性、そうしたものまで含まれている。これはかなり厳しいぜ。負け犬だと決めつけられている奴にとってはな。敗者復活戦でのが、なかなか認められないご時世だからな」

「あんたはどうなんだ。自分のことはどう思っている？」

「俺か。俺も負け犬だ、もちろん。はたから見ればな」

「じゃあネットは、負け犬のための、もうひとつの世界、逃げ場なのか」

「そういう奴もいれば、そうじゃない奴もいる。考えてもみろよ。『ヒミコ』を作った『クリエイター』たちが、ただのおたく、マニアックなハッカー集団に過ぎなかったら、こんなでかい力が『ヒミコ』を追いかけ回すと思うか。ネット上には、素人と玄人《くろうと》の境めがない。素人が玄人を超える仕事もできるし、もしかすると職業という概念そのものが、ネットの中では無意味なのかもしれん。いったろう。『誰にでも化けられるが、誰にもなれない』って。化けることがすべて、そこでの真実なんだ。その真実は、ネットの外では何の意味ももたない。実生活での肩書きが、ネット上では何の意味ももたないように、な。

　だから、もうひとつの世界、というのはあたっているかもしれんが、逃げ場というのとはちがう。俺のことをいえば、もうひとつの世界の話を、セコくこちら側の世界での金儲けに利用してやろうとしている人間、てところさ」

「あんたみたいな人間は多いのか」

「少なかない。ただいったように、どれが金儲けの材料になるのか、見極める目という奴は必要になる。カタギの世界だけを生きてきた人間にはこいつは難しい。人は、一面と向かいあえば嘘をついている奴を見抜けても、チャットじゃ、簡単には見抜けないからだ。俺みたいな人間を、CIAやFBIは、何人も抱えている」

「私たちを捜しているのも、そういう人間なのか」

細田は息を吐いた。

「捜してるってのとは、ちょっとちがう。人間の居場所という意味でいや、あんたもかおるも、奴らにその所在はつかまれている。おそらく個人情報についても驚くほどの量を、集めているにちがいない。奴らが欲しいのは、あんたたちの身柄じゃない。鍵となる、あんたたちの情報なんだ。それが何なのか、奴らは、ぎりぎりまで直接的な入手法は避けるだろう。あんたたち自身が、鍵が何なのかを知らない以上、つかまえて拷問にかけたところで意味がないからだ」

「だが、あんたはきのうから、私に関する事実をかたはしからコンピュータに打ちこんでいる。同じことをすれば――」

細田は首をふった。

「それは、可能性の問題に過ぎん。考えてもみろ。『クリエイター』があんたたちを鍵に選んだとき、二人に接触したか？　何かを訊かれ、答えるようなことがあったか。ない筈だ。にもかかわらず、あんたとかおるが選ばれた。つまり鍵となる二人の情報は、すでにネット上に存在していたものなんだ。だがそれが何なのか、わからなけりゃ鍵として使うことができない。それともうひとつ、『ヒミコ』の在りかだ。『ヒミコ』がどこにあるのかつきとめられない限り、鍵を鍵として使うこともできない」

「よくわからない。水川くんとも話したのだが、今ひとつ私には理解できなかった」

「いいだろう。水川の話じゃ、『ヒミコ』は一種のシミュレーションソフトだという。『クリエイター』があちこちから盗みだした、厖大な情報をもとに作りあげた。おそらく作るにあたって、『クリエイター』は、情報を盗むだけでなく、コンピュータシステムを〝盗用〟もした筈だ。計算し、組み上げるために。もちろん、使ったあと、痕跡は消した。

『ヒミコ』が完成し、その能力の高さに満足した『クリエイター』は、一方で自分たちが必ず追跡されることも予期していた。殺されるとまでは思っていなかっただろうが。とりあえず、盗まれないために『ヒミコ』をどこかに隠す。『アリババと盗賊』を覚えているか。『開け、ごま』という呪文が、あんたとかおるだとしよう。だが、どこの岩屋に隠したのかがわからなければ、『開け、ごま』という呪文を手に入れても意味がない。あらゆる岩屋の前で『開け、ごま』というわけにはいかないからだ」

「その岩屋というのは、実際には何なのだろう」

「問題はそこだ。それを知りたいからこそ、『クリエイター』は追いかけられているんだ」

「ネット上にある岩屋ということなのだろう?」

「もちろんそうだ。ネット上に溢れる情報の海の中に『ヒミコ』は沈んでいる。こればかりは手がかりなしで捜しだすのは不可能だ」

「でも『クリエイター』のひとりがつかまっているのなら、どこにあるかぐらいはつきとめられているのじゃないか」

「その可能性はある。だが一ヵ所ではなく、何ヵ所かに分散している可能性もあるんだ。たとえばどこかの住基ネットのデータの中に存在しない人間の情報として沈めたり、研究所のデータベースの中に論文の体裁をとって沈めておく、という方法もある。そいつを引き上げ、開くのに必要なのが、鍵、つまりあんたとかおるというわけだ」

尾津は頷いた。

「俺が今気になっているのは、水川や、『クリエイター』のうちの三人が、なぜ殺されたのかということだ」

細田は顔をしかめた。

確かにそうだ。情報を求めるだけなら、殺す必要はない。

「『ヒミコ』を追っているのは、ひとつのグループではないといったな。どちらか片方が、そういう強硬な手段をとっているのじゃないか」

尾津はいった。

「たぶんそうだ。問題はその理由だ。『ヒミコ』を入手するのが目的なら、何も人殺しは必要ない。人殺しをする理由は別にある」

「何だ」

「『パンドラの匣』を開けさせないことさ」

細田はいった。

「開けさせない……」

尾津はつぶやいた。

「そうだ。『ヒミコ』がどんなものかを知った奴らが何かの理由で、流出するのを何とか防ごうとして、強硬な手段を用いてきた。この場合、あんたかかおるを消しちまうのが一番簡単だが、どうしてかそれはしていない」

細田の言葉を聞き、尾津は背筋が冷たくなった。

人の生命を奪ってまで、開けるのを防ぎたいソフトとは、いったいいかなるものなのか。

「『クリエイター』のひとり、ダックスフントがつかまっているのは、どちらの陣営なんだ」

「そいつはまだわからん。生かしてつかまえているとすりゃ、欲しい側かもしれんが、生かしてつかまえていると見せて逃げているバセンジーの居どころをつきとめようとしているなら、消したい側だ」

「あの二人の偽刑事は、消したい側だな」

「そうなる。そして例のヘッドハンターは、おそらく欲しい側だろう」

「バセンジーを助けよう」

不意に思いつき、尾津はいった。

「助ける？」

「そうだ。助けさえすれば、バセンジーの協力が得られるだろう。何といっても私とかおるさんは、選ばれた鍵なのだから」

「ふむ……」

細田は考えこんだ顔になった。どうやら思ってもいなかったことのようだ。

「バセンジーに、私からのメッセージを伝える手はないか」

尾津は訊ねた。

「それはなくは、ない。ただ信用されるかどうか。あんたのふりをした追っ手の罠かもしれんと相手は思う」

細田は考えた。

「私しか知らない情報をもぐりこませたら？　それが確かに私からのものだとバセンジーに納得させることができたらどうだ」

「それをバセンジーが理解できるかどうかだろうな。『クリエイター』の一員であるバセンジーもまた、ネット上の情報でしか、あんたを知らない。もうひとつ、バセンジーにうまく情報が伝わったとしても、追っ手の側にも、同じようにそれが伝わってしまう。あんたがバセンジーとどこかで会おうともちかければ、必ず追っ手もそこにやってくるだろう。それを回避しなけりゃ、敵の手伝いをしてやるのとなんらかわらなくなっちまう」

「それもそうだな」

尾津は考えこんだ。

「まずはバセンジーにあんたが本物だと信用させる方法だ」

「向こうに質問させたらどうだ？　私自身についてのことなら、どんな質問にだって答えられる」

「メールを使ってか」

「どんな方法でもかまわない。電話でもオーケイだ」

「そうか、電話か……」

細田はつぶやいた。

「電話なら、どんな質問でもすぐに答えられなけりゃ偽者だとバレちまう。メールは時間をかけられるから、偽者があんたになりすますのは可能だ。ただバセンジーは逆探を恐れて、簡単にはかけてこないだろうな」

「バセンジーなら、ここの番号を知っている筈だ。私が電話を欲しがっている、とメッセージを送ったら？」

「そいつは危険だな。その気になりゃ追っ手はここの電話を外からでも盗聴できる」

「じゃあこうしよう。ネットに、ある場所にある決まった時刻、私がいくと公表する。バセンジーには、私が本物であることを確認し、尚かつ罠でないと確かめられたら、連絡を欲しいと伝えるんだ。もちろんそれは建物の中でなく、おおぜいの人がいきかっているような街頭だ。雑踏の中にまぎれこめば、追っ手もバセンジーを簡単にはつかまえられない」

「悪くはない。だがあんたが『クリエイター』に会いたがっていると、敵も知ることになる。その結果、どうなるかだ」

「いざとなればここを捨てる」

尾津がいうと、細田は眉を吊りあげた。

「本気か、あんた」

「このままじゃラチが明かない」

答えたとき、電話が鳴りだした。尾津と細田は顔を見合わせた。

「ヘッドハンターの当麻だ、たぶん」

尾津はいった。ちょうど当麻がかけてくる時間帯だった。

「奴とどこかで会え。俺が尾行して手がかりを捜す」

細田の言葉を聞き、尾津は電話の受話器をとりあげた。

「もしもし、おはようございます。ファーム・ジャパンの当麻でございます」

細田に頷いてみせた。

「お体の具合はその後いかがでらっしゃいますか」

「ご心配をおかけしました。もうすっかり大丈夫です」

「それはよかった」

ほっとしたように当麻はいった。

「それでこちらからもお電話しようと思っていたのですが、当麻さんに折り入って相談がありましてね」

「何でしょう」

「お会いして申しあげます。そちらのクライアントに訊いていただきたいことができたんですよ」

とっさの嘘だった。

「どんなことでしょう」

「それはお会いしたときに」

「わかりました。では先日と同じところでよろしいですか。時刻もいっしょで」

「けっこうです」

「では、お待ちしております」

当麻はいって、電話を切った。

「会うことになった」

「折り入って相談て何だ？」

細田が訊ねた。

「新しい女房をもらうことにした」

尾津がいうと、細田はぎょっとしたように目をむいた。

「誰だ」

「冗談だ。もちろん嘘に決まってる」

細田はあきれたように尾津を見た。

「あんたでも冗談をいうのか」

「ときと場合によるが、な」

15

前にも会ったホテルのカフェテリアで当麻は待っていた。尾津は少し早めにいったにもかかわらず、当麻の方が先にきている。パソコンを広げているのも前回と同じだ。挨拶を交し、話に入った。細田は尾津より少しあとにマンションをでることになっていた。監視と尾行がついている場合、尾津がでていけばその目は尾津に向かう。細田が同じ部屋からでてくるのに気づかれる可能性が低くなる、というのが理由だ。

細田には合鍵を渡した。

尾津の目に入る範囲に、細田の姿はなかった。当麻の跡を尾《つ》けるというが、どこに張りこんでいるのか。

「お加減はよろしいのですか」

「もうすっかり。すみません、妙に気弱なことをいって」

「いえ。誰でも体調のすぐれないときは、ふだん考えないようなことを思ったりするものです」

当麻は首をふり、そつのない答をした。

「で、いったいどのようなご用件でしょう」

コンピュータの画面をちらりと見やり、当麻は訊ねた。

「実は寝こんでいたこの三日のあいだ、ずっと私の世話をしてくれた人がいましてね」

尾津はいった。当麻は無言で頷く。

「その人とは、わりに最近知りあったばかりなのですが、私のことをとても気にかけてくれるのです。ご存知のように私は独り身です。もし今回のお話をうけるとなると、しばらく外国暮らしをすることになる。その人とは離れてしまうわけで、それは何といいますか、互いに、やや、忍びないということになりまして……」

当麻は目をみひらき、尾津を見つめた。

「それは、つまり――」

尾津は頷いた。

「結婚しようかと思っています。知りあってまだ日も浅いですし、急なのですが」

「結婚、ですか」

当麻の顔からいつもの落ちつきが消えていた。予想もしていなかったのだろう。

当然といえば当然だ。当麻が「ヒミコ」を追うグループの一員だとするなら、尾津に関する情報を集めていた筈だ。その中には、「妻」となるような尾津の交際相手の存在などまったくなかった。今までの調査は何だったのか、という思いになる。

尾津は意地の悪い喜びを味わった。冷静でいかにも有能という雰囲気をいつも漂わせていた当麻がひどく不安げな表情を浮かべていたからだ。

「あの、立ちいった質問をさせていただきたいのですがよろしいでしょうか」

「どうぞ」

皮肉な笑みが浮かびそうになるのをこらえて、尾津はいった。それとて照れ笑いに見えるかもしれない。

「その方とは、いつ頃、お知り合いになったのですか」

「本当に最近です。そうですね、まだひと月足らずといったところですかね」

「何をしていらっしゃる方でしょう」

昼は学生で、夜は六本木のホステスだと答えたら、当麻はどんな反応を見せるだろうか。

だがもちろん、そんな答を口にするわけにはいかない。

「何も。何もしていません。若い頃結婚をしていたらしいが、早くにご主人と死に別れて、その後は料理教室のようなものを開いて、近所のお嬢さんたちに教えていたと聞いています」

まったくの空想でこしらえた「結婚相手」のプロフィールを、尾津は口にした。

「年齢は、今、四十三かな」

当麻の指がノートパソコンの上を忙しく動いた。

「お名前は何と」

「それは今の時点では勘弁していただきたい。というのも、彼女を同行して海外に赴任するのをあなたのクライアントが許してくれるかどうか、確認していただきたいからだ」

「それはつまり……ご家族同伴での勤務を希望されるということですね」

「そうです。住居面その他、もろもろ条件がかわってくるかと思う。それでも私を使って下さるかどうかを知りたい」

「それは……たぶん、問題がない、とは思いますが……」

当麻の口調は歯切れが悪かった。

「研修にも同行したいんです」

追い打ちをかけるように尾津は告げた。

「研修にも、ですか」

当麻はあきれたようにいった。

「ええ。彼女は、今どきの人とは思えない、海外にこれまで一度もでたことのないという、珍しい女性でね。結婚してからの海外生活に大きな不安をもっているようなんだ。

だから、研修期間でも海外で暮らせば、果してどのようなものだか、またやっていけるかどうか、いいテストになるのではないかと考えているんです」

「それで、研修も、ですか……」

当麻はくりかえした。「研修」に名を借りて尾津の個人情報を洗いざらい調べるのが、当麻とその背後にいるグループの目的だとすれば、〝妻〟を同行したいという尾津の申しでは、予想外の事態にちがいない。

「あの、その方なんですが、身寄りは？　ご両親とか、あるいはお子さまとか」

「子供はいないが、ご両親は健在だ。兄弟も二人いるのかな」

〝作り話〟を尾津はつづけた。

「そうですか……」

「幸いに、ご両親も、私との話に反対ではないらしい。お父さんはぎりぎり、私より年上だし」

「何をしていらっしゃる方なのでしょう」

少しでも〝妻〟の情報が欲しいのか、当麻は訊ねた。

「今はもちろん、リタイアの身だ。以前は、外務省か何かの外郭団体にいたとか。通産省だったかもしれない」

「そうですか」

当麻はこわばった顔で頷いた。

「もし了解がもらえるのなら、研修のために東京を離れる前に、入籍しておきたいと思っているんです。私には残りが決して多いとはいえない人生です。夫婦でいられる時間を、なるべく長くもちたいと思ってね」

「そうですか。あの、おめでとうございます」

ようやく気づいたのか、当麻は祝いの言葉を口にした。

「いや、それはちょっと恥ずかしい」

尾津は笑い声をたてた。

「それで確認させていただきたいのですが、奥さま同伴という条件は、動かせない、ということですね」

「その通りです」

尾津はきっぱりといった。

「海外勤務も、その前の研修も、家内を連れていきたい。それがうけいれていただけないのなら、申しわけないがこのお話はなかったことに」

その瞬間、当麻はあきれかえったような表情になった。その理由が尾津にはわかった。六十の半ばにもなって、何を十代の子供のようなことをいっているのだろう、と思っているにちがいない。

恋愛経験のろくすっぽない子供なら、かたときも離れていられないという〝情熱〟は理解できる。だが、六十半ばと四十半ばのカップルが、離れていられないとは。

もちろんそんなことはおくびにもださず、当麻は頷いた。

「承知いたしました。クライアントにその旨お伝えして、なるべく尾津さまのご希望に沿うよう、お願いしてみます」

「恐縮です。感謝します」

尾津は頭を下げた。

パソコンを閉じ、当麻は立ちあがった。どこかあわてている。予想外の事態を、一刻も早く誰かに伝えたいらしい。

「それでは改めてご連絡をさせていただきます」

伝票をつかみ、カフェテリアの出口に向かった。

急ぎ足でホテルの玄関をでていく。細田の姿はあいかわらず、視界にはない。

尾津はほっと息を吐いた。〝作り話〟が、〝作り話〟でなかったら、どれほど幸せだろう。我にかえると、わずかだが、惨めな気分にすらなった。


マンションに帰った。細田はまだ戻っていない。ドアの鍵を開けようとして、でがけに細田に注意されていたことを思いだした。

小さな紙の切れ端を捜す。

それは、ドアと框《かまち》のすきま、床から二十センチくらいの位置にはさまっていた。ティッシュをちぎりとった、小指の爪の半分かそれ以下の大きさの紙きれだ。

細田はでがけにそれを詰めていく、といっていた。もし留守中に誰かがドアを開け閉めすれば、外れて風圧でどこかに飛んでいってしまう。

スパイ映画で髪の毛を貼りつけるのと同じ細工だ、と細田は笑った。ただし、自分には貼りつけられるほど長い髪が生えていないから、ティッシュにする。

侵入者がよほど狡猾《こうかつ》で用心深くない限り、これで新たな盗聴器をしかけられたかどうか確認できる筈だ。

どうやら留守中、この部屋に入った者はいないようだ。

尾津は鍵を開け、室内に入った。そのとたん、電話が鳴っていることに気づいた。呼びだし音が聞き慣れた音とちがう。何だろうといぶかり、すぐに携帯電話のものだと思いあたった。

六本木で細田から渡されたものだ。

「――はい」

それは寝室にあった。大急ぎで手にとり、耳にあてた。

「尾津さんですか、かおるです」

「ああ。遅れてすまない。今、帰ってきたところだったんだ」

「あの、先生に連絡をとりたいんですけど、携帯がつながらなくて。そちらにいます？」

「いや、今ちょっとでかけている。あなたは今どこに？」

「外です。きのうの夜遅く、お店の方に先生から電話があって、わたしん家《ち》にも盗聴器がしかけられているかもしれないから、先生や尾津さんに連絡をするときは、外から専用の携帯を使えといわれて……」

「それが賢明だと思う。私も盗聴器を見せられたときは驚いた。細田さんはいつ帰ってくるかわからない。何か伝言があれば……」

「あの――」

かおるは口ごもった。

「あの人から連絡があったんです」

「あの人？」

「冬木です。死んだと思ってた。なのに生きてたなんて。わたしびっくりしちゃって、時期も時期だし。それで先生にどうしようって――」

冬木――かおると細田の共通の知り合いだったという人物だ。六本木でのやりとりの内容から、かおるにとって特別な存在であったらしいとは、想像がついていた。

「細田さんが戻ってきたら伝えるが、その冬木さんという人は、何といって連絡してきたのかね」

間があった。自分のいい方が立ち入ったものだったのだろうか、と尾津は不安になった。

「――とりあえず、会いたいといわれました。元気でいるのなら、顔が見たい、と」

「なるほど」

「ある日突然でていって、四年間、まったく何の連絡もなかったんです。わたしはてっきり死んだと思っていました。それが突然電話をしてきたんです」

かおるの声からは、明らかに動揺が感じられた。

「電話というのは自宅にかかってきたのかな？」

「いいえ、携帯のほうです。あの……わたしそのとき、冬木と半分同棲のようなことをしていたんです。冬木がいなくなってしばらくして、引っ越してしまいました」

やはりそうだったのだ。

「会うだけなら、実害はないと思うが……」

尾津はいった。四年前といえば、「ヒミコ」の存在などこの世にはかけらもなかった頃だ。冬木という男が、この問題に関係しているとは思えなかった。

「でも、わたしのところにきた偽刑事は、冬木の名前をだして、あれこれ訊いたんです。最近会っているか、とか」

尾津は思いだした。細田は、「あることで、警察からも昔の仲間からも追い回されるようになった」といっていた。

「つまり、『ヒミコ』を捜している人たちは、わたしと冬木の関係を知っていたんです」

「確かにそれはそうかもしれないが、そのことと冬木さん本人とは別の問題ではないだろうか」

「それはその通りです」

「あなたの本心は？　彼に会いたいのかね、それとも会いたくないのか」

「両方です。会って、突然いなくなったことをうんと責めてやりたい気もするし、会うと自分が崩れてしまいそうで恐い」

かおるはいった。

「冬木さんは、あなたと会うのを急いでいたのかな」

「いいえ。四年もいなくなっておいて、まるできのうかおとつい別れたばかりみたいな調子でした。『よう、元気にしてるか』って。こっちはびっくりして、息が止まりそうなほどなのに」

「それで？」

『何なの、急に』っていいました。『ずっといなくなっておいて、どうして今頃電話をしてきたの』と」

「何と答えた？」

『いろいろ事情があったのだけど、今さら説明しても始まらない。ただお前にはあやまりたいと思っている。よかったら会ってくれないか』。それでわたし、『ふざけたこといわないで』といいました。『別に会ったって話すこと何もないわよ』。『それでもいい。近いうちに一時間でも時間を作ってくれ。また連絡する』って。公衆電話からでした」

「なるほど。困っているとか、そういうようすではなかった？」

酒井田が脅迫されていたことを思いだし、尾津は訊ねた。

「全然。まったくそんな感じじゃありません」

「今何をしているとか、仕事の話は？」

「しませんでした。昔からそういうことはあまりいいませんでした。とらえどころがなくて、何を考えているかわからなくて。でもそういう人がいいと思っていたんです。あの頃は」

尾津は息を吐いた。

「あの人が今度のことに関係がないならいい。会って文句のひとつもいってやります。でも関係しているなら――」

「関係しているような人なのかい。たとえばコンピュータに詳しいとか」

「それは……、使えるとは思います。わたしに初めてコンピュータを与えたのが冬木でしたから。扱い方も習いました」

「人並み以上に詳しかった？」

「あの頃では、詳しいほうだったと思います。それと、ふつうの人ではありませんから」

「ふつうの人でない、というのは？」

「まっとうじゃない、という意味です。やくざとかそういうのではありませんけど、何かうしろ暗いことをやっているのはまちがいないと思っていました」

「たとえば？」

「密輸とか、そんな感じの仕事です。本人はまったくそういうタイプではありませんでしたけれど、暴力団に知り合いとかいましたし、警察なんかについてもよく知っていました。冬木がいなくなって少しして、警察がわたしたちの住んでいたマンションにきたんです。いろいろと訊かれました。それからしばらく、何度か同じ刑事がきました。ずっと冬木を追っているようでした」

「彼は何をしたのだ?」

「それがわからないんです。警察は、冬木を捜してはいましたが、逮捕するとかそういうところまではいっていないようでした。見つけて、何かを訊こうとしていたのかもしれません。その上でもしかしたら、つかまえようとしていたのかも。刑事もはっきりしたことをわたしに教えようとしないんです」

少し妙な話だ。

「刑事以外にも、冬木を捜しているという人が家にきたことがあります。やっぱりやくざとかそういう感じではないんですが、恐そうな人たちでした。別に何もされませんでしたが」

「細田さんと共通の知り合いだといったね」

「先生に初めて会わせてくれたのが冬木でした。先生はその頃、占いのサイトをやっていて、わたしがホームページの開設に興味があるといったら、先生の事務所に連れていかれました。そのとき先生は、新宿の抜け弁天に近いアパートに住んでいました。結局何年かやって、そのサイトごと別の人に売ってしまったのですけど……」

わたしに「いなくなって少しして会ったとき、先生は、『深入りしなくて正解だ』と、わたしにいいました。『いっしょに暮らしていたのだから、充分深入りじゃないですか』といったら、『あいつに深入りするというのは、そんなことじゃない。暮らしていても、あいつは何をしているかお前に話したか、話してないだろう。それはある意味、あいつがお前を大切にしていた証拠だ。いなくなったのもそれが理由だったのかもしれん。だから無理に捜そうとしないほうがいい』といわれたんです」

「かなり怪しい人なのは、確かのようだ。細田さんにそこまでいわれるのだから」

「そうでしょう。でも、好きは好きでした。もっといろいろ知りたかったと思うし、でもいなくなってしまったものはどうしようもなくて、結局……」

かおるは重い息を吐いた。

「わかった。とにかく、細田さんには話しておく。彼のアドバイスを受けるまでは、連絡があっても会わないのが賢明かもしれない」

「はい、そうします。尾津さんのほうはその後どうですか」

「細田さんがいろいろと発見をしてくれた。だが電話ではあまりこういう話はしないほうがいいかもしれない」

「そうですね。近いうちにまたお会いできればいいのですけれど」

かおるの言葉に、わずかだが胸が騒いだ。

うな気がしたからだ。


「細田さんから連絡をさせる」

尾津は告げ、電話を切った。それ以上話しつづけると、胸騒ぎがさらに大きくなりそうな気がしたからだ。

16

細田が戻ってきたのは午後九時を過ぎた時刻だった。スーツを着け、肩からナイロン製のショルダーバッグをさげている。

尾津は先に夕食を終えていた。インターホンも押さず、鍵を開け、するりと部屋の中に入ってきた細田は無言でリビングの椅子に腰をおろすと、大きく息を吐いた。

「お疲れさま。食事は?」

「食べてきた。こっちに尾行がついていないかどうか、確かめたかったので時間がかかった。何かかわったことは?」

「かおるさんから電話があった。あんたのアドバイスを欲しがっている。冬木という男から突然、連絡があったそうだ」

さっと細田は顔をあげ、尾津を見た。わずかに顔をしかめた。

「冬木から?」

「そうだ。近いうちに会ってほしい、といわれたそうだ。連絡は彼女の携帯電話あてにあった」

「突然連絡してきた理由を冬木はいったのか」

「いや。いわなかったようだ。彼女は少し動揺している」

尾津はいって、自分と細田のぶんのインスタントコーヒーを作った。細田は上着を脱ぎ、椅子の背によりかかった。煙草に火をつける。

「嫌なときに嫌な男がでてきたな」

細田はつぶやいた。

「少し話を聞いたが、まっとうな人間ではないようだな」

細田の向かいに腰をおろし、尾津はいった。

「彼女はどこで冬木と知りあったのだ？」

「店だ」

いって、細田は腕時計をのぞいた。

「今は仕事中だな。連絡は、店が終わってからにしよう」

「客として、冬木はかおるさんの働いている店にきたのか」

「そうらしい。あの頃、あいつは中央アジアとの貿易を、小さな会社でやっていた。カーペットとかちょっとした繊維製品を輸入する仕事だ。たいして羽振りがいいようには見えなかったが、銀座でときどき飲んでいた。先に惚れたのは、かおるのほうだ」

それを聞いたとき、わずかだが胸が痛んだ。

「彼女のほうから交際を求めたのか」

「どちらからともなく、だろうな。冬木もけっこう、真剣なつきあいをしていた」

「いっしょに暮らしていたそうだな」

「四六時中だったわけじゃない。冬木は、『風来坊』って言葉が一番ぴったりくるような奴だ」

コーヒーをすすり、細田は答えた。

「語学に堪能で、確か四ヵ国か五ヵ国語くらいを喋れるのだが、ひとつ仕事に長期間つくってことがない。ある日不意にいなくなって半年も姿を見ないと思ったら、中国にいっていたとか、ヨーロッパを回っていた、という。その間、何をしていたのかもわからない。妙に顔が広いところがあるが、知り合いどうしを会わせたがらない。俺にかおるを会わせたのも珍しいことで、それはたぶん、かおるがあいつの仕事に一切関係がなかったのが理由だろう」

「話を聞いていると、まるで詐欺師のような男だな。詐欺師は、知り合いどうしを会わせたがらない。嘘がばれると困るからだ。あんたはどこで知り合った？」

細田は顔をあげた。

「香港だ。ある仕事があって、俺は香港にいた。中国に返還される直前だから、一九九七年の初めだったと思う。返還後の状況がどうなるかわからず、金持の多くがカナダやアメリカに逃げだしていた。冬木はそこで、カナダの永住許可証をとらせる仕事をやっていた。だが、俺の見たところ、それは本業じゃなかった。じゃあ何をしていたかというとはっきりしない。冬木の働いていた事務所は、昔の俺の仲間がやっているところだった。いろんな言葉が喋れるんで、重宝がって使われていたんだ」

「昔のあんたの仲間？　活動家ということか？」

「活動家というよりは、支援部隊といったほうがいいだろう。中国共産党の指示をうけて、闘争支援をするために日本に入っていた連中のひとりだ。その後、共産党と縁を切って、香港で移民事業を始めたんだ。そのときは台湾国籍だったが、もともとは日中のハーフだ。残留孤児二世さ。共産党にリクルートされ、日本に入ってきた。残留孤児だってことは、誰にもいわずにな」

尾津は首をふった。想像がつかなかった。左翼活動家を支援する地下組織の人間というのは、いったいどんなものなのか。

「スパイのようなものか」

「ある意味ではそうかもしれん。国家公務員のスパイなんてのは、たいしているものじゃない。軍隊や大使館あたりでちょろちょろして、下働きに情報を集めさせる。潜入工作は、いつ切り捨ててもいい、消耗品の仕事だ。それが嫌さに、共産党と縁を切った」

「つまりあんたからすれば、裏切り者だ」

尾津がいうと、細田は首をふった。

「プロの活動家の世界はもうちょっと複雑だ。デモや破壊工作だけが仕事じゃない。そういうのを仕掛ける一方で、闘争手段の拡大や、他の活動家との連携もはかる。妙な話であることを認識させられる。俺はもう、そのときは活動から足を洗っていたが、そのときのネットワークでいろいろな仕事をやっていた。あたり前の話、活動だけで食っていくことはできないから、活動家であっても、〝表の稼業〟をもつ。そういう連中と商売をやるわけだ。香港の男とも、そんないきさつでつきあいができた」

「活動家が事業をやるときは、同じ活動家か活動家崩れと組む、というわけか」

「活動家だからって、食うや食わずのプロレタリアートを単純に想像してもらっちゃ困る。そういう人間もいるが、どう見てもブルジョアの側に属しているようなのもいるんだ。簡単な話、テロ警戒とかいって、街なかでお巡りが検問をやっていても、バンやワゴンは止めるが、ベンツは見逃したりする。ジーパンはいて髪の毛のばしてるのと、イタリア製のスーツを着ているのが歩いてくりゃ、職質かけるのは、ジーパンと決まってる。〝表の稼業〟で儲けた金をカムフラージュにつかうぶんには、良心が痛まないということさ。それでも商売をやるとなれば、いろいろと裏で工作が必要になる。公安に名前や顔が売れている奴を経営者にすえりゃ、一発で資金工作だと見抜かれるからな。そういうもろもろの面倒を避けるには、気心の知れた相手と組むしかないわけだ」

「では冬木も活動家か、あるいはそうだった過去があるのか」

細田は首をふった。

「そいつは俺にはわからん。香港の男が奴をどこで拾ったのか訊いたことはあるが、さしさわりがあるのか、はっきりとした答はなかった。ただ、冬木には、いつもある匂いがした」

「匂い？」

「工作員の匂いだ。さっきの話じゃないが、活動家というよりは、スパイのような匂いがあった。思想に殉じてことにあたるのが活動家だとすりゃ、奴にはまったくそんな節はない。といって、金だけでもない。思想でも金でもないとなると、あとは任務という奴だ」

「中国のスパイ？」

「どこのスパイかはわからん。もしかすると、日本の公安だったかもしれんし、報酬しだいでどこにでもつくフリーランスという可能性もある」

「フリーなら、金で動くのじゃないのか」

「金で動くのは事実だが、金で裏切ることはない。そういう奴らは、自分の仕事に誇りをもっているからな」

「スパイが誇りをもつのか、自分の仕事に」

「スパイだからこそもつんだ。自分の仕掛けたもろもろが、政治や外交、戦争の場で結果をだしたとしよう。だがそれが表舞台にあらわれることはない。勲章をもらうわけでもなく、とてつもない報酬が約束されているわけでもない。そうであっても、自分がいなければこんな結果はでなかった、一種の自己満足だな。自分を含む、ごくわずかな人間しか、歴史の裏側で起きたできごとを知らない、そんな妙な喜びだ。俺が知っている、何人かのフリーの工作員は、そういうのが多かった。たいていは、西側に雇われちゃいたが、それがアメリカだったり、イギリス、フランス、イスラエルと、かわることはあった。フリーのカメラマンみたいなものだ。週刊誌に雇われて、タレントのスキャンダルを追っかけたり、政治家の密談を撮る。場合によっちゃライバル誌に雇われることもあるだろう。だからって、ある仕事のために撮った写真を、別の雑誌に売りつけたりはしない。信義にもとるからな」

「だがカメラマンとちがって、誰もが雇える仕事じゃない」

細田は頷いた。

「もちろんだ。同じ国の機関であっても、連絡のつけられる人間は限定されてくる。誰にでも自分の腕を売るわけじゃないからだ。仕事のできる奴ほどそうだ。窓口がちがえば、どんな報酬を積まれても、ケンもほろろに断わるという話を聞いた」

「危険はないのか」

「ないわけじゃないだろう。自分の工作が人に知られたら、報復をうける場合もある。特に成功した工作で損害をうけた側からそうされる可能性はあるだろうな。だからこそ秘密は絶対だ」

「私も現役時代、何人かスパイの仕事をしている人間と知り合ったことはある。日本人はいなかったが」

「たまたま会わなかっただけだろう。あんたの話を聞いて思ったんだが、現役時代、あんたも同じような仕事をしたことがあったのじゃないか」

　尾津はぎくりとして細田を見つめた。

「スパイを？」

「何かの工作をしたとまではいわない。だが情報を提供して、その見返りに仕事上の便宜をはかってもらうようなことがあった筈だ。『トーア物産』は特に、自衛隊やアメリカ軍とのつきあいが深いって噂があった」

「近いことがなかったとはいわない。最近私は、オズワルドというタイにいたアメリカ人が友人の酒井田を脅迫したとき、現役当時得た私の情報が目的なのかと思った。オズワルドはそれこそ、スパイの匂いがすると、酒井田はいった」

「ＣＩＡだろうな。軍の情報機関が興味をもつのは、もっと現実的な情報だ。『ヒミコ』を欲しがっているのは、たぶんＣＩＡだ」

「何か証拠があるのか」

　尾津は訊ねた。

「今日の男だ」

　細田は答えた。

「当麻といったか。奴はあんたと別れたあと、渋谷に向かった。あんたをリクルートしたがってる『Ｉ・Ｐ・Ｐ・Ｃ』に入っていった。最近渋谷にできた超高層ビルだ」

「自分の会社には戻らず、直接『Ｉ・Ｐ・Ｐ・Ｃ』に向かったのか」

「そうだ。『I・P・P・C』は、いかにも新しい会社といった印象だったな。だが人の出入りが妙に少ないんだ」

細田はいって尾津を見た。

「わかるか、この意味が」

尾津は頷いた。

「立ちあげたばかりの会社というのは、ふつう人の出入りが多いものだ。新しい顧客の開拓に営業の人間は飛び回っているし、経営者は経営者で、出資者や取引先との打ち合わせに忙しい」

「そうだ。もちろん例外もあるだろうが、あんたに見せてもらった『I・P・P・C』の概要を読んだ限りじゃ、かなり忙しいところを俺は想像していた。だが俺が見張っていた間、『I・P・P・C』のオフィスに入っていったのは、当麻とあと二人の外国人の三人だけだ」

「外国人というのは？」

「当麻が入って、二十分ほどでやってきた。白人と黒人のコンビだ。スーツにネクタイ、ビジネスマンぽい奴らだった。妙に気になったんであとを尾けることにした」

「大丈夫だったのか、そんなことをして」

細田は煙を吐き、いった。

「多少無理をしなけりゃ、情報は入らん。で、そいつらが渋谷のビルをでて向かった先は、新橋だった。外資系の証券会社の本社が入っているビルだ」

「証券マンだったのか」

「いや」

細田はナイロンバッグのファスナーを開き、パンフレットをとりだした。

「同じビルにもうひとつ会社が入っていた。そこの人間だ」

「U・I・C、ユナイテッド・インベストメント・カンパニー」と記されている。ざっと読むと投資顧問会社のようだ。設立は一九九四年で、アメリカ財務省の支援をうけている。

「『U・I・C』……」

「調べてみた。実在する会社だが、ふたつの営業セクションがあって、ひとつは実際に保険会社や銀行などと仕事をしている。もうひとつの営業セクションは、何をやっているかよくわからない。ちなみに『U・I・C』の本社はワシントンにある」

「アメリカの情報機関か」

「可能性はあるな。CIAは、世界中に情報員のカバーとなる会社をもっている。『U・I・C』の一部を間借りしていたとしてもおかしくない。それどころか、『I・P・P・C』じたいが、そういう会社のひとつであるかもしれん」

「確かにそれはそうだ。すると当麻は最初から、CIAなり、どこかアメリカの情報機関の意をうけて動いていたということになる」

「もし奴らがCIAだとしたら、まあ別の機関、NSA（国家安全保障局）の可能性もあるが、『クリエイター』の侵入をうけた側ということになるだろうな」

「『クリエイター』や水川くんを殺したのも彼らか」

「いや。それはちょっと考えにくい」

細田は首をふった。

「同盟国の民間人を殺すというのは、連中にとってはかなりの冒険だ。ましてやわかっているだけで四人が殺されているとなると、上の許可がおりないだろう」

「上？」

「情報機関だってしょせん官僚だ。部下のまずい処置の尻ぬぐいで出世をあきらめたくはないということさ。それに『ヒミコ』をそこまで重要なものと考えているなら、あんたはとっくに公安あたりに拘束されているさ。かおるもいっしょだ」

「すると彼らを殺したのは、別のグループか」

細田は頷いた。

「おそらくダックスフントをつかまえているのもそちらの側だろう」

「なぜそう思うんだ」

「かかわっているエージェントのタイプさ。『I・P・P・C』や『U・I・C』は、一見まともなビジネスマンのカバーをまとっている。今日俺が見かけた二人は、典型的なタイプだ。ああいう連中は、情報を集めたり作戦を立案したりはするだろうが、実際に現場で作業することは少ない。拉致したり暗殺するような工作は、もっと慣れた実動部隊に任せる。特殊部隊あがりとか、警官崩れみたいな奴らさ。だがそういうのがでてくるとなれば、作戦じたいがかなり煮つまっていて、あの手この手と、次々にくりだす段階にきているってことだ。人を殺しておいてようすを見る、拉致しておいてようすを見る、なんて真似はしないものだ。拉致にしても暗殺にしても、作戦を立案してから計画を練り、やるときには一気に片づけ、撤収する。失敗したとなれば、二の手、三の手をすぐに打ってくるもんだ。そういう観点から見ると、今日動いていたのは、現場の工作員じゃなく、まだ作戦を実行する段階にはいたっていないという判断ができる」

「水川くんたちを殺したのは、では情報機関ではない、ということか」

「少なくとも国家レベルの組織じゃない。企業の研究所や軍なんかの一部と組んだ兵器産業じゃないかと俺は思う。つかっている工作員は、傭兵やフリーのスパイだ」

いってから、細田の顔が険しくなった。

「そうか……」

「冬木か」

尾津はいった。細田は頷いた。

「そうだ。冬木が雇われたのかもしれん」

尾津は細田を見つめた。やがて細田はほっと息を吐いた。

「かおるがかわいそうだ。昔の男が敵に回った」

「まだわからんだろう。ただの偶然かもしれん」

尾津はいった。もし細田の懸念通りだとすれば、かおるの立場はあまりにつらい。

「いずれわかる。俺は今日、バセンジーあてにメールを打ってきた」

細田がいったので、尾津は目をみひらいた。

「どうやって⁉」

「『アダム四号』の名を使った。バセンジーがあんたに関する個人情報をもっているなら、それで開くことができるメールだ。明日の午後二時、渋谷の街頭にあんたが立つ。バセンジーに本人であることを確認させるのが狙いだ。あとは接触を待つ」

「バセンジー以外の者がそのメールを見るという危険はないのか」

「ある。だが特殊なチャット内に打ちこんで、一定時間が経過すると消える仕掛けをしてある。だからといって追っかけている奴らに開かれないですむという保証はないがな」

「バセンジーが私を見つけても、向こうから接触してくるという確証はあるのか」

細田は首をふった。

「それはない。あくまでもバセンジーしだいだ。たとえあんたが本物だとわかっても、あんた本人が〝敵〟にとりこまれているとバセンジーが考えればそこまでだ」

尾津は息を吐いた。とてもうまくいくとは思えなかった。たとえバセンジーがどこかでメールを目にしたとしても、罠かもしれないと考えれば、渋谷には寄りつかないだろう。

「難しいと思っているのだろう。だがバセンジーだって不安でしかたがない筈だ。味方になってくれそうな人間が現われたら、とびついてくるかもしれん」

「もし接触してきたらどうする？　ここへ連れてくるのか」

「そんな危い真似はできん。どこか安全な場所へ連れていって話を聞くさ。まず『ヒミコ』の完全な正体と隠し場所だ。それに追っかけている連中が何者か」

「そう、うまくいくかな」

「やってみなけりゃわからんが、ここで誰かがあんたをさらいにくるのを待つよりはましだ」

いってから細田は尾津をにらんだ。

「それにこれは、あんたがやろうといい始めた作戦だぜ」

「確かにそうだが、こんな早く動きだすとは思わなかった」

「これからは時間との勝負だ。今は、あんたをはさんでのにらみあいがつづいているが、どちらかが実力行使にでれば、事態は一気に動く。あんたとかおるは、逃げ回る以外なくなるんだ。『ヒミコ』の秘密が明らかになるまではな」

細田のいう通りだ。こちらから何かしかけるとすれば、自分やかおるに対する、有無をいわさない行動に相手がでてくる前でなければならない。逃げ隠れしているだけでは、問題は何ひとつ解決しないのだ。

「明日の二時といったな」

尾津はいって時計を見た。

「これからかおるさんに会いにいこう」

「何だと?」

今度は細田は驚いたようにいった。午後十一時を回った時刻だ。

「あんたのいう通り、うってでるのは今しかない。だったら行動は少しでも早いほうがいい。これから六本木にいき、かおるさんと話して三人で移動しよう。ここにも、かおるさんのマンションにも当分戻らないつもりで」

「それはいいとして、どこへいこうというんだ?」

尾津は考えていた。ここをしばらく〝捨てる〟となれば、〝安全な隠れ家が必要となる。

そんな場所があるのか。

「一晩かそこらならいいが、ホテルとかは駄目だぞ。まっ先に捜される。といって、別れたカミさんだの、昔の会社の同僚てのも駄目だ。あんたの情報を、かなり〝敵〟は握っている」

「そんなことは思っていない」

尾津は首をふった。

ひとつ、思いあたる場所があった。誰にも知られていないという確信はある。だが相手がうけいれてくれるかどうか。

尾津は自分の携帯電話を手にとった。「一〇四」を押し、いった。

「港区赤坂にある『きづれ川』という料亭の番号を」

やがてテープで案内が流れた。それを覚え、呼びだした。

「はい、『きづれ川』でございます」

数度の呼びだしのあと、落ちついた女の声が応えた。まちがいなかった。十数年ぶりに聞くが、悦子《えつこ》の声だ。

「尾津です。悦子さんですか」

一瞬の間があった。忘れられていたか、と尾津は疑った。

「――尾津さん？　トーアにいらした？」

「そうです」

細田はわずかに眉をひそめ、だが黙ってやりとりに耳をすませている。

どうしましょう、と小さくつぶやく声が聞こえた。

「迷惑なら切るが、今、話せるだろうか」

「もちろん、話せます。ただびっくりしただけ。十何年ぶりですもの」

「ずっと音信不通にしておいて、いきなり電話をして申しわけない。お店のほうは大丈夫なのかな」

「もう、お店は閉めたのよ。二年も前。赤坂の料亭は大半が閉めたわ。今は、撮影とかお茶会ぐらいでだけ、お座敷を貸しているの。人もいないし……」

悦子はいった。

「そうだったのか」

「それより尾津さんこそどうしているの？　トーアがあんなことになって」

「浪人中だ。ただ、ある事件に巻きこまれてしまってね。今いる家をでて、姿を隠さなければならないんだ。もちろん、私が犯罪をおかしたとか、そういうことでは決してない。だが、私と友人を捜している連中がいて、ホテルや会社関係の知り合いのところに厄介になるわけにはいかない。そこで浮かんだのが君のことだった」

「そんなときでもなけりゃ思いだして下さらなかったの」

「そうじゃない。そうじゃないが――」

いいかけ、気づいた。悦子の口調は甘い棘《とげ》を含んでいた。

「――怒っていないのか」

尾津は訊ねた。

「怒るなんてそんな。わたしは花街の女よ。男の人とは、別れがあるのはあたり前と思っていたわ」

「そうか……」

そのさばさばとした言葉に、尾津は逆に言葉を失った。

「で、わたしは何をすればいいの」

「何日間か、私と友人二人を泊めてもらうわけにはいかないだろうか。迷惑なら断わってくれていい」

「お座敷はたくさんあるわ。布団も古いものでよければ何組かある。人がいないから、あげおろしなんかは自分でやっていただくしかないけれど、それでもかまわないかしら？」

「すまない。ありがとう」

「どういたしまして。で、いついらっしゃるの？」

「遅いのだが、今夜からでもかまわないだろうか」

「けっこうよ。ひとり暮らしですから、時間は自由になります」

「園美《そのみ》ちゃんはどうした？」

悦子はくっくと笑い声をたてた。喉の奥でたてるその笑い声が好きだった。同じように喘《あえ》ぐ声も。

尾津は瞬きした。悦子の笑い声を聞いたとたん、十五年も前の記憶が次々とよみがえってきたからだった。

「いったいいくつになると思っているの？　とっくに家をでているわ。今は四谷でひとり暮らしをしている。出版社勤めで」

「そうか……。そういえばそうだな」

「覚えているの？　園美の年」

「二十六か、七の筈だ」

すばやく暗算し、いった。

「二十七になったわ。お嫁にいく気配はまったくないけれど」

尾津はほっと息を吐いた。

「じゃあ君はそこでひとり暮らし？　お母さんはどうした」

「おととし亡くなったわ。癌で」

「知らなかった。すまない」

悦子はまた笑い声をたてた。

「変な人。すまない、すまないって。知らなくて当然でしょ」

「ああ。でも君は元気そうだな」

「元気よ。すっかりおばさんにはなったけれど」

悦子の年はすぐに思いだせる。十五歳下だから、今年四十九だ。

「まだ若いよ」

「何おっしゃるの。来年五十よ」

「わかっている。君は、俺の十五下だった」

「だったって。何年たっても年の差はかわらないのに」

「それはそうだ」

「で、何時頃いらっしゃるの？　今からすぐに？」

「いや。もしかするとひどく遅くなるかもしれない。午前二時とか三時に……」

「かまわないわ。勝手口の戸を開けておきますから、入ってらして」

「ありがとう。詳しいことは、会ったときに説明する」

「待ってます」

告げて、悦子は電話を切った。

「料亭なのか」

細田が訊ねた。

「赤坂の老舗《しにせ》だった。今は閉めてしまって、若女将《おかみ》だった人がひとりで住んでいる」

「わけありのようだな」

尾津は細田を見直した。

「別れて十五年になる。三年ほどつきあっていた。彼女は離婚して、子供を連れて戻ってきたところだった。私は客でいき、知り合った。自分に子供がいなかったので、彼女の娘をかわいがった。だが、彼女はいずれ女将とならなければならず、それをせず廃業させるには、私が家内と別れていっしょになる以外なかった。いや、それでも難しかったかもしれない。世の中がまだ浮かれていた時代で、赤坂の料亭は、連日、座敷が埋まっている状態だった。防衛庁の関係者がよくつかっていたんだ」

「なるほど。どっちが別れようといったんだ？」

「私だ。私と会う時間を作るために、体を酷使している彼女を見ていられなかった。それに、しょせんサラリーマンの私にふさわしい人でもなかった」

細田は無言で尾津を見つめ、小さく頷いた。

「あんたらしい話だ」

尾津は深呼吸した。

「こんなときでもなけりゃ思いださないのかといわれたよ。まったくその通りだ」

「奥さんと別れたときには思いださなかったのか」

「もちろん思いだしたさ。だがどのツラさげて会いにいける。再婚しているかもしれず、旦那がいるかもしれん。こっちはただの失業者だ」

「確かにな。だが女ってのは妙な生きものだからな。大喜びであんたをうけいれたかもしれん」

「だとしても、彼女の世話になるわけにはいかんだろう。それではまるでヒモだ」

「それが悪いのか。女房のほうが金持の夫婦など、この世にいくらでもいるぞ。よくいうじゃないか、『金じゃない』と。男と女じゃ、いつだって選ぶ権利は女にある。第一、結局こうやって世話になるのを、彼女は拒否しなかっただろう」

尾津は首をふった。

「理屈じゃない。これは……私の中の、感情の問題だ」

「いいだろう。あんたをいじめても始まらん。六本木にいって、かおるをピックアップしよう。まずここをでていく方法だ」

細田はにやりと笑い、すぐにその笑みを消した。

「まだ見張られていると思うか」

「何ともいえん。だがそう考えて行動したほうが賢明だ。俺が先にでて、監視の有無を確認する。あんたの荷物ももっていく。あんたはサンダルばきか何かで、そこらのコンビニにでもいくような格好ででろ」

尾津は頷いた。

「俺はタクシーを止め、表通りで待っている。その格好なら、尾行がついていても歩きだ。車じゃ逆に追い越しちまうからな。少し歩いたところでタクシーに乗りこめばいい」

「わかった。荷造りをする」

立ちあがって寝室に入った。荷物は最小限にまとめなければならない。一方で、いつこの部屋に帰ってこられるという見通しはまるでたっていない。

下着類などは一回分の替えをもち、あとは買えばよい。ただ久しぶりに悦子と会うのに、くたびれた老人のようないでたちは嫌だった。スーツにネクタイとはいわないまでも、それなりのお洒落をしていきたい。

現金はあまりないので銀行でおろすことになるだろう。だがどのATMを使ったかを、追っ手は調べるかもしれない。そうなると、ATMは一度しか使えず、まとまった額をおろしたほうが安全ということになる。

小ぶりのバッグに畳んだ洋服と細々《こまごま》としたものを詰めた。

リビングでは細田が荷物をまとめている。

「タクシーは一度乗りかえる」

細田がいった。

「追っかけてきた奴が番号を見ていれば、行先を調べられるからな。あんたとはそこで別れよう。俺は、かおるを迎えにいく。あんたは先に俺の荷物ももって赤坂に向かってくれ。かおるの店が見張られていたら、あんたが顔をだすのは危険だ」

「かおるさんを営業中に連れだすつもりか」

「あんたと同じやり方をする。先に俺がかおるの荷物をもってでて、かおるには、客を送りだすふりでもして、身ひとつででてきてもらう。それから、赤坂に向かう。場所の地図が描けるか」

尾津はメモ用紙をひきよせた。

「きづれ川」の場所を忘れる筈はなかった。そこを訪ねるのは、仕事でいく夜と、母子と遊ぶための昼の、両方だったが、どちらのときも「きづれ川」の建つ路地に入ると胸が高鳴った。

細田は地図をしまいこんだ。腕時計を見る。

「よし。余裕をみて、三十分後にでてきてくれ。急ぎ足では歩くなよ。いかにもぶらぶらと、煙草でも買いにでたようなふりをするんだ」

「わかった。私の靴ももっていってくれ」

「もう詰めこんだ。今日はいていったのでいいのだろう」

尾津は頷いた。

不意に部屋の電話が鳴りだし、尾津はどきりとした。まるでこれから二人がでていくのを見越して、誰かがかけてきたかのようだ。細田も同じ思いのようで、目をわずかにみひらき、電話を見ている。

「――はい」

受話器をとりあげた。

「尾津さまのお宅ですか。このような深夜に申しわけありません。『ファーム・ジャパン』の当麻でございます」

尾津はわずかに息を吐いた。

「当麻さんか。誰かと思った。こんな時刻に電話が鳴ることはないのでね」

当麻と聞き、細田の表情が険しくなった。

「本当に申しわけございません。ご希望の件のことで、クライアントに連絡をいたしましたところ、国際電話での確認等がありまして、時差の関係でこの時間になってしまいました。もうおやすみでしたか」

「いや。だが、そろそろとは思っていました」

「お許し下さい。それで早速なのですが、クライアントサイドからの希望がございまして――」

「何でしょう」

「尾津さまがご結婚される方の情報があるていど欲しい、というのです。たぶん研修期間も含めて、現地での対応に必要な情報だと思うのです。たとえば英語はお話しになれるか、とか。食習慣は、洋食だけで大丈夫なのかとか、できれば学歴などもおうかがいしてくれ、ということなのですが」

「それによって、クライアントの返事がかわるというのかな」

「いえ。そういうことは決してないと思います。クライアントサイドは、尾津さまにぜひいらしていただきたいと考えていて、そのためには奥さまになられる方への待遇にも万全を期したいということではないかと」

「なるほど」

「それで、急なのですがご返事をいただきたいと考えまして、お電話をさしあげたしだいです」

「I・P・C」の連中は、予期せぬ尾津の〝婚約者〟の出現にあわてたのだろう。アメリカ本国に連絡をとり、情報を集めろとでも指示されたのかもしれない。あるいは〝婚約者〟の実在を疑っているのか。

「そうですか。それはご迷惑をおかけしました。ただこの件については、こちらから申しては何なのですが、一両日ほど時間をいただけませんか」

「はあ……」

当麻の声が低くなった。

「といいますのは、実は彼女の両親、特にお父さんのほうが、私との結婚はともかく、その後の海外駐在という条件に難色を示しておられるのですよ。もう若くないこともあって、まあそれは私も同じなんですが、娘さんには近くにいてもらいたいという希望があるらしい。で、その件を、明日にでもご両親と会って調整したいと思っているのです」

「それは確かに難しい問題ですね。理解いたしました。ただ、そのことと、クライアントサイドの希望とは、別だと思うのです。クライアントは今のところ情報を欲しがっているだけで、お会いしたいとかそういうことを望んでいるのではないのです。したがって、今、尾津さまの口から、いただけるだけの情報でけっこうなのですが」

「わかります。当麻さんだから申しあげるが、私の面目も考えて下さい。嫁を同伴じゃなきゃ駄目だとか、強気のことをいっておいて、いざ蓋を開けてみたら婚約破棄になりましたじゃ、『I・P・C』さんへの格好がつかない。今後何年かお世話になる会社です。恥をかいて入社したくないのですよ」

当麻は沈黙した。

「わかっていただけませんか。明日、話しあえば結論がでると思うのです」

「尾津さま」

当麻が声を改めた。

「お話の要旨はわかりました。ただ私にも、クライアントに対する立場がございます。最初にお会いしたときには、尾津さまはたいへん前向きな姿勢でいらして、私もクライアントも非常にありがたいと、喜んでおりました。ですが何日か後、風邪をお召しになって、やや尾津さまの決心にかげりがみられたように思います。そして今度は、婚約者の方を同行されたいというご希望です。私は、なるべく尾津さまのお役に立ちたいと、努力してきたつもりでおります。ですが、尾津さまは、結論をだされるのを、どこか嫌がっておいでのように感じられるのです」

「迷惑をかけている、それは重々承知しています。本当に申しわけない。いただいたお話は、本当に夢のような条件で、私としては、ぜひとものらせていただきたいと思っている。だが一方で、結婚というのも大きな転機なのです。当麻さんは結婚しておられますか？」

「私ですか」

一瞬とまどったような声を当麻はだした。

「――はい、一応は」

「でしたらおわかりの筈だ。就職も大切だが、もし『I・P・P・C』さんにふられても、私はどこかで何かの職を見つけるでしょう。しかし彼女を失ったら――」

「いや、わかっています。だからその件には、私もクライアントも口をはさむ気はございません。ただ奥さまとなられる方の情報をいただきたいというだけで」

尾津は怒ったふりをした。

「情報、情報とおっしゃるが当麻さん。就職するのは私であって、彼女ではない。それとも、『I・P・P・C』は、従業員の配偶者にも何らかの条件を課しているのですか」

「そうではありません。誠意の問題だとお考え下さい」

「誠意？」

「はい。私ども『ファーム・ジャパン』、あるいはクライアントである『I・P・P・C』さんへの、尾津さまの誠意です。一切の情報を提供いただけないというのでは、まるで私どもや『I・P・P・C』さんが、尾津さまにはまるで信用されていないようにもうけとめられます」

「何をいうんです。私はそんなことは思っていません。むしろ私の言葉を聞き入れてくれないそちらのほうこそ、私を本当に必要としているのか、疑問に思える」

「もし必要としていなければ、どうして『I・P・P・C』さんは、私どもに費用を払って、尾津さまの獲得を依頼されたりするでしょうか」

「別のことが目的だったら？」

尾津は牙をむくことにした。

「別のこと？」

もうこれで家からは姿を消す。ならば当麻に動揺を与え、何らかの情報を逆にひっぱりだしてもよいのではないか。

「『I・P・P・C』さんについては、私もそれなりに調べさせてもらいました。立派な企業のようだ。だが、問題が一点、ある」

ただ「ヒミコ」のことをもちだすのは危険だ。かえってこちらの手の内をさらしてしまうことにつながりかねない。

「何でしょう」

当麻の声が硬くなった。

「アメリカ情報機関とのつながりです。当麻さんは知っておられるか」

「情報機関？　何のお話です」

「CIA、あるいはNSAかもしれない。在日アメリカ企業の関係者を通して、そういった情報機関とつながっている疑いがある」

当麻は黙りこんだ。やがて低い声で訊ねた。

「誰がいったいそのようなことをお話ししたのです」

「見くびらんで下さい。私は商社に勤めていた人間だ。商社の海外勤務ともなれば、さまざまな国の情報機関や軍隊、外交関係者とのつきあいが生まれる。そうした人間や組織に対して敏感になるのです」

「でも、ここは日本です」

「日本にだって、スパイはいるでしょう。私は今でも口外できないような情報を、いくつも、現役時代に見聞した。あるいは『I・P・P・C』さんの目的は、それにあるのじゃないですか」

攪乱《かくらん》のために、尾津はいった。

「そんな……。そんなことなど何ひとつありません」

当麻は驚いたようにいった。

「あなたが知らないだけだとしたらどうします？　『I・P・P・C』は、『ファーム・ジャパン』も利用しているのかもしれない」

「尾津さま……、あの、失礼ですがお酒を飲んでいらっしゃいますか」

「ええ。寝酒を少々やっていたが、酔っているわけではない」

わざといった。当麻は黙りこんだ。

「いただいたお話が好条件すぎ、私の中に疑問が生まれたのです。世の中にはうまい話などない、というのは常識ですからな。すると、私を欲しがって下さる『I・P・P・C』さんの目的は、私の働きではなく、この頭の中にある秘密ではないかという気がしてきた。どうです？　私はまちがってますかね」

細田を見た。なりゆきが意外だったのか、細田は眉をひそめ、見つめている。

「まちがっていらっしゃいます」

当麻はきっぱりといった。

「当『ファーム・ジャパン』も、クライアントの『I・P・P・C』さんも、尾津さまがいわれるような、怪しい企業ではございません」

「政府の仕事をしているんです、怪しい企業だとは思わない。それとも、CIAとの関係も否定しますか」

「正直申しあげて、私には、なぜ尾津さまがそのようなことをいわれるか、理解できません」

ますか」

「CIAと『I・P・P・C』のあいだには一切、関係がないと、当麻さんは断言でき

「私にはわかりかねます」

「それはどちらの意味かな。私の発言がわからないという意味か、CIAと『I・P・P・C』の関係がわからないという意味か」

「両方です。私の仕事は、サーチ・コンサルタントです――」

「それこそスパイに近い仕事だ。役に立つ人間を捜しだし、接近して仲間にひきこむ。もしかすると、あなた自身、CIAのエージェントなのかもしれない」

当麻は息を吐いた。受話器を手でおおう気配があった。それは一分近くつづいた。

やがていった。

「尾津さま。どうやら今夜は、建設的なお話し合いができる状況ではないようです。明日、改めてお電話をさせていただいてよろしいでしょうか」

「けっこうだ。そのときはだが、『I・P・P・C』がCIAと、本当に何の関係もない会社であるという証拠を提示していただきたい」

もし当麻も「I・P・P・C」も、「ヒミコ」をめぐる陰謀とは何の関係もない存在だとしたら、自分はまちがいなく異状をきたしたとみなされるだろう。

「明日、お電話いたします」

あくまでも声のトーンをかえず、当麻は答えた。

「当麻さん」

尾津はいった。

「何でしょう」

「あなたが私の話を理解できないというのは、もしかするとその通りかもしれない。では訊くが、私、この尾津君男をヘッドハントしようと決めたのはあなたですか。それとも『I・P・P・C』ですか」

「両方です」

「そうではなく、私という人間のことをいいだしたのはどちらか、と訊ねているのです」

間があった。

「尾津さまの名をだしたのは、クライアントである『I・P・P・C』です」

「するとあなたが無関係である可能性はある」

その言葉が真実なら、と心の中でつけ加えた。

「『I・P・P・C』について調べることをお勧めする」

尾津はいった。

「クライアントの何を、ですか」

「たとえば外資系のある企業とのかかわりとかを」

「外資系企業、ですか。もっと具体的におっしゃっていただかなくては」

細田が首をふっていた。それ以上喋るな、という意味だ。だがかまわず、尾津は告げた。

「『U・I・C』です」

わずかだが、当麻が息を呑む気配が伝わってきた。

「何とおっしゃいました？　すみませんがもう一度」

「聞いてすぐわからないのならけっこうだ。『I・P・P・C』に確認されてはどうだろう」

「尾津さま。私はあなたの側の人間です。信じて下さい。尾津さまが今もってらっしゃる、不安や疑問を解消するのが、私の仕事なのです」

一度失ったバランスをたて直そうとでもするように、当麻はいった。

「だったら解消して下さい。『I・P・P・C』のことを調べ、わかったことを私に逐一、知らせてほしい」

「そうではなくて、もっとちがう不安をおもちなのではないですか」

「たとえば？」

「は？」

「たとえば、どんな不安だというのです」

「奥さまとなられる方との関係がうまくいかれていないとか」

「うまくいっていますよ」

尾津は微笑んだ。

「青春をとり戻したような気分だ。まるでアダムとイブのように」

今度こそ、当麻が凍りつくのがわかった。

「尾津さま――」

「連絡を待っています。それでは」

「尾津さま――」

受話器をおろした。細田を見ると、顔をしかめている。

「挑発してるぞ、あんた」

「そうかな」

「連中が本気をだしてさらいにきたらどうするつもりだ」

「もう行動あるのみだろう。私が姿を消せば、彼らも本気をださざるをえない」

「あんたは――」

細田はあきれたようにいいかけ、口をつぐんだ。

「まあいい。今ここで議論をしても始まらない。予定通り行動しよう」

尾津は頷いた。

細田のいう通り、尾津は当麻とその背後にいる者たちを、挑発したのだった。

待ちつづけていては、網が狭まるばかりだ。バセンジーと接触すると決めた時点で、自分は囮になったのだ。囮となった尾津に対し、〝敵〟は容赦をしないだろう。

だから自分も容赦はしない。挑発し、揺さぶりをかけ、〝敵〟がぼろをだすのを待つ。

考えることよりも、行動が「結果」をもたらす場合もあるのだ。

17

予期はしていたが、「きづれ川」の板塀が視界に入ってくると、尾津の胸になんともいえない感慨がこみあげてきた。

重い。だが甘い。

男とは、駄目なものだな、と思う。いくつになっても、どこかひきずっている。

電話だけのやりとりではあったが、悦子のあのさばけた口調はどうだ。

それに比べて自分は、十五年も前の罪の意識を捨てきれず、さらに甘ったるい感傷まで抱いている。

笑われるだろう。

「ここでいい」

わざと「きづれ川」を五十メートルほど過ぎた場所でタクシーを止め、尾津は降りたった。

確かに赤坂の料亭街はかわっていた。かつてはこの路地に、ひしめきあうように黒塗りの車が並び、いつ終わるとも知れぬ宴会帰りの乗客を待っていたものだ。

夜郎自大な官僚や、その力を利用することしか頭にない人間たちが、夜な夜な腹の探りあいをくり広げていた。

今は、人っこひとりいない。車も止まっていない。歌声も哄笑《こうしょう》もまるで聞こえてこない。ただ薄暗く、寂れた路地に過ぎない。

その中を、大きな荷物を携えた自分が歩いている。まるで過去に戻ろうとでもいうように。

悦子の言葉通り、板塀の端にある通用口の木戸に鍵はかかっていなかった。人ひとりがやっとの幅しかない戸を、尾津はくぐった。

木戸を閉め、濃い闇の中にたたずんだ。湿った土と大木の匂いをかいだ。板塀ごしに枝をはりだしている泰山木が街灯の光をさえぎり、一瞬、尾津は視界を失った。

やがて正面に細いガラス窓のはまったスティールの扉が見えた。かたわらにインターホンがある。

それを押すと、ガラス窓の向こうに光が点り、内側から鍵が開けられた。

尾津はノブを引いた。

悦子が立っていた。

髪を短く切ったようだ。茶のカーディガンに黒のウールのスカートを着けている。スカートの下は裸足だった。

「久しぶり」

微笑みを浮かべ、低い声で悦子はいった。

化粧水だろうか。懐かしさを感じる香りが漂っている。

「久しぶり」

尾津は答えた。自分でも声が固いのがわかった。

「たいへんな荷物ね。まるで引っ越しみたい」

我にかえった。

「これは、私ひとりの分だけじゃないんだ。あとからくる友人のものもある」

悦子の目がわずかに広がった。

「じゃ、今は尾津さんひとり？」

「ああ。まずかったかな」

「何いってるの。上がって」

悦子はいって、手をさしだした。その意味がわからず、一瞬とまどい、荷物を分けもとうとしているのだと気づいた。

「すまない」

いって、自分のボストンを渡し、尾津は靴を脱いだ。

「とりあえず、布団は三組だしておいたわ。全員、別々の部屋でおやすみになってもいいし、寂しいのならひとつ部屋でもいい。しくときに、皆さんで相談してね」

案内されたのは、中庭に近いところにある十二畳ほどの和室だった。敷布団に掛布団、毛布、枕とシーツが、三組ずつきちんと重ねられている。

もってきた荷物をそこにおき、尾津は悦子の居間へと案内された。

そこは以前、小さなバーコーナーだった部屋だ。

三人がけのカウンターと布ばりの応接セットがおかれている。カウンターの上には、白い布が広げられていた。

建物の中は静かだ。

応接セットに尾津をすわらせると、悦子は、

「お茶、コーヒー、それともお酒？」

と訊ねた。

「お茶をいただけるかな」

答えた尾津に頷き、厨房に入った。やがて、盆の上に湯呑みをふたつのせて戻ってきた。

「懐しい……」

思わず尾津はもらしていた。「きづれ川」で客を待つとき、あるいは食事の後に飲んだ茶の湯呑みだ。

「せっかくあるのだから、使わないともったいないでしょう」

悦子は笑みを浮かべていい、尾津の向かいに腰をおろした。

「いただきます。今、君は、ここでひとりで暮らしているのか」

茶は熱く、濃かった。尾津はほっと息を吐いた。

「そうよ。もちろん。ご町内には空き家になっちゃっているところもあるけれど。こんなご時世でしょ、誰も住んでないと無用心だし、それに今さら知らないところに住むの

もね……」

いって悦子は尾津を見つめた。

かわってない、と尾津は思った。もちろん十五年の時間は、それなりの変化を悦子に与えてはいる。目もとや口もとにある、わずかな小皺、少しだけふくらんだ頰。だが、決して大きな変化ではない。きびきびとした物腰と品のよい色気はあいかわらずだ。やさしげな顔立ちとは裏腹に、言葉はいつも歯切れがいい。

「嫌ね、何見てるの」

「いや、あまり君がかわってないから。少し、太ったくらいか」

「もう」

悦子は尾津をにらむ真似をした。

「十五年ぶりに会って、いきなりそれ？　でも本当。嫌になっちゃうわ。お店を閉めるまではどんどん痩せていって、周りが心配するくらいだったのに、閉めたとたん現金なものね、気が抜けたのかしら、太っちゃって。たぶん尾津さんと会っていた頃よりは三キロくらい増えたかも。着物を着なくなったからじゃないかって、母はいってたけど」

「いや。今の方がいい。あの頃でも痩せすぎだった」

尾津は首をふった。悦子は笑い声をたてた。

「あの頃は太りたくとも太れなかった。夜遅くまで、お座敷でお客さまのお相手をして、でも朝六時半には起きて園美のお弁当を作らなけりゃいけなかったし。今の何倍も食べたり飲んだりしていたけど、太らなかった。今はもうすっかりおばさんになっちゃった」

「そんなことはない」

「尾津さんこそかわってないわ。そうね、少し頭が白くなったくらい。あいかわらず姿勢はいいし、声も張りがある。本当に元気そうだわ」

「おかげさんで健康には恵まれた。ずいぶん無茶をやってきたが、この年になってもガタはきていない。もっとも浪人の身で、毎日何もしていないのだから、どこかを壊しようもない」

「ご家族はかわらず――？」

「それが、二年前に別れた」

「え」

悦子は瞬きした。

「よくある熟年離婚という奴だ。暇になった亭主に毎日家でいばられちゃたまらんと思ったのだろう」

「じゃ今は横浜にひとりで？」

「いや。家も売った。何もかも折半してくれといわれたのでね。退職金と併せて半分こして、今は東陽町のほうで賃貸マンションにいる」

「ひとり暮らしなの」

「そう。料理とか、だいぶ覚えた。昔は自分で料理をすることなど思いもよらなかったが」

「……そうなの」

痛ましそうに悦子はいった。そこに同情を感じるのが嫌で、尾津はわざと朗らかにいった。

「考えてみれば、家内が嫌になったのも当然だ。ろくすっぽ家にいたことはなかったし、これで毎日顔をつきあわせる羽目になったら、互いにどうしていいかわからなかっただろうな」

悦子は無言だった。

君はどうなんだ、といいかけ、尾津は言葉を呑みこんだ。自分がひとり身になったからといって、今さらそんなことを問うてどうなる。何かさもしげに響きそうな気もした。

「まあ、まだまだ生きなきゃならんから、職捜しなどをしていたんだ。知っての通り、トーアがああなったんで、ツテを頼るというわけにもいかないし、当座はともかく、下手に長生きをすると困ってしまいそうだからな」

「尾津さんなら大丈夫よ。どこにいったって、若い人にぜんぜん負けないわ」

悦子は、かえた話題についてきた。

「そのつもりでいたんだが、突然、妙なことに巻きこまれた」

「どんなことに」

尾津は話した。かおるや細田にも話したことなので、整理ができている。悦子は真剣に聞き入っていたが、水川が死体で発見されたくだりでは、思わず口もとに手をやった。

「何だか恐い話ね」

「恐い。確かに恐いのだが、知らないうちにその役回りを押しつけられて、正直、腹も立っている。その『クリエイター』の生き残りに会ったら、頭のひとつもひっぱたいてやりたいよ」

「で、あとからうちに見えるというのは」

「かおるさんと細田だ。最初会ったときにはうさん臭い男だと感じたが、今はけっこう頼りになると思っている。かおるさんを店まで迎えにいっている筈だ」

「本当にその子とは、かかわりがなかったの？　尾津さんは」

「名前すら初めて、水川くんから聞いたんだ」

悦子はほっと息を吐いた。立ちあがり、カウンターの白布の上におかれていた煙草ケースをとりあげた。一本抜き、火をつける。

煙草の吸い方もかわっていない。深く、大きく一服、二服しただけで、すぐ消してしまうのだ。

「煙草の吸い方もあいかわらずだ」

「ええ。でも軽くしたの。前はセブンスターだったでしょ。今はこれ」

マルボロライトがケースの中にあった。

「でも、そんなことがあるなんて不思議ね。コンピュータのことはわからないけれど、まったくの赤の他人が、自分についてあれこれ知っているなんて嫌だわ。失礼しちゃうわって感じよ」

「まったくだ。顔を合わせたこともない人間が、突然訪ねてきたり、私のことをよく知っているといわれると、びっくりする」

「そんなの、嘘に決まってる。確かに年齢とかどんな仕事をしてきたかとか、銀行にいくら預金があるかなんてのは、機械で調べればあるていどはわかるでしょうけれど、そんな数字くらいで、その人のことが本当にわかるわけない。わかられてたまるかって思うわよ。機械には、好きな食べものやお酒のことはでてこない。夜眠る前にどんなことを考えるかとか、朝起きたらまず何をするかとか、わかりっこないもの」

わずかに怒ったかのように悦子はいった。

「その通りだ。にもかかわらず、私とかおるさんは『鍵』にされてしまった。だが問題はそれじゃない。ただ『鍵』にされただけなら、『ヒミコ』のことなど知ったことかと、無視できただろう。困るのは、『ヒミコ』が欲しくて、あるいは『ヒミコ』を消したくてか、暗躍している奴らだ」

「警察に訴えても駄目かしら」

尾津は煙草をくわえた。

「とりあってくれないだろう。人が死んでいるがすべて自殺で処理されている。それをひっくりかえすのは、捜査が誤りであったと彼らに認めさせるのと同じことだ。かなり難しいだろうな。それに、あまりに雲をつかむような話だ。実際に『ヒミコ』がどんなものかを説明できないようでは、まともにうけあってはくれまい。何かの実害が私に生じない限りは」

「だって盗聴器をしかけられたのでしょう」

「自分でやったのじゃないかとか、あるいは別れた家内が探偵にやらせたのじゃないかといわれたらそれきりだ」

悦子は黙りこんだ。新たな煙草に火をつけ、やはり二、三度吹かしただけで消す。初めの頃は、その仕草がいらだっているように思え、気になった。今はただ、懐しい。

「マスコミは？　新聞とか週刊誌に訴えるの。ＣＩＡなんてからんでいるのなら、飛びついてくるのじゃない？」

「やはり証明ができない。当麻にしても『Ｉ・Ｐ・Ｐ・Ｃ』にしても、記者が取材にいき、シラを切られたらお手上げだ。こうして話している自分でも、まだどこか信じられないような気分なんだ」

尾津はいって、悦子を見た。

「こんなとんでもない話を真にうけて、かくまってくれそうな人は、君しか思い浮かばなかった。迷惑をかけて申しわけない。だが私自身には、本当にうしろ暗いことは何ひとつないんだ。それだけは信じてほしい」

「何いってるの」

悦子は笑った。

「尾津さんが悪いことをしたなんて、わたしはこれっぽっちも思わなかったわよ。それよりあなたが、十五年もたってからわたしに連絡をしてくるなんて、よほどのことだと思ったくらい」

「図々しいと思っている。声を聞いただけで電話を切られてもしかたがない、と思った」

悦子は笑みを消さず、尾津を見つめた。

「少しくらいは恨んだわ、それは。意気地なしって思ったこともある。でもそうじゃないって、あるときわかった。尾津さんはわたしなんかよりはるかに、わたしや園美、『きづれ川』のことを考えてくれていた。その考えの結果が、お別れだったってこと。そしてそれはたぶん、まちがっていなかった。今はとても楽。『きづれ川』を閉めるって決めるまでは、無理をしたり、すごく苦しいときもあったけど、自分ひとりがいくらがんばっても限界があるって気がついたの。園美がね、『お母さん、もうやめたら』っていってくれたの。『体壊しちゃつまんないよ。お母さんひとりがいくらがんばったって、世の中の景気がかわるわけじゃない。それよりそろそろのんびりすること考えたら』って」

尾津は胸が詰まった。景気がよく、「きづれ川」の仕事が大変なときだったからこそ、悦子との別れを決意した。一方、景気が悪くなり、女将として悦子が苦労しているとき、自分は何もしてやれなかった。

「いいタイミングだったと思うの。あれ以上無理したら、板さんや他の人たちにも迷惑をかけたろうし。老舗だからって、見栄はって周りを困らせてまでつづけていく権利は誰にもないでしょう」

「そうか……」

「今はとっても幸せよ。そりゃ贅沢はできないけれど。グラビアや映画の撮影とかでお座敷を使ってもらうので、わたしひとりくらいどうにでもなっちゃうの」

「われわれの宿泊代ももちろん――」

悦子は首をふった。

「やめてよ。そんなつもりで話したのじゃないわ。尾津さんからお金なんていただけない」

「だがそれじゃあ――」

「困ったときはお互いさまでしょ」

「私は君が困ったとき、何もしなかった」

「それはしかたないわよ。途絶えていたのだから……」

尾津は息を吐いた。何らかの形で、謝礼はしなければならない。だが、今ここで押問答しても、悦子が首を縦にふるわけはなかった。一度決めたら、驚くほど頑固なところのある女だ。

「何かあとで考えようと思っているでしょう」

いって、悦子はにこりと笑った。

「そういう人なのよ。正攻法が駄目でもあきらめない。あの手この手で、必ずしようと思ったことは実行する」

尾津は苦笑した。

「見抜かれたな」

悦子はしみじみといった。

「尾津さんも本当にかわってないわ。嬉しい」

「嬉しい？」

「いいの。ひとり言みたいなものだから。尾津さんはいつも先を先を読む人。わたしは単純だから今のことしか考えない。だからお互い、気が合ったのでしょ」

尾津は頷く他なかった。

「園美がいってたことがあるの。『きづれ川』を閉めて、暇になっちゃって、毎日ぼんやりしていたら、『尾津パパに連絡とってみれば』って。馬鹿なこといわないでって、叱ったのだけれど。『お茶飲み友だちになってもらえばいいじゃない』って。あーあ、いっちゃった。いわないでおこうと思ったのに」

ぺろりと悦子は舌をだした。

何ともいえない、温かな感情が尾津の心を満たした。

「『尾津パパ』って、まだ覚えていてくれたのか……」

それは、悦子とつきあっていた頃、園美が尾津につけた渾名だった。園美は実父とのいきさつがほとんどなく、男親のような存在に飢えていたのだろう。尾津や悦子がとまどうほど、尾津になついた。

だからこそ、悦子との別れを決意するのはつらかった。

「そりゃ覚えているわよ。わたしだってあれから何もなかったわけじゃないけど、あの子は、『尾津パパがやっぱり一番だな』って、よくいっていたわ」

じゃあ今は、と訊きそうになった。そのとき携帯電話が鳴り始めた。尾津は上着の中からとりだした。細田からだ。

「はい」

「今、かおると合流した。尾行されていないかを確かめて、そちらへ向かう」

「わかった。かおるさんは無事なのか」

「大丈夫だ」

「待っている」

電話を切ると、悦子が訊ねた。

「お友だちね」

「細田だった。かおるさんを連れてこちらへ向かうそうだ」

「コーヒーの用意でもするわ」

悦子は立ちあがった。喉もとに残った問いを発することができず、尾津はため息を吐いた。

18

それから一時間としないうちに、細田とかおるはやってきた。かおるは店からそのまま抜けでてきたことがわかる、肩も露わなドレス姿だ。

勝手口を開け、二人を迎えいれたのは尾津だった。

バーコーナーのソファに腰をおろした二人に、悦子がコーヒーを運んできた。かおるは落ちつかなげに、あたりを見回している。

「ここのオーナーというか、女将の、河村《かわむら》悦子さんだ」

「お世話になります」

尾津が紹介すると、かおるは小さな声で挨拶した。

「ご面倒をかけます」

細田も頭を下げた。

「女将なんていわないで下さい。今はただのおばさんなのだから。それより、かおるさん――」

かおるははっと顔を上げた。

「こっちへいらっしゃいよ。その格好じゃ寒いでしょう。娘のおいてった服があるから、嫌じゃなければ着替えなさいな」

恥ずかしげに肩を抱いていたかおるは頷いて立ちあがった。

「いいですか」

「もちろんよ。第一その格好じゃ、おじさんたちも落ちつかないじゃない。あなたとてもきれいだし……」

「すみません」

二人が家の奥に消えると、細田はコーヒーをすすった。

「うまい。いい女だな。たいしたものだ」

「まったくだ。女手ひとつで娘さんを育てあげ、ここを切り回していた」

尾津がいうと、細田は笑いだした。

「そうじゃない。たいしたものだといったのは、あんたのことさ。大手でもない商社の、こういっちゃ何だが、一介のサラリーマンなのに、あれだけの女を惚れさせるのだからな」

「そんないい方はやめてくれ。接待で出入りしているうちに、たまたま、だ」

「いや、いったろう。水商売は人を見る目が備わるって。あの女将はまさにそれであんたを選んだのさ」

「昔の話だ。それに私は結局、彼女に何もしてやれなかった」

煙草をくわえ、細田は愉快げにいった。

「これからしてやりゃ、いいじゃないか。うまくすりゃ、あんたも相当の儲けがでる。昔とちがって、正々堂々、彼女を幸せにしてやれるだろう」

尾津は首をふった。

「夢のようなことをいうな」

「夢じゃないさ。多少危いこともあるだろうが、がんばればわからないぞ」

尾津は答えなかった。そんなロマンチックなものではない。罪の意識は、まだ濃く残っている。

「――だが静かでいいところだ。静かすぎるのが気にはなるが」

火のついていない煙草をくわえたまま細田は立ちあがると、窓にひかれたカーテンを開いた。和風庭園の中庭に面している。その向こうは、高い板塀だ。

「ここにこそっと隠れている限りは、簡単には見つからんだろうな。ただ人の出入りが少ない家は、周囲の人間に見つからないようにしなけりゃ、すぐ噂になっちまう」

「大丈夫ですよ。両隣は空き家なの。銀行の管理になっていて」

戻ってきた悦子がいった。

細田は驚いたようにふりかえり、笑い声をたてた。

「こりゃ、失礼した」

「いいえ。かおるさんて、とても頭のいい子ね。しっかりしてるし。たぶん苦労した時代があったのでしょ。でもすれたところがない」

尾津は頭を下げた。

「重ね重ね、お世話になる」

「うちの娘とかわらない年頃なのよ。少し上くらいかしら。ぜんぜん平気。不思議よ、母娘って、友だちみたいになっちゃうの」

尾津の隣に腰をおろし、悦子はいった。いたずらっぽく笑う。

「この服を着てた子は、尾津さんのことを、『尾津パパ』って呼んでいたのよって教えたら、目を丸くしてたわ。もしかして、意地悪いっちゃったかしら」

尾津は返事に困った。細田が笑いだした。

「こりゃおもしろい。だがご心配なく。尾津さんとかおるのあいだには何もありません。ただこの人は今どき珍しい騎士道精神のもち主だから、かおるのほうが少しは憎からず思っているかもしれんが」

「よしてくれ」

尾津はいった。

「照れることはないだろう。まあそのあたりは女将さんのほうがご存知だろうが」

「女将さんはやめて下さい。悦子でけっこうです。姓で呼ばれるのもあまり慣れていませんし。でも細田さんも不思議な雰囲気をおもちですね」

悦子が細田を見つめ、いった。細田が一瞬息を止めるのがわかった。

「いや……、別に、あたしはただの無頼漢ですよ。尾津さんとはぜんぜんちがう。ずっと無責任に生きてきた」

珍しく細田は言葉を詰まらせた。この男でも照れることがあるのだと、尾津はおかしくなった。

「無頼漢てのは、今どき古い言葉だな」

尾津がいうと、細田は尾津をにらんだ。

「本当の話を全部するわけにはいかんだろう。悦子さんに叩きだされるかもしれん」

「そんな小心者ではございません。細田さんはご家族はいらっしゃらないの？」

悦子が訊ねると、細田は苦しげに瞬きし、目をそらした。

「いた時代もあった、と答えておきましょう。どうもあたしは、悦子さんのような人に弱いんだ。こういう美人に訊ねられると、いわなくていいことまでいっちまう」

「その話は初耳だな」

「まあいいじゃないか。あたしの人生のことなど、あんたとかおるにふりかかった災難には何も関係ないのだから」

話をそらすように細田がいった。そのときかおるが戻ってきた。スウェットの上下を着け、髪もほどいている。

「小さくなかったようね。よかった」

悦子が微笑んだ。

「すみません。厚かましくて。あの、新しいのをお返ししますから」

かおるはぎこちない笑顔を悦子に向けた。

「何いってるの。そんなこと何も心配することないわよ。それよりお腹はすいてない？

おむすびくらいなら作れるけど」

「いえ、大丈夫です」

かおるは首をふった。

飲みかけのコーヒーを手にとり、ひと口すると、ほっと息を吐いた。

「びっくりしました。先生が急に店をでてこいなんていうものだから」

「お店のほうは大丈夫なのかい」

「ええ。具合が悪くなったので早退させてもらうって電話を入れました。スタッフは変に思っているかもしれませんけど」

いって、かおるは煙草をとりだした。悦子をうかがう。

「どうぞ。わたしも吸うのよ」

「冬木はどうした。あれから連絡はあったか」

かおるが煙草に火をつけると、細田は訊ねた。

「ない。でもやっぱり考えてみると変。今になって突然連絡してくるなんて、偶然じゃないような気がする」

「それを確かめるのは、会ってみるのが一番じゃないのかな」

尾津がいうと、かおるは煙草を口もとに運び、目を伏せた。答を考えるように煙をゆっくりと吐く。

「――正直いって、ちょっと不安です。もしあの人が『ヒミコ』を捜している人たちとつながっていたら、わたしはどうしていいかわからない」

まだ気持があるのだ。冬木という男に、未練ではないかもしれないが、何らかの感情を残している。だからこそ、会うのをためらっているのだろう。

「かおるがそう思うのなら、会わない方がいい」

細田がいった。

「冬木というのは、人の心を読むのが実にうまい男だ。かおるの気持がわかれば、必ずそこにつけ入ってくる」

尾津は頷いた。旧友の酒井田が「ヒミコ」を欲する連中にとりこまれているとわかったときは自分も苦い思いを味わった。だがかつて惚れた男がそれで再会を求めてきたとするなら、かおるのつらさは比ではない。

「変ね。とっくに気持の整理がついたと思ってた。そんな弱くないつもりでいたのに」

切なそうにかおるはつぶやいた。

「気にするな。冬木のことが気になるとしても、お前のせいじゃない。冬木というのはそういう奴なんだ。人が、奴に何かをしてやりたいと思わせる天才だ。とことん人に嫌われるような真似は決してしないし、自分について深く誰かに知らせることもしない。ああいう男を好きになってしまったら、誰でも同じようになる。妙な話だが、怪しいと思いながら、俺もあいつが好きだった」

「聞いていると、ずいぶん魅力のある男のようだな」

尾津はいった。細田は尾津を見た。

「人間てのは、秘密の匂いに弱い。それが明らかに犯罪ならともかく、つきあっている相手に、自分の知らない一面があると感じると、より深くかかわりたいという心理が働くんだ。何もかもわかっていると思える相手は確かに安心だが、一方で退屈だ。冬木はそういう点で、男にも女にももてる。ことさらに秘密めかしたような言動はとらないが、何かがあると感じさせるんだ。明るく、人あたりも柔らかいけどそれだけじゃないと思わせるものがある。女はそういう男に弱い。ちがうかね、悦子さん」

「そうね。そういう男の人がいたら、責任感がどこまであるかが、ひとつの鍵だと思う。責任感のある人だと感じたら、たぶん女は、その人がもしかしたら悪い人かもしれないと思っていてもついていってしまうでしょう」

悦子はかおるを見やり、答えた。

「わたしは、男の人に頼らない生き方をしたいってずっと思ってきました。世の中は何でもありだ、ひとつの価値観に縛られて生きるなんて頭の悪い人のすることだって。なぜなら、きのうまでの価値が、今日いっぺんにひっくり返るってことがあるって知ってしまったから。この世の中には、特にこの国には、不変の価値があるものが少ないと思うんです。会社とか家族がそうだとは考えられない。そういう会社や家族をもっている人もいるのでしょうけれど、わたしにはない。がんばるのは、誰かのためじゃなくて自分のため。冬木はそういうわたしを理解してくれたし、励ましてくれました。だから、冬木に頼ろうとも思っていませんでした。だけど、冬木がある日いなくなったら、他の男の人では埋まらない穴があいてたんです」

「罪な人ね」

悦子がつぶやいた。

「でもそれは誰にでもあることよ。むしろそれがあたり前。Aさんがいなくなってあいた穴を、もしBさんが埋められるなら、Aさんじゃなくともよかったってことでしょ。Aさんのことを本当に好きだったのなら当然、他の人じゃその穴は埋まらないわ。ただ女は男の人とちがって、穴があいていることに対して強いの。慣れれば穴があるとわかっていて、それをひょいと越えて動いていける。男の人は、いつも同じ穴の前で立ち止まってしまったり、毎回つまずいてみたりするのよ」

「言葉もない」

細田がいった。

尾津は咳ばらいした。

「冬木氏のことはとりあえずおいておこう。ここで我々が夜を徹して語りあったところで、これからのことがわかるわけではない。それより明日以降どうするかを考えようじゃないか」

「はい」

「それもそうだな」

「尾津さんらしいわ。いつも前へ進む。正面に道がなければ右から、右も駄目なら左から。右も左もいけないなら、空から、地下から。あきらめないし、腐らない」

悦子がいった。

「よしてくれ。君は、私のことを買いかぶっている。私はあきらめたこともあるし、腐ったこともある」

「そりゃそうよ、人間だもの」

かおるが吹きだした。

「尾津さんと悦子さんておもしろい。ちょっと意地悪な悦子さんに、尾津さんはすごく弱いんですね」

「あら失礼しちゃう。わたしが意地悪ですって」

「その通りなんだ。昔もよくこうしていじめられた」

かおるは笑みを浮かべた。悦子と尾津が呼吸をあわせていることに気づいたのだ。

「ありがとうございます」

悦子は首をふった。

「でもかおるさんのいったことは正しいわ。別にお店を閉めなければならなかったからいうわけじゃないけれど、この日本ていう国には、信じられるほど価値のあるものが少なくなったように思う。だけど皆、信じてるふりはするのね。本当は信じていないくせに。何かがあると、自分だけは助かりたいし、助からなかった人間を馬鹿にするのに、信じなきゃ駄目みたいなことをいうのよ」

「寂しいことだな」

尾津がいうと、悦子はいった。

「たぶんまたかわるわよ。世の中ってそういうものかもしれない。皆が信じるものがたくさんあった時代があって、次に信じられなくなるような嵐の時代がくる。それのくり返し。わたしは知らないけれど、戦争に負けたのも、バブルが弾けたのも、そういう意味ではいっしょなのかも。ただ、こういう変化を一番ものの考え方に影響する世代のときに経験したのかどうかで、強く感じるか感じないかのちがいがある」

「今は嵐の中か」

「そうね。まだしばらくつづくでしょうね。景気が悪いとかそういうことではなくて、信じられるものが減っていくって時代が。だからお店をやめてよかったとも思う。かおるさんとちがって、わたしがなくなってしまったものの価値をいつまでも信じていたら、まだお店をつづけていたでしょう。八方塞がりで苦しくて、きっと政治家の先生や役人を呪ったりしながらも、ね。別にどっちが正しいとかはない、と思うけれど」

笑みを大きくした。

「で、皆さん明日は何時に起きて、何をするわけ？　朝ご飯の準備もあるから、聞いておきたいわ」

尾津は誇らしさを覚えながら、細田を見た。

「明日二時に渋谷だったな」

細田は頷いた。

「そうだ。作戦を練らなきゃいかん。だがそれは明日にしよう」

「だったら朝ご飯は九時くらいでいいかしら。もっと早い方がいい？」

そんな心配をかけたくないという尾津の表情に、悦子は先回りした。

「いっておくけれどここにお泊まりいただく以上は、遠慮はお断わりよ」

「じゃあ……」

細田がいいにくそうにいった。

「もう少し遅くしてもらえませんかね。このところ寝てないものだから……」

19

布団に入るやいなや、細田は豪快なイビキをたて始めた。場所が六本木のマッサージ店であろうが、尾津の自宅であろうが、さらに赤坂の閉めてしまった料亭のだだっ広い座敷であろうが、この男にとっては関係ないらしい。

わかってはいたが、改めてその図太さに尾津は羨望を覚えた。廊下と襖を隔てた座敷にはかおるがいるし、さらにその向こうには悦子がいる。

悦子と同じ屋根の下で眠ることなどあっただろうか。眠れぬまま、闇に目をこらして考えてみる。

たぶん一度もなかった筈だ。機会がなかったわけではない。ただ、娘の園美に対する気づかいから、悦子は外泊をしなかった。どんなに遅くなろうとも、園美が起きだす時間よりは先に帰った。

それを尾津も当然のことと受けとめていた。どれほど自分を思ってくれようと、腹を痛めた我が子と比べることなど、できるわけがない。

その園美が独立し、この家で悦子はひとりで暮らしている。そこにひとり身となった自分が転がりこんだ。

あっさりとうけいれてくれた悦子は、今でも自分に対し気持を残しているように思える。が、寝る前に交した会話は、さりげない釘で、勘ちがいはしないでくれという意図で刺されたものかもしれない。

女は穴があるとわかっていて、それをひょいと越えて動いていける。男は、いつも同じ穴の前で立ち止まったり、つまずいてしまう。

すべての人間がそうではないだろうが、当たっていると感じる言葉だった。

互いの心に、互いが穴としてある。尾津はやはり、悦子の穴でよく立ち止まっていたように思う。悦子は、尾津の穴をまたいで生きてきたのだろうか。

気づくと、小鳥の鳴き声が中庭の方から聞こえていた。外はもう明るくなっている頃合いだ。

眠らなければ、そう思えば思うほど、目が冴えてくる。

ようやくうとうととした、そんな気分になった頃、細田の起きだす気配があった。時計を見ると、十時を過ぎている。

「起きるか――」

情けない気分でつぶやいた。頭が重く、朦朧《もうろう》としている。

布団の上にあぐらをかいた細田が尾津を見おろした。

「隣のイビキがうるさくて寝られないって話はあるがな、ため息が気になって寝られないってのは、俺も初めて経験したよ」

ぬけぬけという。尾津はむっくり起きあがった。

「何のことだ」

「何のことだ？」

細田は苦笑いを浮かべた。尾津はいった。

「あんたのイビキは豪快だったぞ」

「イビキをかいたのもかいただろうが、あんたのため息もそりゃなかなかのものだった。輾転反側《てんてんはんそく》とはあのことだろうな。寝返りを打ったびに、あんたがはあー、はあー、とため息をつくものだから、気になるやらおかしいやらで、途中からこっちも眠れなくなっちまった」

それを聞き、思わず尾津も苦笑いした。

「そうか……」

「まあいい。起きるとしようや。たぶんかおるも同じさ。いや、悦子さんの言葉を信じるなら、別か」

着替えて居間にでていくと、そのかおるは、悦子とコーヒーを飲んでいた。二人より三十分以上早く起きていたらしい。

「眠れたかい」

尾津が訊くと、大きく頷いた。

「お布団で寝たのは久しぶりですけど、すごくよく眠れました」

「朝ご飯の仕度していい？」

悦子が訊ねる。昨夜とはちがい、ニットのワンピース姿だ。

「よろしくお願いします」

「手伝います！」

かおるが立ちあがった。悦子は微笑んだ。

「よろしく」

コーヒーを飲み、手渡された朝刊に目を通していると、

「できたわよ」

という声がかかった。隣接する座敷に、朝食の膳が並べられている。

干物と卵焼、納豆に味噌汁とご飯というありふれた献立だ。だが他人の手作りの朝食

を食べるのは久しぶりで、尾津の胸は詰まった。それも、悦子の手作りなのだ。

「どうしたの、食欲ないの」

なかなか箸を手にとらない尾津に、悦子が訊ねた。

「いや……。いただく」

細田がよぶんなことを喋らないとよいがと目を向けたが、素知らぬ顔でご飯をかきこんでいる。

「うまい。お代わりはいただけるかな」

もちろん、と答えて立ちあがる悦子を見ないようにしながら、尾津は箸をとった。なぜだかはわからないが、涙がでてきそうな気がしたからだった。

朝食が終わると、尾津と細田は居間に戻った。かおるは片づけを手伝っている。

「今日の段どりを決めようじゃないか」

煙草に火をつけ、細田を見た。感傷にいつまでもひたっている場合ではない。しゃきっとしなければ。

「バセンジーにあんたの送ったメールは届いたと思うか」

「届いている、と思うね。あの世界の奴らは、たとえそこから自分への追跡が始まると知っていても、ネットをのぞかずにはいられない。アジトにこもっている逃亡犯が、張りこみの奴らにいるのがばれてしまうとわかってても、外のようすをのぞかずにいられないのと同じだ。俺からのメールは、罠なのか本物なのか、バセンジーを悩ませはするだろうが、無視はできない筈だ」

「じゃバセンジーに届いているとして、どう接触する？」

「こっちがするのじゃない。向こうからさせるんだ」

「どうやって。またネットを使うのか」

「いや。そんなまだるこしいことはしない。やり方はもう、メールに書いておいた。あとはバセンジーがそれを実行するかどうかだ」

「どんなやり方なんだ」

「まずは、俺のいう通りに動いてもらう。すべてはそこからだ」

細田と尾津は、別々に「きづれ川」をでた。目的地は、渋谷のハチ公前だった。細田のほうが三十分早く、でている。

尾津は地下鉄をつかって渋谷にでた。何か危険があれば、携帯電話で細田が連絡してくることになっている。

細田からの連絡はなく、尾津は二時五分前に渋谷駅に到着した。ハチ公前は、平日の昼間だというのに、あきれるほどの人出がある。

その大半が二十《はたち》前の若者で、そこにあっては、かえって自分の姿が目立つのではないかと、尾津は思った。

だがそれが細田の狙いだったのかもしれない。十代の若者が蝟集《いしゅう》する場にあって、六十代の尾津は、明らかに異質の存在だ。当然、バセンジーの目につきやすい。また、万一メールを〝解読〟した追跡者がそこに張りこんでも、やはり目立つのは避けられない。バセンジーは遠目で張りこみを察知し、逃げだすことができる。

――十分はそこにいろ。

細田は尾津に命じていた。

――バセンジーはハチ公前では接触してこない。もし接触してくる奴がいたら、それは追っ手の側だ。その場合は、渋谷をでて、まっすぐ自宅に向かえ。まちがっても「きづれ川」に戻るのじゃないぞ。

ひっきりなしに、電子音のメロディが鳴っている。若者たちの携帯電話がたてているのだ。言葉づかいだけなら、性差をまるで感じない乱暴なやりとりが耳にとびこんでくる。大半は、少女たちだ。その言葉を聞いていると、誰もが怒っているかのようだ。だが本気ではない。「ムカつく」だの「キショイ」だのといいながら、その表情は意外に平静なのだ。

ただ地面にすわりこみ、平然と飲食したり、化粧を施す姿にはへきえきした。尾津の感覚では、だらしないのを通りこし、周囲に対する嫌がらせにすら思える。

これも一種の反抗なのだろうか。だとすれば親にではなく、学校に対してですらない。公共の場、群衆に対しての反抗だ。

尾津の知る反抗とは、まず親、それから学校、そして政府など、「権威」とされるものに向けられていた。行為の正当性はともかく、衝動は理解できた。

しかしこの子供たちの行為が反抗であるなら、その対象は「権威」ではない。たまさか、そこに居あわせた人々であり、何ら圧力も、統一された目的もない、集団とも呼べない、公共の場の共有者にすぎない。

そこに向かって反抗する理由は何なのか。

尾津には理解ができない。おそらくは、この国がぼろぼろになっているがために、その極端にほころびた部分が、この子供たちの行動となっているのだろう。叱責はおろか、注意を与える者もいない。かくいう自分も、まさにその例を外れない。

胸もとに震動を感じ、尾津ははっとした。腕時計を見る。二時十二分だった。震動は数回で止《や》んだ。細田が送ってきた合図だった。携帯電話のバイブレーション機能を作動させ、止める。

その場を動け、という合図だった。

尾津はあたりを見回した。誰ひとり自分に関心を抱いているようなそぶりの人間はいない。視線を合わせてくる者はひとりもおらず、ましてや声をかけようかという挙動を見せたのは皆無だ。

ハチ公前の集団を離れ、スクランブル交差点の前に立つ。ほどなく歩行者用の信号が青にかわり、尾津は公園通りの方向に歩きだした。

曇りぎみの天候で、午前中はときおりのぞいていた日が、今はすっかり雲に隠れていた。夕方まで保たず、雨が降りだしそうだ。

細田はどこからか、自分と、自分の近くにいるかもしれないバセンジーの姿を追っている。

――ふつうの足どりでいい。別にゆっくり歩く必要はないぜ。あんたのいつもの足どりで、公園通りをまっすぐあがってくれ。

そう指示をうけている。

前だけを見て進んだ。だがそれは必要なことだった。人で溢れた歩道を、前から横から、さらにはうしろから現われる十代の反抗者たちとぶつからぬよう進むには、前だけをしっかり見ておく必要があった。

なぜならその反抗者たちは、ほぼ全員が携帯電話を手にしており、注意力の半分をそれに奪われているからだ。

携帯電話だけにうつむき、指を忙しく動かしながら坂を下ってくる若者と、何度もぶつかりそうになった。

危く回避した尾津に、詫びの言葉を述べるでもなく、まるで電柱かゴミバケツでもそこにあったかのような視線を向け、無言で歩き去っていくのだ。

尾津の足は自然に早まった。反抗者でごったがえすこの街を、一刻も早く抜けだしたいという思いの表われだった。

渋谷区役所のあたりまでくると、人波の数が目に見えて減った。その先の角を、渋谷公会堂の方角に左折する。NHKの建物を右手に見ながら、尾津は広い通りを進んだ。

歩いている人間の年齢がぐっと高くなった。勤め人らしいネクタイ姿が多くなり、ほっとするような気分で、歩調をゆるめる。

ゆとりがでてきたところで、あたりを見回したい衝動にかられた。だがそれをこらえ、さらに進んだ。ハチ公前を離れてから二十分近くが経過している。

宇田川町からのびた通りとぶつかった角で尾津は右に曲がった。この道にでるのなら西武百貨店の角を左に折れてまっすぐきたほうが早いのだが、尾行者の有無を確認するためにあえて遠回りのルートを選んだのだ。

二百メートルほど進むとビジネスホテルがあり、その一階で喫茶店が営業している。尾津はそこに入った。

何の変哲もない、古い造りの喫茶店だった。客は、二人連れがひと組いるだけだ。ビジネスマンらしく、書類ホルダーを広げて打ち合わせをしている。片方が関西弁を喋っていた。

奥の席にひとりですわった尾津はアイスコーヒーを注文した。空いた客席ごしに、表通りに面したガラス窓が見渡せる。

尾津のあとを追って喫茶店に入ってきた者はいない。また窓の向こうに見知っている人物の姿もなかった。

すべて細田の指示通りの行動だった。

運ばれてきたアイスコーヒーをひと口飲み、煙草に火をつけた。喫茶店の入口におかれている、今どき珍しいピンク電話が鳴った。

レジにいた娘が受話器をとり、ひと言ふた言話したあと、店内をふり返った。

「尾津さま、いらっしゃいますか。お客さまの尾津さま――」

名前を呼ばれたことにどきりとしながらも、尾津は片手をあげた。娘が受話器を示す。

携帯電話の普及した今、過去の遺物ともいえるピンク電話に、客の呼びだしがかかってくることはめったにないのだろう。娘は少し驚いたような表情を浮かべている。

立ちあがった尾津は、ピンク電話の受話器を手にとった。

「尾津です」

「奥さんの干支《えと》を教えて下さい」

いきなり女の声がいった。

「何だって？」

「別れた奥さんの干支です。答えられなければ切ります」

恭子のことだ。反射的に答えた。

「サル年だ」

「以前住んでいた横浜の家の郵便番号を」

「二四四―×××」

「トーア物産の最後の社長の名前を」

「青木千治《せんじ》」

声は沈黙した。

女だったのか。意外さを感じながら、尾津は訊ねた。

「バセンジーか」

「その言葉は口にしないで。尾津さんはひとりですか」

「ひとりだ」

「周囲に仲間は誰かいるの」

迷ったが、いった。

「いない。今は」

「今は？」

「知っている筈だ。私はパソコンが扱えない。君にメールを打ったのは、私を助けてくれている友人だ」

「何をやっている人。会社の元同僚？」

「いや……。今は何もしていない。なあ、会って話がしたい。どうすればいい？」

「あなたは監視されている。会うのなんて危くてできない」

「大丈夫だ。今は私にそれはない」

レジの娘の前で「監視」という言葉は使いづらかった。

「君の指定する場所に出かけていく。君も困っている筈だ。お互いどうすればよいか、話しあおう」

「信用できない」

　女の声は意外に若い。二十代、もしかすると十代かもしれない、と尾津は思った。

「私が本人であることを確認しただろう」

「あなたのことはずっと見てた。でもあなたはもう、奴らにとりこまれているかもしれない」

「もしそうなら、自由に歩き回ったりできるものか。『イブ二号』も、今は私と行動を共にしている」

「そこにいるの!?」

　女の声に驚きが加わった。

「いや、いない。いっしょに動くのは危険だろう。『アダム一号』から、私は話を聞いたんだ。水川くんだ。彼のことは、君も知っているな」

「『アダム一号』は死んだ。あいつらに殺された」

　声が高くなった。感情の高ぶりをおさえこもうとしているように聞こえた。

「いいかね。私たちも、今のこの状態を何とかしたい。君も、つらい筈だ。会って相談しようじゃないか」

「もう切るわ。考える。メールも打たないで」

「待て、このあとどうやって連絡をとりあう？」

「地下鉄六本木駅の伝言板」

いって、電話は切れた。尾津は呆然として、受話器をおろした。これでは接触できたとはとうていいえない。

だが、もはやバセンジーにこちらから話しかける方法はない。

尾津は受話器を戻し、席に戻った。吸いかけの煙草を消し、新たな一本に火をつける。

とにかくバセンジーが女だということはわかった。

いや、そうとは限らない。かけてきたのはバセンジーの恋人か何かで、本人にかわって探りを入れてきたのかもしれない。ただ切迫した口調は、危険が迫っていることを知っている者の声だ。

六本木駅の伝言板とは。

今どき、と思い、気づいた。この喫茶店の電話と同じだ。あえて古い連絡手段を用いることで追跡をかわそうとしているのではないか。

コンピュータによるメールや携帯電話のやりとりは、「クリエイター」を追う者にとってはむしろ手がかりを得やすい連絡手段なのだ。

バセンジーはハチ公前で尾津の姿を確認し、さらにはこの喫茶店に入るのを見届けて電話をしてきた。喫茶店の入口に、店名と電話番号が大きくでているのだ。携帯電話を使うには、互いの番号を知る必要がある。喫茶店にかけて呼びだせば、それは必要ない。

わざと古くさい方法をとらせることで、互いの情報の秘密が保たれる手段を、細田は考えだしたのだ。「バセンジー」もそのことを理解し、連絡してきた。

その結果が、伝言板だ。

だがのんびりはしていられない。「バセンジー」はこのあとすぐに伝言板にメッセージを残すかもしれない。確か伝言板のメッセージは、何時間かたてば消されてしまう。いつ伝言を残す、と「バセンジー」はいわなかった。毎日数時間おきに伝言板を確認するのは困難だ。となると、その言葉の意味は、今日中、それも今から一、二時間以内ということではないだろうか。

尾津は立ちあがった。喫茶店をでて、渋谷駅の方角に向かう。もしかすると動きだした自分の姿を、「バセンジー」はどこからか見張っているかもしれない。尾津を尾津本人と確認できても、味方であるという確証はどこにもないからだ。

ＪＲ渋谷駅まで歩いて戻った。山手線に乗りこみ、恵比寿で降りて地下鉄日比谷線に乗りかえる。電車に乗っている時間はごく短い。ＪＲ、地下鉄をあわせても十分足らずだ。

六本木駅で地下鉄を降りた尾津は、最寄りの改札口に向かった。伝言板はふつう、改札口をでたところに配置されている。まずは手前側広尾寄りの改札口をでた。

正面に伝言板があった。だがひと目見て落胆した。伝言板の表面がきれいだったからだ。

メッセージは一行もない。

気をとりなおし、階段を登って地上にでる。改札口は、反対側の神谷町寄りにもある。

そこにも伝言板があるかもしれない。

神谷町寄りの出入口は、六本木交差点に近い場所にあった。

　盛り場とはそういうものなのだろうが、前回、かおると会うために深夜訪れたときと、六本木の街の表情はまるでちがった。特に六本木ヒルズの存在が大きいのだろう。尾津が勤めていた頃に比べても、格段にビジネスマンの姿が多い。

　彼らがこんな昼間から遊びで六本木を訪れているわけではないことは明らかだ。

　捜すまでもなく、地上にでた尾津が、きた方角をふり返ると、巨大なビルがそそりっている。そこに向けて、ビジネススーツを着た多くの男女が足を運んでいるのだった。

　その彼らとはすれちがうように、六本木交差点方向に足を運んだ。

　六本木では、昼の中心が六本木ヒルズで、夜の中心が六本木交差点なのかもしれない、と思う。

　交差点に近い階段を下り、改札口をめざした。伝言板はすぐに見つかった。

　携帯電話の時代に、伝言板がこうして残っていることも、尾津には驚きだった。

　考えてみれば、地下では携帯電話の電波が届かないというし、さらに公共の乗物内部における携帯電話の使用はマナー違反という風潮が広まっている。となると、駅での待ち合わせにはやはり、伝言板は必要ということか。

　何となくほっとするような気分だった。

　だが設置された伝言板に歩みよった尾津はまたも失望させられた。

「アユミへ。いつもの店で待つ、J」

「大倉さま、急用のため先に向かいます、文彦」

など、メッセージは記されているものの、およそパセンジーからとは思えない文字ばかりが並んでいたからだ。

やはり今日ではなかったのか。いや、今日だとしても、あのあとすぐという意味ではなかったのかもしれない。

だとすると、どこかで待つ他ないのか。

そのときだった。かたわらを歩きすぎる初老の女性二人の会話が耳に入ってきた。

「――も、前は乗り換えなけりゃならなかったけど、今は一本になったからねえ」

「そう、そう、大江戸線。でもあれはすごく降りていかなけりゃならないから、大変よ」

思わず、

「あの――」

と呼びとめていた。驚いたように立ち止まった二人に訊ねた。裕福そうな五十代の二人だ。片方が、どこか恭子に似ている。

「六本木駅というのは、他にもあるのですか。ここ以外にも」

「ええ。交差点の向こう側にもありますよ。大江戸線の駅が――」

その女性が答えた。

「中からもいけるけど、そちらのほうがわかりやすいですよ」

「ありがとうございます」

尾津は再び地上にあがった。見回すと、通りをはさんだ向かいとは別に、対角線上に位置する場所に、地下鉄の入口がある。

大江戸線という地下鉄路線の存在は知っていた。今乗ってきた営団ではなく、都営の地下鉄だ。尾津の住むマンションは、営団地下鉄東西線の東陽町駅が最寄りだが、二つ隣の門前仲町駅を、この都営大江戸線が走っている。

女性たちの会話通り、大江戸線の六本木駅は、エスカレーターで地下深く降りた位置にあった。改札口までの距離は、日比谷線に比べると倍以上ある。それも大半が横の移動ではなく縦の移動なのだ。

時間帯のせいか、日比谷線に比べると利用者が少ないような気がする。

ようやく改札口までたどりついた尾津は伝言板を捜した。見当たらない。

大江戸線の六本木駅には設けられていないのだろうか。そう思い始めたとき、ようやく伝言板を見つけた。それは改札口からは目につかない、ひっそりとした場所におかれていたのだった。

メッセージがひとつだけ記されていた。

「Aへ、Xで待つ、B」

これもちがう、踵《きびす》を返しかけ、思い直した。Aは「アダム」、Bはバセンジーのことではないか。だがそうだとしてXとは何だ。二人の共有する情報の中に、「X」で表わされる地名はない。

尾津は伝言板を見つめた。筆跡は丸みを帯びた、女性的な文字だ。特に達筆とはいえず、もしかすると男であっても、こうした文字を書く者がいておかしくない。

問題はXだ。Xとはどこをさすのだ。それに時間を書いていない。つまり、今から待っているという解釈がなりたつ。

このメッセージが自分にあてられたものならば、バセンジーは、Xという場所で、尾津がくるのを待っているということになる。

どこだ。

尾津は考えた。水川から聞いた話、「ヒミコ」をめぐる〝陰謀〟の中に、「X」で表わされるような場所はあっただろうか。

ない。

では自分自身の知る場所の中では。バセンジーは、尾津の個人情報、たとえば昔住んだ家の郵便番号や、勤め先の社長の名などで、尾津が本人であることを確認した。それに近い情報の中に、「X」が象徴するような場所はあるだろうか。

今の住居ではない。マンション名に「X」または「エクス」は入らない。

他に「エクス」がつく建物で、自分に近いものがあっただろうか。

以前の勤め先のビルもちがう。かつてのいきつけの酒場やレストランもあてはまらない。頭をふり絞って考えたが思いつかない。

あるいはインターネットの世界で「X」が、特殊な意味をもっているのかもしれない。

もしそうなら、細田に連絡をとり、知恵を借りる必要がある。そして細田にも心当たりがないというなら、これは自分にあてたメッセージではないのだ。

まずは安全に電話を使える場所だ。よほどの非常時ではない限り、人前では携帯電話を使うな、と細田にはいわれている。携帯電話は番号を知られたら、いる地区を特定される危険があるからだ。

尾津はあたりを見回した。公衆電話を捜した。周囲に人影は少ない。改札口は自動で、駅員の姿すらない。少し離れた場所に、待ち合わせなのか、ジーンズにトレーナーを着た少女が立っているだけだ。その少女も、渋谷で見た若者と同様、携帯電話をいじり回している。

ここで携帯を使うか。ここなら、尾津を監視していると思われる人間はいない。地上にでるよりは安全かもしれない。

尾津は決心して、上着に手を入れた。そのとき、少女が携帯電話から顔を上げた。尾津と視線がぶつかった。

おかっぱのようなヘアスタイルをした少女だった。髪を染めてもおらず、化粧けもほとんどない。

その少女の口が動いた。

「アダム」

そういったような気がして、尾津ははっとした。

「バセンジーか――」

尾津は思わずいっていた。だが少女は返事をしなかった。ただ無言で、背後にある切符の自動販売機を指さした。そして歩きだした。手にしていた切符を自動改札機に通し、改札口をくぐると立ち止まった。

尾津を見ている。もう一度、自動販売機を指さした。

尾津は背後をふりかえった。誰もいない。

少女がくるりと背を向けた。若い男がひとり、エスカレーターを降りて、改札口に歩いてきたのだった。男はヒップポケットから定期入れをだすと、自動改札機を通り、ホームへとつづく階段を下っていった。少女も、そのあとを追うように階段を降りていく。

どういうことだ。尾津はつかのま混乱した。

少女の口が「アダム」と動いたと見たのは、まちがいなのか。しかも少女は、自分の「バセンジーか」という問いかけを無視した。

いや、もしまったく無関係な人間なら、無視はしまい。むしろ怪訝《けげん》そうな表情を浮かべる筈だ。あれは明らかに、尾津に対する合図だったのだ。

すると「X」とは何を意味していたのか。

何の意味もなかった。尾津は気づいた。

少女がバセンジーであるなら――もちろん、まったく尾津の考えちがいという可能性もあるが――、あえて意味不明の伝言を用い、尾津が〝敵〟と行動を共にしていないと確認する。目的はどこかに尾津を誘導するのではなく、他人の目のない場所で尾津に接触することだ。それには、走行中の地下鉄車内が一番安全だ。

もし尾津のあとを追って誰かが車内に乗りこんでくれば、接触を避けるか、別の車輛に移動すればよい。尾行者が前もって走行中の地下鉄に乗りこむことは不可能なのだから、すでに車内にいる乗客は〝敵〟ではないと判断できる。

尾津は急いで動いた。自動販売機の前に立ち、最短区間の百七十円の切符を購入する。改札をくぐり、ホームへの階段を降りた。

ホームに立つと少女の姿を捜した。階段から二十メートルほど離れた位置に立っている。

さっきの若者は、階段を降りた、すぐ目の前にいた。ホームには他に、三人の人間が立っているだけだ。

ひとりはスーツを着た中年の男、あとの二人は、二十代の崩れた感じのカップルだ。女はひどく踵の高いサンダルをはき、髪を金髪に染めている。

尾津はホームを歩きだした。少女のうしろを歩きすぎ、五メートルほど間隔をあけて立つ。

あえて少女のほうは見ないようにした。

やがて電車がホームにすべりこんできた。清澄白河行きだった。尾津の自宅に近い、門前仲町を通る路線だ。

電車が停止し、乗客が降りる。ホーム全体で十名以上が降りた。入れちがいに、尾津は乗りこんだ。視界の隅で少女が乗りこむのも見えた。

扉が閉まり、電車が発進した。だが発進して、尾津は気づいた。少女の乗った車輛と自分が乗った車輛は同じではない。ちょうど二人の間に、連結部分がきたのだ。

どうする。車輛を移動すべきだろうか。

車内は、空席がちらほら目立つほどの空きようだった。日比谷線に比べると車体がスマートで、通路も座席も小ぶりな印象がある。

連結部の扉が開いた。少女がこちらの車輛に移動してきたのだ。

扉近くに立つ尾津の前を通り、もうひとつ進行方向寄りの扉の前に立った。

次は麻布十番、というアナウンスが流れた。尾津はさりげなく少女に目を向けた。尾津のことをまったく無視し、暗いガラス窓の向こうを見つめている。

少女のあとを追って車輛を移動してきた者はいない。

やがて麻布十番駅で地下鉄は停止した。何人かが降り、何人かが乗りこむ。

少女は動かなかった。

自分はやはりまちがっていたのだろうか。無関係な少女をパセンジーと思いこみ、あとをつけているだけなのではないか。

尾津は不安にかられた。だがそうなら、少女がこちら側の車輛に移動してきた理由は何だ。

少女が乗りこんだ車輛が、こちらの車輛に比べて特に混んでいたわけではなかった。

座席にすわるのが目的なら、とうに腰をおろしている筈だ。

地下鉄は再び発進し、次の停車駅が赤羽橋であるというアナウンスが流れた。

赤羽橋という地名には記憶があった。恭子が流産したときに入院した病院が、赤羽橋にあった。

電車が赤羽橋駅のホームにすべりこむ。少女がすっと背中を立てた。

扉が開く。六本木や麻布十番に比べると、降りる客はほとんどいないようだ。

少女が降りた。

弾かれたように尾津も動いた。目前の扉からホームに降りる。背後で扉が閉まり、なまあたたかな風を吹きつけて、地下鉄は走り去った。

赤羽橋駅でその地下鉄を降りたのは、二人の他には、初老の女性ひとりだった。あとは誰もいない。少女はホームに立ち、動かなかった。尾津も待った。

やがて初老の女性が姿を消すと、少女はゆっくりと尾津の方を向いた。今度は意思の疎通をはかろうという気持がはっきりと顔に表われている。

「君がバセンジーか」

安堵を感じながら、尾津は問いかけた。少女は小さく頷いた。極度に緊張しているのか、大きく目をみひらいている。

特に強い印象を与える顔だちではない。今どきの同世代の少女たちに比べれば、むしろ地味で暗い雰囲気をまとっている。着ているものもおとなしいし、はいているスニーカーはかなりよごれが目立つ。荷物は、腰につけたポーチだけだ。

「やっと話せたな。よかったよ、こうして話ができて」

少女は目を伏せた。

「本物の尾津さんだという証明書を何かもっていますか」

聞きとりにくい、低い声でいった。

「運転免許証ならある」

「見せて下さい」

尾津は歩みより、財布からだした免許証を手渡した。少女は再び目をみひらき、免許証を見つめた。裏も見る。まるで偽造ではないかと疑っているかのようだ。

「本物だ。私が本物の尾津君男だ。君たちが『アダム四号』と勝手に名づけた人間だ」

いささかの皮肉をこめていったが、少女の表情に変化はなかった。無言で免許証を尾津に返す。

不意にしゃがみこんだ。両手で顔をおおう。やがて嗚咽《おえつ》が指のあいだから洩れだした。

尾津はあわてた。いきなり泣きだされてしまうとは思いもよらなかった。それに人けの少ない場所で泣いている少女といっしょではあらぬ誤解を招く。

「しっかりしたまえ」

「――恐かった……」

少女が泣きながらつぶやいた。

「どうしていいかわかんなくて、すごく恐かった……。誰にも頼れなくて、ずっと、マンガ喫茶とか、ネットカフェをハシゴしてた……。もう三日、寝てない……」

「そうか……」

「クリエイター」のメンバーに会うことがあれば、その無責任な〝人選〟に怒りの言葉を浴びせてやろうと思っていた尾津だが、こうして見るとバセンジーは怯えおののく少女に過ぎなかった。憤《いきどお》りよりもむしろ憐れみの方が勝ってしまう。

「ダックスフントという、君らの仲間が捕えられているらしいが――」

少女ははっと顔をあげた。

「ダックスフントは生きているの⁉ どこにいるの⁉」

「それは私にもわからない。だが逃げ回っているだけでは何も解決はしない。何とか奴らにひと泡吹かせてやりたいとは思わないか」

少女の顔が見る見る曇った。

「何いってるの。無理に決まっているじゃない。相手は――」

「しー」

尾津は指を立てた。

「そういう大事な話をここでしちゃいけない。とにかく安全な場所へいこう」

「安全な場所？　そんなとこどこにもないよ。どこに隠れたって、必ず見つけられちゃう」

尾津は息を吸いこんだ。少女の顔には今にもパニックでヒステリーを起こしそうな気配が漂っている。

「まず、君の名を教えてくれ」

「なぜ」

「君は私の名を知っている。それどころか、さらにいろんな情報を調べだした。なのに私は君のことを何も知らない。それは不公平だと思わないか」

少女は瞬きした。いわれている言葉の意味が理解できないかのようだ。

「これはインターネット内の話じゃない。こうして面と向きあっている、人間と人間の関係の話だ」

「あの――、清水愛美《しみずまなみ》です」

自らの名を発音しにくそうに少女はいった。

「愛美さんか。よし、これで互いに人間と人間の関係になれた。我々は記号でも情報でもない。生きている人間だ」

尾津は愛美の目を見ていった。愛美は不思議そうに頷いた。

「さっ、立ちなさい。ここをでよう」

「どこにいくの」

「安全な場所だ」

まず細田に連絡をとらなければならない。移動手段を含め、細田のアドバイスが必要だった。

改札口を抜けた尾津は愛美とともに地上にあがる階段を登った。少なくともあたりに尾行者がいないことは確かなようだ。

階段の途中で携帯電話をとりだした。不安を覚えたが、確実に監視者がいないとわかる状況なら使っても安全だと自分にいい聞かせる。

細田を呼びだした。

「今どこにいる?」

つながったとたん、細田は訊ねた。

「赤羽橋の地下鉄の駅をでたところだ」

「そうか。例の喫茶店をでたあと渋谷の人込みであんたを見失っちまって、冷や冷やしていた。それで接触はできたのか」

「できた。今、私といっしょにいる」

「そうか。何かいったか」

「いや、動揺していて、かなり怯えている状況だ。安全な場所に連れていってやらなけりゃ、ゆっくり話もできないだろう」

細田は間をおいた。

「わかった。赤坂に連れてきてくれ。尾行はいないな」

「私の見る限りでは大丈夫だ」

「タクシーを使え。ただし一度は途中で乗り換えろ」

「了解」

電話を切った。愛美は無言で尾津を見つめている。

「心配しなくていい。君を安全な場所に連れていく。いこう」

尾津は告げた。

20

「きづれ川」に戻ると、細田とかおるが待っていた。悦子の姿はない。買物にでかけているようだ。

清水愛美がバセンジーであると知って、二人もやはり驚いた。リビングのソファにすわらせ、かおるがコーヒーをいれた。

愛美はコーヒーカップを運んできたかおるをじっと見つめた。

「『イブ二号』……」

「そう。かおるという名前があるけど」

愛美は小さく頷いた。細田に目を向ける。

「この人は細田さん。君にメールを送った人だ」

「『ギズモ』？」

愛美が問うと、細田は答えた。

「あれはかりのハンドルネームだ」

「ずっと疑ってた。罠じゃないかと思って。でも、他にわたしには頼れる人がいなかった……」

愛美は小さな声でいった。

「あなたのことを聞かせて、愛美さん」

かおるが愛美を見つめた。やがて愛美はぽつぽつと話し始めた。

愛美は、神奈川県の伊勢原出身の十八歳だった。高校を一年のときにいじめで退学し、それ以来、自宅でコンピュータと向かいあう日々がつづいていた。コンピュータを扱うようになったのは、二歳上の兄の影響だった。

愛美は小学校時代に父母が離婚し、兄とともに母かたの実家にひきとられた。祖父母の住む実家は地元の素封家で、比較的裕福な環境だったらしい。兄は地元の高校を卒業後、オーストラリアに留学している。

高校中退後、大検の資格をとるという名目で、愛美は部屋に引きこもった。インターネットにはまり、昼夜逆転の生活をつづけた。その中で「クリエイター」に加わったのだという。

当初、年齢も性別も偽っていた愛美だが、メンバーのひとりであるダックスフントに見破られた。愛美は自称二十五歳のシステムエンジニアとして「クリエイター」入りのテストを受け、それに合格したのだ。

「テストって？」

かおるが訊ねた。

「ハッキングです。政府や企業のホームページから中に入りこんで、ダックスフントが隠した〝宝箱〟を開け、中の宝をとってくるんです」

「〝宝箱〟？」

今度は尾津が訊いた。

「本当の〝宝箱〟じゃありません。ある文章や記号の裏側に文字が隠してあるんです。制限時間内に〝宝箱〟を見つけて、裏側の文字を調べる、ゲームみたいなものです。でも時間をオーバーすれば、ハッキングを検知されたり、テストに落とされるんです」

「君はそれができたわけだ」

「兄に教わりました。兄は中学生のときから、コンピュータおたくでしたから。高校二年の頃はもう、よくハッキングして遊んでいました。家には四台、コンピュータがありました。おじいちゃんが買ってくれたんです」

「で、『ヒミコ』を作ったのはいつ頃のことなんだね」

「完成したのは、今年の一月です。それからドーベルマンとダックスフントが、二ヵ月かけて、『ヒミコ』を隠しました」

「どこに隠したんだ」

細田が訊ねた。愛美は怯えた目で細田を見つめた。

「知りません」

「知らない？　そんな筈はないだろう」

「本当に知らないんです。でもたぶん、どこかの大学の図書館だと思います」

「図書館？　本の間に隠したというのかい」

尾津が問うと、愛美は首をふった。

「いえ、本当の図書館ではなくて、図書館のデータベースです。その中に沈めて、キィワードで検索できるようにしたのじゃないかと……」

「それは日本国内の大学の図書館なのかな。それとも――」

「わかりません。でもデータベースが大きければ大きいほど『ヒミコ』は見つけにくくなります。だから、日本よりも外国の大学じゃないかと思います」

「悪くない。木を隠すなら森の中、という奴だな」

細田が唸った。愛美は細田をにらんだ。

「ダックスフントもドーベルマンも、本当の天才です」

細田の口ぶりが気にくわなかったようだ。

「だがその才能を君らは、使うべきでない場所で使った。だから今こんな目にあっている」

尾津はいって、愛美を見つめた。

三日寝ていないという言葉通り、少女の化粧けのない顔には隈《くま》が浮かんでいた。衣服もよごれている。おそらく身なりをきれいに整えれば、年相応の華やかさも漂うだろう。

「おじいさんの家にはずっと帰っていないのかい」

尾津は話題をかえた。愛美は頷いた。

「ドーベルマンたちが死んだとき、ダックスフントとわたしは会いました。初めてのオフ会でした。それでこれからどうしようか話しあいました。わたしたち二人のことを、あいつらがつきとめたかどうかがわからなかったので、連絡をとりあいながらしばらくようすを見ようということになったんです。わたしとダックスフントは、『クリエイター』のオフ会にでていなかったんで、もしかしたらあいつらも気がついてないかもしれないと思ったんです。でも四日前にダックスフントからメールがきて、『見つかったかもしれない』とあって、それからメールの返事がこなくなって、携帯もつながらなくなり、恐くなって家出したんです。家にいたらきっと、あいつらにつかまっちゃうと思って……」

「あいつらというのは誰だい」

「たぶん……ジェニ研だと思います」

「やはりそうか」

細田が唸った。尾津は細田をふりかえった。

「何だ、そのジェニケンというのは」

「『ジェニングス・マテリアル研究所』だ。もともとは、アメリカの金属メーカーに付属する研究所なのだが、一九六〇年代にベトナム戦争をきっかけに兵器開発に手を染めた。兵器用の金属素材の研究から、兵器そのものの研究に進んでいった。『JM研』とも呼ばれている。民間軍事研究所としては、ハード、ソフトともに、世界でもトップレベルにあるといわれているところだ。あんたら、JM研のデータベースにも侵入したのか」

愛美は頷いた。

「NSAのコードを使いました。前にヨークシャテリヤが、NSAに入ったことがあって、そのときのコードが有効だったんです。でも、今考えると、罠でした」

「おそらくそうだろう。アクセス不可のコードを使って侵入してくる者を、別の部屋におびきだし、逆に監視をかけたんだ。いったいJM研の何をひっぱろうとした?」

「世界中の将軍のデータです」

細田があきれたように訊き返した。

「将軍のデータ?」

「ジェニ研には、いろんな国の軍隊の主だった幹部の個人情報がそろっているんです。それこそ愛人の名前まで」

「それをいったい何につかうつもりだったんだ?」

思わず尾津は訊いていた。愛美は何を今さらというように尾津を見た。

「『ヒミコ』です」

つかのま沈黙がおりた。やがて細田が訊ねた。

「で、『ヒミコ』というのは何のソフトなんだ」

愛美は細田を見返した。そして尾津、かおるへも目を移す。

「予言者です」

「予言者？」

「わかりやすくいえば、シミュレーションソフトということになります」

「わかったぞ」

細田が低い声でいった。愛美はだが細田に先をいわせず、つづけた。

「わたしたちは、可能な限り、いろいろな国の政治や経済、文化や流行、軍隊の情報を集めました。『ヒミコ』の基本となるソフトを作ったのは、ドーベルマンとブルドッグでした。いわばそれは容れ物で、そこに世界中から集めた情報をストックしていくんです。特に人物情報に重きをおきました。年齢や学歴、趣味から、星座や血液型などによって、選択行動を二十パターンくらいに分類し、ある状況下でその人物がどのような判断を下すかをシミュレートし、組みこんでいったのです。それぞれの国の政治家や官僚、軍人、実業家、場合によっては犯罪者のデータも入れました」

「それだけの個人情報をどこから集めたのだ？」

「主に国や企業のホームページです。ハッキングしなくとも、重要な地位にある人間のデータは公開されていますから。もちろん公開されていない重要な情報もたくさんあります。年収や家族構成、若いときの犯罪歴、CIAやNSAのデータベースに侵入するのはたいへんですが、もっと小さな情報機関や、個人の研究家でもいろいろな個人情報を集めているんです。『ヒミコ』は、まず六ヵ国、千人のデータを集めるところからスタートして、ブルドッグが途中からオートマチックでデータをニュースからふるいにかけ集積するシステムを考えだしたので、加速度的に情報が増えました。最終的には二十七ヵ国、一万人くらいのデータが入っています」

「そんな巨大なデータをあんたら五人で処理したというのか」

細田の問いに愛美は首をふった。

「『クリエイター』は、ネット上で百人の仲間を募りました。そして『クリエイター』に加わるテストの第二次募集として、その百人にデータを集めさせ、並列処理させたんです。加わっている百人はテストだと考えていたのでしょうけど、やっていることは実作業でした」

「並列処理《グリッド》か……」

細田は唸った。

「説明してくれ」

尾津はいった。

「簡単にいえば、でかいコンピュータ一台に十の仕事をさせるより、そのへんのパソコン十台におのおの一の仕事をさせ、でた答をひとつに集めるほうが早いって考え方だ。こいつが可能になったのは、もちろんインターネットの普及による結果だ。これによって、巨大なスーパーコンピュータをどえらい金をかけて開発するより、うんと安あがりで早い演算処理が可能になったといわれている」

愛美は頷いた。

「百人のメンバーは、日本だけではなく、中国や韓国、アメリカやイタリアにもいました。もともとは、ネットゲームで勝ち残った人たちでした」

「ネット上でリアルタイムに、戦闘シミュレーションやロールプレイングゲームをやっている人間が、何万人といる。今この瞬間でも、世界中で」

かおるが説明してくれたが、尾津には理解が難しかった。

「もしかすると、もとはゲームを作るつもりだったのじゃないか」

細田がいった。

「そうです。世界シミュレーションみたいなものを作りたい、とダックスフントは考えていたんです」

細田が尾津に向きなおった。

「シミュレーションゲームというのは、たとえば子供向けに売られている、プロ野球のテレビゲームを想像すればわかりやすいかもしれん。実在の十二球団とそこに所属するすべての選手のデータが入っている。ピッチャーなら投げられる球種、ストレートの最速、立ちあがりが弱いとか、ランナーを背負うと制球がおろそかになるといった性格的な面も含み、バッターなら得意のコース、苦手なコース、得点圏における打率や足の速さなどといった情報だ。遊び手であるプレーヤーは、自分の好きな選手でスターティングオーダーを組み、球団どうしを対戦させられる。そこに屋外球場なら天候の要素を加え、さらにホームとアウェイでの勝率など、できる限り現実に近い情報を盛りこんでいく。プレーヤーは神だ。選手をトレードにだしたり、特訓することもできる」

「神になって、何がおもしろいというんだ。実際の野球のほうがはるかにおもしろいだろう。現実に近づけるくらいなら、現実のほうがはるかにドラマチックだし、考えられないようなことが起きる」

尾津は首をふった。

「ゲームというのは、自由を制限されればされるほど、そこに別の楽しみが生まれてくるものなんだ。現実に近づくとはつまり、自由が制限されることだ。全打席ホームランを打てるバッターがいるか、三球三振で、二十七人でパーフェクトゲームを作れるピッチャーがいるか。ゲームでもそれをやれば、つまらなくなるだけだ」

「細かくすればするほど現実に近づく、だから遊び手がおもしろがるというのか」

尾津は細田を見つめた。細田は首をふった。

「細かさにも限界がある。たとえば現実では前の晩飲みすぎた、とか、女房と喧嘩してむしゃくしゃしているといった、個々の選手でさまざまな条件のちがいが生まれる。だがそういったことまでゲームの要素に盛りこんでしまったら、野球が全体の一部になってしまうし、プレーヤーもさすがに楽しくはない。だから商品として売られるゲームは、いくら細かいといっても限界がある。それにデータが増えるほど、マシンも計算量が増えて、動かすのがたいへんになる」

「でも世の中には細かいのが大好きだというゲーマーもいるんです」

愛美がいった。

「架空のキャラであっても、生年月日や血液型が決められていれば、性格やその日その日の運勢がちがってくる。それを盛りこむことで、あるときには勝てた相手に、別のときには勝てないという、リアリティを加えられます」

尾津は頭を整理しようと煙草に火をつけた。

「つまりこう考えればいいのか。プロ野球チームが国家で、選手が政治家や軍人というゲームが『ヒミコ』だと」

「単純にいえばそうです。でもプロ野球チームとちがって、国には国の気候や風土、歴史、国民性があります。『ヒミコ』はそれも組みこんでいます。現体制が打ちだしている、政治や経済の方針、国家予算の推移、大国では、おおまかな権力の流れなども」

尾津は首をふった。

「だが現実じゃない。人間はそんなに簡単にデータ化できるものではない筈だ」

「ですから最初はゲームでした。ただできる限りリアルなデータを詰めこんでやってみようと考えたんです。当初、個人情報を集めるのはたいへんだと、ドーベルマンやブルドッグは考えていました。せいぜいが、氏名、生年月日くらいだろうと。でも、捜せば、ネットの中にはいくらでも情報がありました。趣味のクラブのメンバーリストから、釣り好きだとかチェス好きだとかもわかりますし、性格もあるていどそこから読みとれるんです」

「データにはまちがいも多い。同姓同名の別人のデータが入っちまうこともある」

細田がいった。

愛美は答えた。

「『ヒミコ』は、同一の人間に関して異なる情報が打ちこまれるとそれを弾きます。修正ソフトがあって、別の情報源で再検索をかけ、同一の情報の多いものを正解としてデータベースに入れるんです」

細田は息を吐いた。

「それにしても二十七ヵ国、一万人か。とんでもない量だ。それに人間は死んだり、引退したりする。そのたびにデータは書き換えなけりゃいかん筈だ」

「もちろんです。『ヒミコ』のオートマチック集積は止まっているので、今ある情報は八ヵ月以上前のものです」

愛美は答えた。

「八ヵ月も前なら、現在の状況とは大きく異なっているものもあるだろう。なぜそんなものを手に入れたがるんだ」

尾津はいった。いくら大量の情報が集積されているといっても、しょせんは機械の中のデータに過ぎないではないか。そんなもののために、なぜ人が殺されたりしなければならないのか。

「一年とか、二年以内なら、何分かあれば修正はすべてできます」

「そういうことをいってるのじゃないんだ。ＪＭ研といったかね、連中がなぜ『ヒミコ』を欲しがるかがわからない。確かに情報は貴重だが、戦争が始まるとか、どこかが核開発に成功したとか、そういう類のものではないだろう」

尾津はいった。愛美はむしろ冷静な表情になっている。

「『ヒミコ』は、現在、核兵器を保有していない国が、保有するに至る年月日を予測します」

「でもそれも限られた情報をもとにした予測だ。本気でひとつの国の未来を予測しようとしたら、それこそ厖大な量の情報が、一国一国について必要になる」

愛美は頷いた。

「尾津さんのいう通りです。でも『ヒミコ』にはもうひとつ国家間の有機的な関係をシミュレーションする機能があるんです。たとえば日本と韓国の関係でいえば、複雑なエレメントがたくさんあります。日本で成功している韓国人の存在や、韓国政府への影響力、あるいは国会議員の中にも、親韓派とそうでない人がいる。貿易や農作物の収穫高によっても、日韓の関係はかわってきます。それもまた『ヒミコ』は計算し、常に流動的な国家間の関係をエレメントごとに割りだすことができるんです。そして日韓の変化が、日中や日朝の関係にも変化を及ぼすことも『ヒミコ』はわかっています」

「国際情勢を分析するのに役立つと、そういうことかね」

尾津は半ばあきれていった。そんなものは優秀なロビイストを十人集めればこと足りる。

「尾津さんは、『ヒミコ』の優れたところがわからないんですね」

愛美が淡々といった。

「わからないね。わかりたくないのかもしれん。コンピュータにいくら情報が詰まっていようと、未来が予言できるとはとうてい思えない」

「じゃあ歴史学も認めませんか」

愛美は訊ねた。

「人類の歴史を学ぶことで未来を予見しようという試みはすべて無駄だと思いますか」

「そうはいわない」

愛美は無表情になっていた。

「『ヒミコ』の最も優れた能力に、『イレイス』があります」

「『イレイス』？」

「消すことです。入力された一万人のうちの誰かを消すことで、その後の国内情勢や国際関係の変化を予測できます」

「消すとはどういうことだ」

「いなくなる。存在しない。影響力が消える」

尾津は黙った。細田を見ると、無言で見返してきた。

かおるがいった。

「つまり、誰が突然死んだら、世の中がどう変わるかを予測できるということ？」

愛美は頷いた。

「たとえば大統領とか、大臣とか……」

「もちろん。誰でもイレイスすることは可能です。また逆の計算をさせることも可能です。ある国の、別の国との外交関係が悪化するとしたら、誰がイレイスされた場合か。影響度の高い順に上から十人を挙げよ、とか」

「必ずしも政治家とは限らないわけだ」

細田がいった。愛美が細田を見た。

「イレイスによって起きる、その国にとって影響度の大きな人間に、政治家は意外に少ないのです。もちろん、一、二位には、たいてい政治家が入りますが、三位、四位のあたりになると、企業家であったり宗教家が入ってくることが多いのです。経営者がかわることで、ある国との経済関係に大きな変化が生じたり、宗教家がいなくなることで、国内の信者数に変動が生じ、それが選挙結果に反映されることもあるわけです」

「機械だからできるシミュレーションというわけか」

尾津はつぶやいた。

「そいつは……」

細田がいいかけ、口もとをひきしめた。尾津は細田を見た。

「とんでもない機能だ」

「そうなのか。よほどの老人か病人でない限り、VIPが突然いなくなるなんてことはなかなか起きないだろう」

「自然に消えるとすればな。だが人間の消滅は演出できる」

さすがにそこまでいわれれば、尾津にも意味がわかった。

「暗殺のことをいっているのか」

「他に何がある。国家元首を暗殺するのは確かに容易じゃないだろうが、企業家や役人なら、そんなに難しいことじゃない」

「リストの上位には、貴族や歌手、プロスポーツ選手が入っている場合もあります」

愛美がいった。

「ある国とある国の外交関係を悪化させ、それによって得をしたいと考える別の国や商社にとっては、使い途のある機能だな」

細田が頷いた。

「特に兵器産業や民間軍事会社にとっては、実に魅力的だろう」

尾津は深々と息を吸いこんだ。その通りだ。富とは、そこにあるものから生みだされるのではなく、あるところからないところへと移動することによって生みだされるものだ。政権が不安定な第三世界では、現実のその国には富がなくとも、資源や労働力という形で潜在的な富が眠っている場合がある。それを移動させることで富が生まれるとわかっていても、実際には多くの障害がある。政治であったり、習慣や宗教といった現地の人間の感情につながる問題だ。

その障害をクリアし、富を日本にもたらすのが、尾津のようなかつての商社マンの仕事だった。

だが当時と世界はかわっている。買収や交渉だけで、富の移行を許さない国が多くなり、また環境問題が新たな資源開発の枷《かせ》となる。

「――ビジネスチャンスを生む」

尾津はいった。

そうした世界情勢の中で、だが政権が不安定になったり、外交方針が一変すれば、突然今までは無関係であった国にビジネスチャンスが生まれるわけだ。過去のビジネスが眠っている資源を発見し移行させることだったとすれば、現在のビジネスはすでに形のできあがったものを破壊してこちらの有利なように再構築するところから始まる。動かせない、食いこめないと思われている親密な国際関係、あるいは経済交流を破壊することによって、ビジネスチャンスが生まれる。

「あんたならわかるだろう。もし民間軍事会社がそんなものを手に入れたら、プロデュースして売りこむことができるようになる」

「どういうこと、先生」

かおるが細田と尾津を見比べた。細田が顎をしゃくって、尾津を示した。

尾津はかおるを見やった。

「ビジネスが提案の時代に入ったという表現を見たことはあるか」

「ええ。コマーシャルとかポスターでは」

「世界的に見ても、経済の発展はひとつの限界を迎えている。経済の発展には富の移行がつきもので、たとえば十八世紀や十九世紀は、ヨーロッパの大国が植民地としたアジアや南アメリカから富を移行させることで栄えた。だが、植民地を作ることなど現代では不可能だ。かわりに二十世紀に入って、世界規模での戦争がその役割を果したという学者もいる」

「戦争は莫大な金をつかう。兵器が作られ、人間が移動する。金がつかわれれば、どこかにその金を吸いあげている者が存在する、これが経済の原則だ。エネルギー保存の法則じゃないが、消費された金は、必ずまたどこかで誰かの懐ろを潤すんだ」

細田がいうと、かおるは頷いた。

「わかるわ、それは」

「二度の世界規模の戦争を経て、しかし人類はもう、三度目をおこすことができなくなった」

「もちろん。核兵器のせいでしょ」

「その通り」

尾津はいった。

「つまり戦争ももう、世界規模の戦争では富を生みだす手段としては成立しなくなった。かわりに輸送手段の発達によって生みだされたのが、資源や労働力を活用することで富を生みだす方法だ。かつての日本、今なら中国がそれで豊かになった。しかしこの方法もやがては限界を迎える。日本を見ればよくわかる。国家間の経済格差が解消されれば、労働力は、他国にとっての資源とはならない。早い話が一ドル＝三百六十円の時代と今とでは、日本人の給料は高くなりすぎた。いずれは中国でも同じことが起こるだろう。かつて円の切り上げでドルショックが日本を襲ったように元の切り上げショックが中国を襲う」

「それはわかってる。でも提案というのはどういうことなの」

「企業にとっての営業活動とは、必要としている相手に必要とされている商品を売りこむことだった。その際に値段を安くさせたり、おまけをつけたりして、自社との契約を相手に選択させた」

かおるは頷いた。

「ふつうのことよね」

細田がいった。

「そうだ。だが企業が巨大化すると、そのシステムは簡単にはかわりようがなくなる。Aを納品するのはA社、Bを納品するのはB社といった具合で、新規参入者がそこにくいこむのは難しい。さらにはインターネットによって世界中から商品を選び注文するのが可能になり、よりよいものをより安く売れる、力のあるところだけが生き残るという構図が固まってきた。そのため、新たに顧客を得たいと考えるのなら、顧客の〝必要〟を生みだすところから、企業は営業活動を考えなければならなくなった。これが提案だ」

「つまり八百屋をやっている人に、魚屋をやりませんかともちかけること？」

尾津は愛美を見た。「ヒミコ」を製作した「クリエイター」のひとりである愛美は、イレイスという機能がビジネスチャンスをある種の企業に生みだすことを予見していたのか、無表情だった。それが二十歳にも満たない少女であることに困惑を通りこし、恐怖を感じる。

「まあ、そうだな」

細田が答えた。

「でも近所に魚屋があったら駄目じゃない？」

「そう。だが鮨屋は近所にないとしたら？」

尾津はいった。

「え？」

「魚屋はあっても鮨屋は近所にない。もしあなたが鮮魚を扱う商社で、尚かつ鮨店経営のノウハウや板前の手配にもあるていど実績があるなら、八百屋に鮨屋を開店させ、そこに魚を納めることができる」

「だったら魚屋さんに鮨屋をやらせればいい」

「ところがその魚屋があなたでないところから鮮魚を仕入れていたら、鮨屋をやらせても利益はそんなにでない、ということになる」

「それがビジネスの提案？」

「乱暴なたとえでは。民間軍事会社が『ヒミコ』を手に入れたとしよう。今までならあの国とは縁がない、と考えていたような外国の商社や大企業に、縁を作れるかもしれませんよ、ともちかけることができる。今のあの国は、おたくじゃなくてあそことしか取引をしていないが、それを政権の中枢にいる誰それがいなくなることで一気にかえることができますよ、というわけだ。かつて第三世界では独裁的な政権が多く、為政者のファミリーが政権を握って、外国との交易で利益を得ていた。先進国の商社マンの狙いは、そこに食いこむことだった。しかし時代がかわり、そうした独裁政権は減る傾向にある」

「潰す場合もある、大国が」

細田が厳しい口調でつけ加えた。

「独裁者を消せば、ファミリー企業もなくなる。それまでの取引相手にとってかわって、自国の企業がそこに食いこむというわけだ」

「イレイスを使えば、それがどこの国の誰を消すことで、将来、どんな会社に新たなビジネスチャンスが生まれるか予測できる、そういうことなのだろう」

尾津は愛美にいった。

「人類の歴史の中で、大物の暗殺や突然の病死により、余儀ない転換点が生まれたことは数多くあります。たとえばケネディ大統領やキング牧師、ジョン・レノンなどがそうでした。でも、そういう人たちは皆、指導者の立場にあり、突然いなくなることで、社会や政治の世界に大きな影響が広がるのは、誰でも予測がつきます。『ヒミコ』のイレイス機能がすぐれているのは、そこまで大物ではない、政治や経済、文化の表舞台には立っていないにもかかわらず、実際は政治や外交、経済に大きな影響力を与えている人間を捜しだせる点なのです」

尾津は愛美を見つめた。愛美の口調は真剣だった。一方で、おそらく今の言葉は、愛美本人のものではなく、「クリエイター」の別の誰か、たとえばドーベルマンやブルドッグにかつて聞かされたのをくり返しているのではないかという気もした。

「大物じゃなくとも、消せば歴史のかわる人間を捜しだせるということかね」

細田が訊ねた。

「そうです。もちろん『ヒミコ』はゲームとして開発されたソフトですから、最初はそこまでの機能はイレイスにもついてはいませんでした。もし誰々がいなくなったら、その一年後、あるいは二年後に、ある国とその国をとりまく国際関係はどうかわっているだろうというのを予測するのが、本来のイレイスです。でも、それを広げれば、ある国と別のある国を険悪な関係にするには、どちらの国の誰をイレイスすれば最も効果的かという検索が可能になります」

「それが必ずしも最高権力者とは限らないというわけか」

尾津はいった。ようやく、イレイスの〝恐しさ〟がわかったような気がした。

「独裁国家でない限り、最高権力者がその座にいる時間はそれほど長くはありません。もちろんさっきいったように、短期ではリストのトップにその人物がくるでしょう。最高権力者が突然いなくなれば、政治も経済も影響をうけずにはいられないからです。しかし議会制民主主義は、権力者の交代を前提にして機能しています。とすれば、リストの三位、四位くらいから下には、思わぬ人物がくる可能性があるわけです」

「たとえば官僚とか？」

愛美は頷いた。

「外務省や財務省では、ある問題の専門家である人のその部門での在職期間は、総理大臣の任期を上回るでしょう。あるいは、外国のある国と密接な輸出入の関係を結んでいる優良企業の役員は、その国に日本がおく大使よりも影響力をもっていておかしくありません」

「そんなところまでリストは網羅されているのか」

「入力するデータを増やせば増やすほど、リストは下位が長くなり、同時に遠未来の予測が可能になります。もちろん遠未来においての、シミュレーションの現実との合致率は下がることになりますが、でも『ヒミコ』の基本ソフトは完成しています。データの入力は、誰にでもできます」

「つまりバタフライ効果みたいなものか」

細田がつぶやいた。

「そうですね。今は一介の、さして重要なポストにいるとは思えないサラリーマンをイレイスすることで、二十年後、ある企業の工場が中国に作られるか、インドに作られるかが、場合によってはちがってくる」

「待てよ。企業とはそういうものではない筈だ。いつの時代にあっても、最も効率よく利益をあげられる選択肢をとるのが、企業であって、一個人の存在の有無でそんなにちがってくるとは思えない」

尾津はいった。愛美が尾津を見た。

「尾津さんは、トーア物産が、アジアの国々で成功させてきた契約は、自分の存在がなくとも同じように成立したと断言できますか」

尾津はあっけにとられた。

「君は、私の、サラリーマン時代のことを知っているというのか」

「国家が発注する大きな土木事業、たとえばダムや飛行場、鉄道などの建設工事の概要は、その国の省庁のホームページや、大臣の回想録などから検索することができます。もちろん、すべてがわかるわけではありませんが。わたしたちは、アダムとイブの候補者について、できる限りの情報を集めました」

「そのアダムとイブについて訊きたいことはたくさんある。だが、今はまず『ヒミコ』のイレイスについてだ」

細田がいって、質問をつづけた。

「今までの話をまとめるとこうなるな。もし情報収集力のある企業なり情報機関が『ヒミコ』を手に入れたとしよう。ソフトの基本システムは完成している。そこにいろんな国の、政治家や軍人、企業家などの情報を入れていく。その上で、将来、自社、あるいは自国の利益を増やすためには、今それほど重要な立場にいない誰を消せばよいかがわかる。そういうことか」

「そうです。イレイスをおこなえば、当然シミュレーションの結果も変動します。リストの上下、あるいは未来の遠近度によって、当然、予測合致率に変化はありますが」

「それはリストの下や遠い未来の場合は、適中率が下がるという意味だな」

「ええ。でも政権基盤が非常に安定している上で、逆に企業活動がそれほど盛んでない国だと、リストの下位、遠未来であっても、合致率は高くなります」

「政権基盤が安定していて、企業活動が盛んではないってどういうこと？」

かおるが訊ねた。

「現在の権力者にとってかわる存在が、早晩現われるとは予測されない状態でありながら、経済的にはそれほど発達していない国です。アメリカや日本のような国では、政治体制は安定していますが、企業の経済活動が非常に活発です。短期間のあいだに、同じ企業が繁栄から衰退に至る可能性もあるわけです。その場合、企業人を対象にしたイレイスは、予測を大きく外す可能性がでてきます。一方で、企業活動が盛んでない国では、既存の大企業が衰退する確率はさほど高くありません。そういう企業にあって、若くて経験も少ない人間で、十年、二十年後、大きなプロジェクトに影響力をもつと予測される者のリストは、そんなに多くはならないというわけです」

「ひとつ聞かせてくれ」

尾津はいった。愛美が向きなおった。そのとき悦子が帰ってきた。だが、居間の入口に静かに立ち、ようすを見守っている。

「なぜイレイスなんて機能を考えついたんだ?」

「あくまでもゲームのつもりだったからです。現実社会のデータをいくらたくさん、それも秘密とされているようなものまで集めたところで、わたしたち『クリエイター』にとって、それほどおもしろいものではありませんでした。確かに、国家や社会の有機的な関係とその変化は予測できます。でも、それじゃ占いとかわらないじゃないですか。『ヒミコ』をゲームとして楽しむためには、現実には決して起こりえない設定が必要だったんです」

「それでイレイスか……」

「神様ごっこだな」

細田が吐きだした。

「バーチャルの世界の中で、神様ごっこをするつもりだった。だがそれを知った、現実世界の神様ごっこ好きが、手をのばしてきたということだ。神様ごっこは、どえらい銭になると読んで」

「今となっては認めるしかありませんが、『クリエイター』や『クリエイター』の協力者が侵入した企業や情報機関の中には、わざと侵入を許し、その目的を探ろうとしたところがあったのです」

愛美がいった。かおるが厳しい口調になった。

「あなたは人ごとみたいにいうけれど、そのためにこちらがどんな迷惑をこうむったと思っているの」

「アダムとイブのリストが流れてしまったのは、ヨークシャテリヤのミスでした。会議室でのみ見られる筈のデータを、『クリエイター』のテスト生募集のページで流してしまったんです」

「そういう問題ではない」

静かに尾津はいった。愛美はきょとんとして尾津をふり返った。

「じゃ、何が問題なのですか」

「あのね――」

いいかけたかおるを制し、細田がいった。

「JM研が、あんたらの侵入を探ろうとした話を聞かせてくれ」

愛美が目を上げた。悦子に気づいたからだった。

「お腹、すいてない？」

微笑んで悦子がいった。愛美は目をみひらき、悦子を見つめている。

「この家のオーナーだ。我々をかくまってくれている」

尾津はしかたなくいった。

「かくまうだなんて、そんな。皆さんは悪いことをしたわけじゃないのに」

悦子は笑った。

「何か作るわね。若い人もいるからお肉でいい？」

「すまない」

尾津はいった。悦子は踵を返し、厨房へと消えた。愛美が尾津を見つめた。

「あの人は尾津さんの知り合いですか」

「古い友人だ」

愛美は首をふった。

「ここのことは、尾津さんのデータにはありませんでした」

「人は誰でも、コンピュータの知っている世界でだけ生きているわけじゃない」

「いつどこで、どうやって知りあったんですか」

「それを君に話す必要があるのか」

「『アダム四号』のデータ収集は、わたしとドーベルマンの役目でした。尾津さんについては何でも知っていると思っていたのに」

「それは大きなまちがいだというのが今わかったろう。JM研の話を聞かせてくれ」

細田がいらだったようにうながした。

愛美はそれでも興味深げに、悦子が立ち去った厨房の方角を見つめている。やがて目はそちらに向けたまま、口を開いた。

「JM研には、『コブラ』という名で知られていたハッカーがセキュリティコンサルタントで入っています」

「コブラ……」

「アメリカ人で、年は三十歳ぐらいだろうとダックスフントがいっていました。前にFBIにつかまり、司法取引をして起訴を免れ、それからは向こう側の人間になったのだという伝説があります」

「それで？」

「『クリエイター』をはめたのは、たぶんコブラだと思います。JM研のファイアウォールは、確かにふつうのハッカーでは絶対破れないレベルでした。わたしたちは並列処《グリッ》理《ド》をした協力者のコンピュータを使ってRSA暗号を解いたんです。ところがコブラは、万一、そういう侵入者が現われた場合は、自分が管理する部屋に誘導して、要求された情報をこだしにしながら、ハッカーの意図を探るシステムを作りあげていました。ハッカーの目的が破壊やイタズラではなく、何らかの情報検索なら、その情報をどのように使うかを逆に追跡して、あべこべにこちらの情報をもっていこうとするものでした。そのシステムにトレースされていることをわたしたちは知らずに、『ヒミコ』の概要をコブラに知られてしまったのです」

「その結果、追いかけられる羽目になったと?」

「はい。初めのうちは、ひとつひとつのデータをとるのに、ずいぶん時間がかかったのに、あるときから急に早くなり、変だとは思っていたんです。コブラは『ヒミコ』のことを知ったとたんに、すごい勢いでJM研のデータベースにある情報を流してきました。それはちょうど、しめてあった水道の蛇口を開いたみたいでした。『ヒミコ』にデータがどんどん蓄積され、それとともに、JM研以外で、こちらが必要とする情報のあるデータベースとのリンクが可能になったんです。ドーベルマンやブルドッグは大喜びでかたっぱしから入って情報をかき集めていました。今から考えれば、コブラが全部コントロールして、『ヒミコ』の完成を早めようとしていたのだと思います」

「材料をかっぱらいたいだけかっぱらわせておいて、完成品を横どりしようと考えていたわけだ」

愛美は頷いた。

「そして、『ヒミコ』の基本システムがあらかた完成して、最低限必要なデータがそろったのが八ヵ月前でした。そのとき、トレースされていたことが発覚したんです。このままじゃ『コブラ』に吸いとられてしまう。それで、ドーベルマンとダックスフントが相談し、『ヒミコ』の収集機能を一度止めて、隠すことにしたんです。でも通常の暗号を使ったのでは必ず、コブラに破られる。そこでアダムとイブの方式をダックスフントが考案しました」

いよいよ核心だ、と尾津は思った。自分たちの〝何〟が、鍵となっているのか。

「それはどんな方式なのかね」

尾津は訊ねた。

「『物語性』だと、ダックスフントはいっていました」

「『物語性』？」

「人間と人間が出会って関係が生まれれば、そこには必ずある種の『物語性』がある。もちろんその『物語性』にはさまざまな形があるけれども、言葉や数字ではない、ひとつのストーリーを、鍵にすることで、簡単には解けない暗号をダックスフントは作りあげたんです」

「それは、私と佐藤かおるさんの物語だというのか」

「そうです」

「会ったこともない人間二人にどんな物語が生まれるのか、これも会ったことのないダックスフントが作ったと？」

「作ったのではありません。計算させたのです、『ヒミコ』に」

「私とかおるさんの物語を、かね」

愛美は頷いた。

「そんな……。いったいどんな物語があるというの？」

かおるが呆然としたようにつぶやいた。

「アダムとイブの組み合わせは、ただの年齢や性別だけで選ばれたのではありません。二人の個性は、その世代の日本人に共通する、ある特性を備えているのだと、ダックスフントはいいました」

「その世代の日本人に共通する、ある特性だと？」

あきれて尾津はつぶやいた。自分がそれほど人とちがっているとは思わない。が、まるで同世代の人間のものの考え方や見方が、自分の中にすべて詰まっているといわんばかりの、そのくくり方が嫌だった。傲慢だ。ましてやダックスフントは、きっと自分より若い筈だ。

「どういう意味よ」

かおるもむっとしたようにいった。

「『ヒミコ』の判断ですから、わたしにもうまく説明できません。ですが、アダムとイブの関係から生じる物語性が鍵となる暗号になるんです」

「ちょっと待って。それはつまり、わたしと尾津さんが恋愛したら、どういうつきあいをするとか、そういう意味なの」

かおるの権幕に愛美は怯えたような表情になった。だがさすがに尾津も、かおるをいさめる気になれなかった。

会ったこともない男女を勝手に選別し、それがどんな関係になるかを前もって予測することなど不可能としか思えない。もしそれが本当にできるというのなら、〝神の領域〟の話だ。

「実際のところはわたしにもわかりません。『ヒミコ』の中にある物語と、二人の物語が一致するとして、それがどんな形で『ヒミコ』が判断するのか。テストなのか、文章なのか、いずれにしても言語で表現できるものなら、コンピュータにも解けない筈はないと思うのですけれど」

「『ヒミコ』は、どこかの大学の図書館に隠したといったな。バックアップはとっていなかったのか」

細田が訊ねた。愛美は首をふった。

「たぶん、ないと思います。ただ、アダムとイブの物語性による暗号システムについて、ドーベルマンとダックスフント以外の『クリエイター』は、わたしも含めて懐疑的でした」

「だが君は私の情報を集めた、そのシステムのために。そうじゃないのか」

尾津はいった。

「それは……、他の暗号システムを使ったのでは、きっとコブラに破られてしまうから」

「なるほど。他の『クリエイター』は反対しなかったのか」

細田がいった。

「ブルドッグやヨークシャテリヤは反対でした。正直な話、JM研にトレースされているとわかったときも、ダックスフントとドーベルマンを除いたメンバーには、それほど危機感はありませんでした。むしろ、俺たちってすごいじゃん、て感じで。JM研からリクルートされたりしてって、喜んでいたくらいです。だから『ヒミコ』に開くか前例のない鍵をつけて沈めることには反対でした。そこでオフ会を開いて、相談しようという話になったんです。わたしもそこにでようかと思っていたのを、ダックスフントにメールで止められて。ダックスフントはコブラのことを調べてから、とても臆病になっていました。危いからオフ会にでるなといわれたときは、おおげさだと思いました。でも、実際に三人が会ったら――」

愛美は言葉を呑みこんだ。再び恐怖がこみあげたのか、涙目になった。

「心中事件が起きたというわけか」

「事件のことを知らせてきたのは、ドーベルマンのメールでした。ドーベルマンは万一に備えて、自動送信をわたしあてにセットしていたんです。メールには、『これが君のもとに届いたということは、俺たちがイレイスされた証明だ』とありました。そして、沈めた『ヒミコ』以外のすべての『ヒミコ』は、自動的に破壊される時限ウイルスをしかけたとありました。だから、バックアップはありません。もしディスクに保存されていたとしても、開いた時点でウイルスが活動を始め、データは破壊されてしまいます。残っているのは、ドーベルマンとダックスフントが隠した『ヒミコ』だけです」

細田が大きなため息を吐いた。

「ドーベルマンは、よほど疑い深い人間だったのだな」

「天才すぎて、誰も本当の能力をわかってくれなかったんです」

「確かに天才かもしれないけど、自分の能力を周囲に理解してもらおうという努力をしなければ、ただの変わり者になってしまう。今はそういう時代だと思うわ」

　かおるが口を開いた。

「あなたたちは結局、自分たちの能力が正当に評価されていないという恨みから、盗んだ材料を使って『ヒミコ』を作った。それをコブラのような〝大人〟たちに追跡されていい気になっていたのが、〝大人〟はそんなに甘くなかった。能力を評価するどころか、莫大なお金になるとわかったとたん、あなたたちを殺して横どりしようとしたってことでしょう。問題は、そのツケをなぜわたしたちが払わなければいけないかってことよ」

　愛美は唇をかんだ。かおると目を合わせないようにしながら、けんめいに言葉を選んでいるようだ。

「わたしたちは、『ヒミコ』を誰にもとられたくなかった。だから、わたしたちとは何の接点もない人間を、キィとして捜す他なかったんです」

「それは、あなたたちの理由でしょうが。わたしや尾津さんには、何の関係もないわ」

「でもとられたくなかったんです！」

　愛美は悲鳴のような声で叫んだ。

　これ以上責めても無駄だ、と尾津は思った。追いつめられた少女をどれだけ責めたてても、現状の打開策がでてくるわけではない。

そのとき、タイミングを見はからったように、悦子が現われた。

「お食事の用意ができましたよ。議論もけっこうだけど、冷めないうちに召しあがれ」

かおるが言葉を呑みこんだ。その目をとらえ、尾津は頷いてみせた。かおるの怒りは、自分の怒りでもある。が、今は冷静であるべきだ。

食事の用意は、朝食をとったのと同じ座敷に整えられていた。牛肉の網焼きとサラダ、煮物という献立だ。

四人は座敷に移動し、食卓を囲んだ。重い沈黙の中で、箸を手にする。そこであらためて、尾津は悦子を愛美に紹介した。さすがに愛美はかたい表情で頭を下げただけだった。

「ビールでも召しあがる？」

訊ねた悦子に、尾津は首をふった。細田も、

「いや、今日のところはけっこうです」

と辞退した。

「かおるさんは？」

かおるは一瞬迷い、ほっと息を吐いた。

「一杯だけ。じゃあ、いただきます」

悦子はにっこり笑った。

「女だけで乾杯といきましょ」

グラスと中墁をもってきた。二人はグラスを合わせた。

だがそれ以上、会話が弾むことなく、黙々と食事は進んだ。愛美は、わずかに手をつけただけで箸をおき、そのあとは、悦子が勧めても食べようとしない。

そのうちに首を落とし、こっくり、こっくり、としだした。

気づいた悦子が箸をおいた。

「ずっと眠ってなかったみたいね。この子、寝かしてあげていい？」

きっぱりとした口調で、尾津たちに告げた。

「この子が皆さんに何をしたか知らないけれど、明日でもゆっくり話はできるでしょう」

尾津は頷き、細田を見やった。細田も無言で手を広げた。

悦子は立ちあがり、そっと愛美の肩に手をおいた。

「いらっしゃい。おばさんが布団しいてあげる。ゆっくり寝るのよ」

愛美は驚いたように目をみひらいたが、逆らわなかった。無言で立ちあがり、悦子のあとにしたがって座敷をでていく。

かおるが大きく息を吐いた。

「確かにわたし、あの子にきつくあたりすぎたかもしれない。責任は責任としてあるけれど、あの子ひとりにそれを負わせるのは酷かもね」

「お前はやさしい奴だな」

細田がいった。

「たぶん、まだそれほどの被害をこうむっていないからだ。殺されちまったら、文句もいえん」

「そのJM研にしても、我々を殺すことはまだできないのじゃないか。彼女の言葉によれば、この世に残っている『ヒミコ』は、どこかの図書館に隠されたひとつだけで、しかもそれは、我々の『物語性』とやらがなければ開くことができないという。殺してしまったら、物語もへったくれもない」

尾津は細田を見た。

「でも本当に『ヒミコ』って、そんなにすごいソフトなの。アダムとイブの暗号システムのことも含めて、あの子やその仲間が作れるようなもので、それほどの価値があるのかしら」

「確かに、何百桁という素因数を〝解〟とするRSA暗号にとってかわる鍵を作ったというだけでもたいしたものだ。その暗号が本当に機能するのなら、それだけでも大発明ということになるが……」

細田はつぶやいた。

「『ヒミコ』についてはどう思う」

尾津は訊ねた。

「大まかな機能は、誰でも思いつくようなものだ。シミュレーションゲームソフトといったが、占いソフトといいかえることもできる。占いの基本が統計である点を考えれば、情報を集積すればするほど、適中率が高まるのは、ある意味、当然だ」

「だったら何も犯罪をしてまで手に入れる必要はないのじゃないか」

「それにはたぶん、いくつか理由があるだろう。たとえば、外交にせよ内政にせよ、ひとつの選択肢をとることに、絶対の正解というものはない。どれほど結果の確率が高いものであろうと、一〇〇パーセント、狙っていた効果を得られると確信できる選択肢など存在しない。それは歴史が証明している」

「それはそうよ。戦争を始めるときには、負けるとわかっていて攻めこむ国はない。どちらもそれぞれ勝つと思ってやっているわけでしょう。わたし大人になってから世界史を勉強して、馬鹿馬鹿しいと思ったのは、勝つか負けるか、負ける確率が五割もあるというのに、戦争を始めてしまう男の人の愚かさね。たとえば五割の確率で飛行機が落ちるとわかっていたら、その飛行機に乗る人間なんていないでしょ。二人にひとりが死ぬ伝染病がはやったら大変なことよ。なのに、戦争となると、そのことを忘れてしまうのが男なの。戦争を始めるのも必ず男だし」

「そうじゃない戦争も歴史的にはあるだろうが、真理であることは認める」

尾津は苦笑した。細田をうながす。

「でも先を聞かせてくれ」

「要はバクチだということだ。戦争もある意味では外交の一手段だが、外交においてはいつも取捨選択がつきまとい、二段三段がまえの対応策を用意していたとしても、不測の事態という奴が起こりうる。そいつを自国の利益にどこまでつなげられるかが、外交の手腕だ。特に現代のように、軍事力と経済力の両方が国際情勢に複雑な影響を与える状況では、戦争に勝ったが、国は破産したというようなことが起きかねない。そんな事態を回避するために『ヒミコ』は、外交に携わる者にとっては、ないよりは絶対にあった方がいいソフトだろうな」

「アンチョコというわけか」

細田は頷いた。

「アンチョコのない外交の世界に出現したアンチョコというわけだ。現実に『ヒミコ』にそこまでの機能があるかどうかはわからないが、基本ソフトがしっかりしたものならば、それを発展させていけば〝使える〟と踏んでいるのだろう。欲しがっている連中は。特にイレイス機能はおもしろい。タイムマシンのようなものだからな。未来を想定し、そこからさかのぼって、現在にある災いの芽をつみとることができる。あるいは富の種を植えつけられる。材料を世界中からハッキングして集めたというのも魅力だ。たとえ『ヒミコ』が使いものにならなくとも、材料となっている情報だけでも価値はある」

「それ以外の理由は何？」

かおるが訊ねた。

「コブラの性格だ」

細田が答えたとき、悦子が戻ってきた。何ごともなかったように食卓につき、箸を手にする。

「先生はコブラを知ってるの？」

細田は首をふった。

「噂だけだ。だが『クリエイター』もそうだが、あの世界で名を成す連中というのは、こちらの世界では、たいていどこかバランスがとれていない者が多い。簡単にいえば、パラノイアだ。そこまでいかなければ、実績を残せないからな」

「コブラはその性格ゆえに、『ヒミコ』をしつこく欲しがるという意味か」

細田は小さく頷いた。

「ある種の天才だ。『ヒミコ』が本当にそこまでのものなら、それを作りあげた『クリエイター』に対し、嫉妬や羨望に近い気持を抱いたのかもしれん。特にコブラは、あちら側に移った人間だ」

「あちら側？」

尾津は訊き返した。

「寝返ったということさ。ハッカー、クラッカーにとって、大企業や官公庁というのは、体制だ。そこの内部にもぐりこみ、悪さをしかけることに快感がある。反体制を気どっている。が、コブラは一度捕まり、ム所いきを免れるために、体制側の番人になった。理由はどうあれ、そういう奴ほど、反体制派狩りに、燃えるものなんだ」

「転向者というわけか」

細田は笑いを浮かべた。

「古い言葉だな。だが転向した奴ほど、かつて自分が傾倒した思想の悪口をいいたがるのと似ているかもしれん」

「だけど会ってみたら、ひ弱で頼りないおたくだったりするわけね」

かおるがいい、細田は首をふった。

「とは限らんさ。近頃のおたくは健康的だからな。フィットネスクラブに通い、筋肉をつけ、下手をすると格闘技のひとつもたしなんでいる。まして転向した人間なら尚さらだ」

「でもアメリカにいるのでしょ」

「今の段階では、おそらくな」

「ダックスフントをつかまえているのはJM研か」

「と、俺は思う」

「じゃ『I・P・P・C』や、『U・I・C』とは別なんだな」

細田は頷いた。

「ダックスフントは、まだ生きているのかしら」

「どうだろう。だがあの娘のいったことが本当なら、生かしておいてもあまり意味がない。鍵は、あんたら二人にしかないのだからな。ただ――」

「ただ?」

「『ヒミコ』を隠した場所がまだコブラに知られていないのなら、生かされているだろう。今となっては、ダックスフントしか知らないのだから」

「するとダックスフントもアメリカにいるのか」

「そいつは俺にもわからん。ただ、あんたらがこうして身を隠したのは、正解だったという気はする」

「わたしたち、つかまったらどうなっちゃうのかしら」

ぞっとしたようにかおるがいった。

「ダックスフントほど悲惨ではないさ」

尾津は無言で頷いた。拷問にさらされているだろう、と思う。ダックスフントはそれに耐えられるだろうか。

「それにしても、なぜ三人は殺されたのかしら。殺したら情報は入らないでしょう」

尾津も同じ疑問をもった。「I・P・P・C」や「U・I・C」が殺人にまで手を染めていないなら、三人を心中を装って殺したのは、JM研ということになる。だが殺せば情報は得られない。特に、水川とつながっていたドーベルマンは、「ヒミコ」に関してはキィパースンだった筈だ。

だがこれにも答に窮したのか、細田は無言だった。

「わからないことばかりね。責めるばかりじゃなくて、もっとあの子から話を聞かないとため息混じりにかおるがいい、夕食は終わった。


（下巻につづく）

本書は二〇〇八年三月に文春文庫として刊行された作品を修正したものです。

ニッポン泥棒《どろぼう》(上)

大沢在昌《おおさわありまさ》

平成30年 8月25日　初版発行
令和6年 12月10日　6版発行

発行者●山下直久

発行●株式会社KADOKAWA
〒102-8177　東京都千代田区富士見2-13-3
電話　0570-002-301（ナビダイヤル）

角川文庫 21104

印刷所●株式会社KADOKAWA
製本所●株式会社KADOKAWA

表紙画●和田三造

●お問い合わせ
https://www.kadokawa.co.jp/（「お問い合わせ」へお進みください）
※内容によっては、お答えできない場合があります。
※サポートは日本国内のみとさせていただきます。
※Japanese text only

ISBN978-4-04-107111-3　C0193

角川文庫発刊に際して

角川源義

第二次世界大戦の敗北は、軍事力の敗北であった以上に、私たちの若い文化力の敗退であった。私たちの文化が戦争に対して如何に無力であり、単なるあだ花に過ぎなかったかを、私たちは身を以て体験し痛感した。西洋近代文化の摂取にとって、明治以後八十年の歳月は決して短かすぎたとは言えない。にもかかわらず、近代文化の伝統を確立し、自由な批判と柔軟な良識に富む文化層として自らを形成することに私たちは失敗して来た。そしてこれは、各層への文化の普及滲透を任務とする出版人の責任でもあった。

一九四五年以来、私たちは再び振出しに戻り、第一歩から踏み出すことを余儀なくされた。これは大きな不幸ではあるが、反面、これまでの混沌・未熟・歪曲の中にあった我が国の文化に秩序と確たる基礎を齎らすためには絶好の機会でもある。角川書店は、このような祖国の文化的危機にあたり、微力をも顧みず再建の礎石たるべき抱負と決意とをもって出発したが、ここに創立以来の念願を果すべく角川文庫を発刊する。これまで刊行されたあらゆる全集叢書文庫類の長所と短所とを検討し、古今東西の不朽の典籍を、良心的編集のもとに、廉価に、そして書架にふさわしい美本として、多くのひとびとに提供しようとする。しかし私たちは徒らに百科全書的な知識のジレッタントを作ることを目的とせず、あくまで祖国の文化に秩序と再建への道を示し、この文庫を角川書店の栄ある事業として、今後永久に継続発展せしめ、学芸と教養との殿堂として大成せんことを期したい。多くの読書子の愛情ある忠言と支持とによって、この希望と抱負とを完遂せしめられんことを願う。

一九四九年五月三日